（京权）图字：01-2017-5289

图书在版编目（CIP）数据

洞穴 /（葡）若泽·萨拉马戈著；杨柳青译. — 北京：作家出版社，2018. 6

ISBN 978-7-5063-9780-3

Ⅰ. ①洞… Ⅱ. ①若… ②杨… Ⅲ. ①长篇小说 - 葡萄牙 - 现代 Ⅳ. ①I552.45

中国版本图书馆CIP数据核字（2017）第280036号

洞 穴

作　　者：［葡萄牙］若泽·萨拉马戈
译　　者：杨柳青
责任编辑：赵　超
装帧设计：王晶华
出版发行：作家出版社
社　　址：北京农展馆南里10号　　**邮　　编**：100125
电话传真：86-10-65930756（出版发行部）
86-10-65004079（总编室）
86-10-65015116（邮购部）
E-mail:zuojia@zuojia.net.cn
http://www.haozuojia.com（作家在线）
印　　刷：北京通州皇家印刷厂
成品尺寸：142×210
字　　数：216千
印　　张：9
版　　次：2018年6月第1版
印　　次：2018年6月第1次印刷
ISBN　978-7-5063-9780-3
定　　价：52.00元

致皮拉尔

多么奇怪的景象，多么奇怪的囚徒，

他们就是我们自己。

——柏拉图，《理想国》，第七卷

1

驾驶着卡车的那个男人名叫西普里亚诺·阿尔格，是个职业陶工，现年六十四岁，但看上去并没有这么老。坐在他旁边的那个男人名叫马萨尔·加修，还不到三十。然而，从他脸上也没人能看出这个岁数。您一定会注意到，这两位的名字后头拖着的姓氏都不同寻常，姓氏的来由、意义和原因，他们并不知晓。其实，阿尔格一词的意思是指人在发烧之前身体所感受到的极寒，而加修一词指的正是牛颈上套牛轭的部位。要是哪天他们得知了这个含义，定会感觉不快。年轻的那位身着制服，但未配备枪支。年长的那位身着一件普通外套和一条还算搭配的长裤，衬衫的领口端正地扣着，没系领带。握着方向盘的双手大而有力，是一双农民之手，然而，也许是工作中每日不可避免地要与柔软的高岭土接触的缘故，这双手也透着灵敏。马萨尔·加修的右手无甚特别，但他的左手背上有着一道灼烧留下的疤痕，斜斜地从拇指根部一直延伸到小指根部。这辆车与其说是卡车，倒不如说是一辆中型货车，式样也早已过时，平日里用来运送陶器。两人从二十公里以外的家中出发时，才刚刚破晓，现在，清晨的光线已经足以让人看清马萨尔·加修的伤疤并猜测西普里亚诺·阿尔格双手的灵敏了。由于货物是易碎品，加之路面崎岖不平，货车一直行驶得很慢。根据收货方的正式时间表，像粗陶这类无足轻重的货物，交货时间是在上午十时，而这两位之所以早起赶路，是因为马萨尔·加修必须比中心开门时间早至少半小时到达上班地点。平时不用送女婿而只是送货时，西普里亚诺·阿尔格无须如此早起。但是，每隔十天，马萨尔·加修都会回一趟家，同家人共度四十小时的休假时光，那是他应有的权利，而西普里亚诺·阿尔格就会负责把他接回家。随后，还是他自己，带着或不带着陶器，又把这当内部保安的女婿准时送回工作地点履行其职责。西普里亚诺·阿尔格的女儿——她名叫玛尔塔，姓伊萨斯卡·阿尔格，伊萨斯卡源自其已故的母亲，阿尔格则是源自父亲——与丈夫的共处时间只有每月他在家时总共三天六夜的时光。就在头天夜里，玛尔塔怀孕了，但她还不知道。

这地方肮脏沉闷，了无生气，不值得瞧上第二眼。有人给这块广阔而毫无田园气息的土地冠以“农业区”这样的专业术语，和一个诗意的称谓——“绿带”。但是，放眼望去，在道路两边成千上万公顷的无边土地上，映入眼帘的只有巨大的长方形平顶构造，它们本由浅色塑料制成，伴随着岁月和灰尘的洗礼，变成了灰白或浅棕色。构造下方，路人视线所不能及之处，植物正在生长。一辆辆满载蔬菜的大卡车和拖拉机不时地从旁边的岔路上汇入主路，但大部分的运输都是在晚上完成，当前这个点，司机们要么持有可以在晚些时候运送的特快专递许可，要么就是睡过了头。马萨尔·加修悄悄撩开外套左袖看手表，他有些担心，因为路上车流越来越密集，而且他知道，由此向前，进入工业区后，交通会更加拥堵。阿尔格看到了女婿的小动作，但他不动声色，他的这位女婿是个随和的小伙，这点毫无疑问，可就是容易紧张，生性焦虑，总为时间的流逝而不安，就算有足够多的时间，他似乎也从不知晓如何将其填满。等他到了我这岁数，不知会是什么样子，他心想。货车穿过农业区，来到工业区，道路也越来越脏，工业区内厂房林立，规模、造型、种类不一，还有球形和圆柱形的储油罐、变电站、管道网络、通风管、悬索桥、各种粗细或红或黑的管线、向大气中吐着滚滚毒烟的烟囱、长臂起重机、化学实验室、炼油厂、或臭或苦或甜的气味、钻头发出的刺耳噪音、电锯的嗡嗡声、蒸汽锤猛烈的敲击声，偶尔出现的某块悄无声息的区域，里面会生产些什么，无人知晓。正是在那个时候，西普里亚诺·阿尔格开口道，别担心，我们一定能及时赶到。女婿想要隐藏自己的焦虑，答道，我不担心；我知道你不担心，这只是一种表达方式，西普里亚诺·阿尔格道。他将货车转向一条为园内交通预留的辅路，说道，我们从这里抄近路走，如果警察问我们为什么不走主路，记住按我们说好的那样回答，就说我们需要在进城前到这里的一家厂子里办点事。马萨尔·加修深吸一口气，不论主路上的路况何时变得拥堵，他的丈人总能或早或晚地采取绕路的办法。他担心的是，丈人会因为分神而过晚地做出绕路的决定。幸运的是，他们从未被警察拦下过，尽管对此他丈人有所警告而他也害怕发生这样的事。总有一天他一定会明白我已经不是个小孩子，他也不需要每次都提醒我那个进厂办事的理由。他们俩谁都没有意识到，正是因为马萨尔身上这身中心保安的制服，交警才屡次容忍或者说是好心地视而不见，而并非是因为有每回都能光临、赶也赶不走的运气，要是有人问他们，觉得是什么原因让他们至今都免于罚款，他们一定会这样回答。马萨尔·加修要是知道真相，他也许会在岳父面前对这身制服所赋予的权威予以更重的分量，而阿尔格要是知道真相，也许就会在同女婿说话时少一丝带着讽刺的傲慢。少者有力而无智，老者有智而无力，果真如此吧。

穿过工业区，城市终于开始显现。但现在他们看到的还并非是城市本身，而是城市透过轻柔地洒在其上的第一缕殷红的朝霞所呈现的样子。迎面而来的是混乱不堪的棚户区，这些棚户大多采用轻薄易损的材料制成，是居住在此的贫苦人为了应付日常的日晒雨淋所搭建，恐怕也仅够遮风挡雨罢了。此地，正如城里人口中所形容的那样，是个令人毛骨悚然的地方。这儿的居民信奉一条“经典公理”——情出无奈，罪可赦免。所以，时不时地就有满载食物的过路卡车在此遇袭，车上货物转瞬就被洗劫一空，如此高效的行动方式并非一日得成，而是在经历最初几次失败的尝试之后，众人共同思索总结的结晶。以往的失败显示，由于战略缺乏和战术过时——如果这些手法还能被称为战略和战术的话——以及各支力量之间缺少有力稳定的协同，导致在实战中人人单兵作战的局面。由于货车几乎总是在夜里不间断地送货，用封死道路的方式来抢劫无疑就是劫匪们自设陷阱。因为货车川流往来，这辆过去又来下辆，正好成了被劫货车车主的援兵。要解决这个问题，他们想出一个法子，关键在于两点。其一，要将劫匪们一分为二，一组负责战术，另一组负责战略。其二，要筑起两道障碍，而不是一道。战略组将货车围起后，战术组迅速筑起第一道障碍将路堵住并撤退，同时，战略组在道路前方百来米开外等待预先设定的闪光信号，信号一起，同样也迅速地筑起第二道障碍。此时，那辆倒霉的货车已然进退两难，只得停下，束手就劫。这无疑是个天才的办法，就连警察私下里也这样评价。若是反方向上来车，则完全无封路的必要。司机们要是目睹前方的状况，自觉地就会停下车来。此时，会出现第三组人，称之为“快速干预力量”，他们的职责是利用“石雨阵”来击溃被劫车主的任何团结一致的抗争。路障是由劫匪们用担架抬过来的大石块堆叠而成，他们中有些人会一遍遍地发誓说自己与刚才的抢劫毫无关系，然后过来帮忙把石头搬到路边上。正是这些人坏了我们这一带的名声，我们可都是老实人，他们这样说道。而其他卡车上的司机们，因为害怕耽误进城，正心焦地清理道路，嘴上就只是附和着，是啊，是啊。或许几乎每次都是白天经过此地的缘故，西普里亚诺·阿尔格的小车一直幸免于难。至少，迄今为止是这样。事实上，陶器是穷人们最常用的生活器具，又十分容易破碎，所以西普里亚诺·阿尔格并没有多安全，说不定哪天就有一个在这些棚户间艰苦度日的女人对一家之主说，我们需要几个新盘子了，对此他一定会干脆地回答道，交给我吧，有个小车时常路过这里，车上写着"陶坊"二字，一定载有盘子；那就再添几个大杯子，女人又会这样补上一句。行，大杯子，我记住了。

一片巨大的空地横亘在棚户区和城市最外缘的几栋楼之间，仿佛是无人区分隔着交战双方一般将二者隔开。空地上还没有任何建筑，但若仔细瞧，就能看到地上交错纵横的拖拉机车辙，此外还有些平整的地方，这种平整也只能是大型铲土机的杰作了。那些冷酷弯曲的刀片无情地掠过一切，所到之处，不论是旧院古宅，还是幼枝嫩芽，或是墙垣廊荫，均不复返。然而，正如生活中常有之事，当我们正感慨一切都离我们而去之时，稍后便又会发现有些东西还是留存了下来。这里也一样，散落的碎片、废弃的材料、生锈的铁罐、腐烂的木板、被风吹来吹去的塑料片，它们向我们诉说着，这片土地上曾经生活着被社会排挤在外的人们。用不了多久，城市里的高楼大厦便会像步兵列阵一般汹涌而来，在最外层建筑和第一层棚屋之间留下一条狭窄的空地，新的无人区又将形成，它将一直存在在那里，直到下一次城市扩张来临。

他们又回到了主路上。主路逐渐变宽，出现了一条重型车辆专用车道。尽管小货车休想够得上这个级别，但它身为一辆货物运输车的事实，给了它的司机与咆哮着、呻吟着、从排气管喷出呛人浓烟的慢吞吞的庞然大物公平竞争的权利，使其凭借灵活而敏捷的身手快速超过它们，陶器也因此晃得叮当作响。马萨尔·加修又看了一眼手表，松了一口气。应该不会迟到了。两人已经到了城市近郊，尽管还要穿过几条蜿蜒小道，左转一下，右转一下，再左转一下，再右转一下，再右转，右转，左转，左转，右转，向前直行，最后他们就会出现在一片广场之上。接下去的路途不会再如之前那般颠簸辗转，一条笔直的大道将把他们带向最后目的地。那里正是马萨尔·加修当保安的地方，也是陶工西普里亚诺·阿尔格交货的地方。在遥远的路的尽头，一堵参天高墙将大道骤然断开，其高度比大道两旁最高的高楼还要高出许多。实际上也并非断开，那只是错觉。沿着围墙边有一条条小路向四处散开。其实那也并非围墙，而是一栋巨大建筑的外墙。建筑四四方方，光滑平整的外墙上没有窗户。我们到了，西普里亚诺·阿尔格说道，你瞧，我们没有迟到，而且还早到了十分钟；您一定跟我一样清楚为什么我不能迟到，因为这关系到我是否能得到常驻保安这份工作；对你想当常驻保安的念头，你老婆并不抱有太大热情；但这对我们全家都好，我们可以有更多便利，生活条件也能更好些。西普里亚诺·阿尔格把车停到大楼转角对面，他似乎是要回应女婿的话，最后却变作了发问——为什么他们要把那块街区的楼都拆掉；他们最后总是会同意的；同意什么；几个星期以来人们一直在说扩建的事，马萨尔·加修一边下车一边这样答道。他们走到一扇门前停了下来。门上写着“保安人员专用入口”。西普里亚诺·阿尔格说道，也许吧；不是也许，是确定了的事，眼前就是证据，拆除工作已经开始了；我不是说拆除的事，我是说之前你说的有关生活条件的事，生活确实会便利些，这点我不否认，但我们也完全没有理由抱怨，我们不是最不幸的；我尊重您的观点，但我也有我自己的想法，而且到那个时候您就会看到，玛尔塔一定是赞同我的。马萨尔·加修走了两步又停下，一定是想到这不是与送他来上班的老丈人道别应有的态度，于是他又添了一句，谢谢，您回家路上当心；十天后见，陶工说；十天后见，马萨尔回道。与此同时，一位同事也刚到，他挥手示意，两人一起进了楼，门关上了。

西普里亚诺·阿尔格发动了车子，但他并没有马上离开，只是看着那些正在一点一点被拆除的建筑。也许是这些楼都不太高的缘故，他们并没使用到炸药，这种现代、快捷、壮观的程序三分钟之内就可以将一栋坚实完整的建筑变作一堆巨大的废墟瓦砾。不出西普里亚诺·阿尔格所料，两条街道在此形成一个直角，交通已被封闭。为了把货物送到，西普里亚诺·阿尔格必须绕到这片拆除中的街区后面，要先沿着街区行驶，再径直向前，他要去敲的那扇门正是在距离他此刻位置最远的那个角上，假如有一条直线在马萨尔·加修此前进入的那栋楼里斜穿而过，那么西普里亚诺·阿尔格要去的地方正是在这条线的另一端。在对角线的位置，陶工心里这样概括。十天之后再来这里接女婿时，这些楼将无影无踪，此刻正飘散空中的被拆毁建筑的尘埃也终将落定，说不定连新大楼的地基都已经打好。之后这里将矗立起三面墙，一面刚好与西普里亚诺·阿尔格一会儿将要绕过的街道平行，另外两面将从两端将这块地围住，而这块地得来的代价则是穿越其中的那条街道和那些被拆毁的建筑，这三面墙将挡住暂时还能看得见的大楼外墙，保安人员的入口也将改址，用不了多少天，就算是观察力再敏锐的人也将难以从外部看出新旧建筑的区别，从大楼内部就更困难了。陶工看了看手表，时间还早，每次送货，只要碰到送女婿来这里上班的日子，就都会干等上两个小时，等着交货地点开门，开门后又要等上一会儿才能轮到自己。但我可以排在靠前的位置，甚至还有可能成为第一个，他心想。但这样的事从来未发生过，总有人来得比他更早。有些司机甚至可能半夜就赶到这里，然后在车里睡觉等待天明。天快亮的时候，他们就会出去找家店喝杯咖啡，吃个面包或者别的什么，遇上湿冷的天气，他们还会喝上一口烈酒，之后便待在店里闲谈。到开门前大约十分钟的时候，年轻一些的沉不住气，便心急火燎地回去，好占到自己中意的位置，年长一些的，尤其是在队伍最后面的那些，则是慢悠悠地踱回去，一边还在谈天说地，一边抽上最后一支烟，因为一会儿到了有机械设备运行的地库是禁止吸烟的。“世界尽头”，就是他们对那个地方的评价。所以，何必着急前往。

西普里亚诺·阿尔格发动了小货车。之前他为这些拆除中的建筑凝神，现在他要把这些浪费掉的时间补回来。这样的说法着实可笑，可我们却希望用这样荒谬的说法来掩盖光阴一逝便永不复还的残酷现实，去相信永逝的时间会停住脚步，以一个拥有世上全部时间的人会有的耐心，等着我们注意到它的离去。想着谁会第一个到那里谁又会晚一些，陶工不免心生焦虑，赶忙把车绕过街区，径直向与建筑另一面外墙平行的那条街道开去。那儿早有许多人等待开门，这像是不变的惯例。陶工驶向左边车道，下坡向着地库的岔路开去，又向保安出示自己作为货品供应商的证件，便汇入了排队等候开门的车流里。排在他前头的那辆车上也装满箱子，从上面的标签可以看出，车里装的是玻璃器皿。他从车上下来，想看看有多少商家排在他前面，好算算自己大概需要等上多久。他是第十三个。他又重新数了一遍，没错，就是这个数字。尽管他不迷信，但也知晓这个数字的坏名声。在任何一场关于运气或者宿命的对话里，总会有人绘声绘色地说起这个数字给当事人带来的不利影响，有时候甚至是厄运。他试着回忆起自己以前是否也在其他的地方排到过这个位置，思来想去，结果要么是从来不曾有过，要么就是他不记得了。他不禁对自己有些恼火，担心这些个根本不现实的东西，实在是荒谬而毫无意义，是啊，自己以前从未考虑过这些，说到底，在现实中根本就不存在编号。对于现实中的事物来说，它们根本不关心我们给予它们什么编号，我们管它们叫十三号也好，叫四十四号也罢，在它们看来却无半点差别。我们至少可以断定，它们甚至都不会注意到自己紧邻着第几个。然而人非物，人总是想要排在最靠前的位置，陶工这样思忖，而且，不仅仅是想要排在最前面，还想要让其他人知道这点并注意到自己，他又这样喃喃自语。除了有两名保安分别在入口和出口处执勤外，整个地库显得十分空旷清冷。一直以来都是如此，司机们只要一到，就把车往这一停，自己到街上喝咖啡去了。他们要是以为我会待在这，那就大错特错了，西普里亚诺·阿尔格大声道。他挂上倒挡，仿佛车上没有待卸的货物一般把车从队伍里倒了出来。这下我可不是第十三个了，他心想。过了一会儿，一辆货车从坡上下来，开到了他原先那个位置。只见司机从车上下来，看了看表。还早，他一定这样想。陶工见司机走后，赶忙把车开到刚刚那辆车后面，停在那里。对于这个小聪明，他不禁自喜，这下我就是第十四个了。他倚靠在座椅上，叹了口气。他隐约能听见头顶上方传来的嗡嗡声，那是地面上车来车往的声音。换作平日，他也会像其他人一样，出去喝杯咖啡，再买上一份报纸读一读，但今天却不太有这个心情。他闭上眼睛，好像蜷缩在自己的世界里那样，很快就进入了梦乡，梦里女婿在跟他解释，说自己当上了常驻保安之后，家里的境况就会在一夜之间改变，玛尔塔和他不用再住在陶坊里，两人就要开始独立于原来家庭的生活。您要理解，俗话说，顺其自然，该来的总会来，世界不会停止，如果你赖以生存的那些人提拔了你，你要做的就是高举双手感谢上天。运气来到你面前时你要是还背过身去，那就太傻了。我想您最大的愿望一定是让玛尔塔过上幸福的生活，所以您应该高兴才是。西普里亚诺·阿尔格听着女婿的这番话，心里暗自发笑，你说了这么多，只当是我排到了第十三个，你却不知，我已经变成了第十四个。正梦到这里，一阵开关车门的声音将他吵醒。卸货即将开始。可他还没从刚才的梦境里回过神来，心想，我并没有更换号码，我就是十三号，只不过占了十四号的位置。

就这样，大约过了一小时，终于轮到他。他下车走向服务台，手上拿着一些单子，一式三份的发货单，上一次发货的实际销售发票单，每次发货都得有的质量保证书，里面规定在陶器验收过程中发现任何缺损其责任都将由陶工承担，以及专供确认书，这也是每次发货必须携带的，陶工要在确认书中承诺未与其他企业就商品销售达成任何商业关系，如有违规将受制裁。一名员工像往常一样上前协助卸货，但服务台的副主管叫住他，命令道，按照发货单标示数量的一半卸货，不要全卸。西普里亚诺·阿尔格顿时感到紧张和诧异，问道，一半，为什么；最近几个星期销售量下降了很多，我们可能不得不将积压的库存退回一部分给供货商；要把积压的库存退回；是的，合同里写着的；我知道合同里写着，可是合同上也写着我不得向其他客户供货，那么请您告诉我，我要把另外一半货物发给谁去；这就不归我管了，我只是执行我收到的命令；我可不可以找部门主管沟通；不行，别白费力气了，他不会接待您的。西普里亚诺·阿尔格的手在颤抖，他茫然环顾四周，想要寻求帮助，然而他看见的只是排在他后面三名司机的一脸漠然。尽管如此，他还是想试着唤起阶级团结。你们瞧瞧，一个人路远迢迢把自己的劳动成果运到这里，他挖出泥土，揉捏摔打，按照订单要求拉坯制模，又把它们放进炉里炙烤，现在他们居然告诉他，他们只要一半的货，还要把仓库里积压着的也退还给他，我想知道，这件事上究竟还有没有公道。司机们耸了耸肩，面面相觑，既不知道该如何作答，也不知道该向何人作答。其中一人索性抽出一支烟，以此表明自己与此事无关，但立刻又想到那里禁止吸烟，干脆又别过身，躲到车厢里独自清静去了。陶工明白，要是再这样喋喋不休下去，就真的会失去一切，解铃还须系铃人，不管怎么说，能卖出去一半总比一点都卖不出去强。船到桥头自然直，想到这里，他谦恭地走到服务台的那位助理旁，问道，可否告知，是什么原因导致销售量下降这么多；大概是因为最近出现的一些塑料仿制品，那些仿制品与真正的陶器十分相像，几乎可以乱真，可又比陶器轻得多，也更便宜；但这也不是人们不买我这些陶器的理由啊，陶器就是陶器，纯正又实在，是纯天然的；这些话您还是说给顾客听吧，不是我想给您制造困扰，但实话告诉您，往后您的货恐怕也只有收藏爱好者会感兴趣了，而这些人现在也不多了。副主管清点完货物，在发货单上填写道，一半已收，随后开口道，我们没给您发通知前不要再送任何东西过来了；那我还需要接着做吗，陶工问；您自己决定，我无法回答；那退货的事情呢，你们还会把先前收去的货不断地退还给我吗，他的话语充满绝望；副主管见他如此痛苦，便改用安抚的语气回答道，我们看看吧。陶工回到驾驶座上，猛地发动了车子。由于只卸下了一半货物，箱子之间不再紧实，车子突然这么一发动，有几个箱子便滑动开去，狠狠撞上了后车门。全部撞个稀烂算了，他怒吼道。他必须在出口的坡底处停下，因为按照规定，出去的时候也要把证件出示给这位保安看，纯粹是官僚主义的做派，原因无人知晓，毕竟，人们进来的时候是供货商，出去的时候也还是供货商，但也有例外，比如这次，西普里亚诺·阿尔格进来的时候还是供货商，而此刻呢，假如他们说的都是真的，并且也真打算那样做的话，那么，很快他就不再是一名供货商了。这一切都是数字十三的错，该先来的不会后来，命运这种东西可不会乖乖受人摆弄。货车上了坡，驶向大亮的天光里。此刻除了回家，再无别事可做。陶工苦笑一声，不是十三，十三并不存在。就算我是第一个到的，结果也还是一样，先留下一半货，剩下的再说，真是见鬼。

棚户区那边那个等着新盘子用的女人，问她的丈夫，你倒是看见了那辆运陶车没有；然后丈夫回答，看见了，我让他停下来了，但之后我又让他走了；为什么；你要是看见了车里那男人的脸色，你也会这么做的。

2

陶工停下车，把两边的车窗摇下，等着有人过来抢劫他。一个受到生活的打击而陷入绝望的可怜人会选择做出这样充满悲剧意味的决定，也并不鲜见。这样的人往往伤心迷茫，脑中总有一个时刻会响起一个声音，输十是输，输百也是输，事已至此，何不破罐破摔。于是，一不做二不休，再说，鉴于他目前的处境，以及这种处境找上他的时机，他不是花光最后一分钱去买一张彩票，便是把父亲生前留给他的一块手表或者母亲赠予他的银质烟盒摊在赌桌上，或者押上全部身家赌红色，哪怕看见这个颜色已经连续出现了五次，或者独自一人冲出壕沟，抓起刺刀向敌人的机枪冲去，或者就像现在这样，停下货车，摇下玻璃，打开车门，等候着棚户区的人操着惯用家伙或者他们认为适合在这种场合使用的工具来将他洗劫一空。如果那边的人不要我的货，也许这里的人会要的，这是西普里亚诺·阿尔格最后的念头。十分钟过去了，无人前来实施他所盼望的抢劫，一刻钟过去了，路上连条流浪狗也见不着，哪怕过来在车轮旁边撒泡尿，嗅嗅车里的东西。正要等足半个钟头的时候，终于有一个蓬头垢面、看似凶神恶煞的男人走上前来，问道，遇到什么麻烦了，要不要帮忙，我可以帮忙推一把，可能是电池的问题。您瞧，即使最强大的意志也难免有脆弱的时候，这时身体失去了以精神长年以来所教导的克制和谨慎行事的能力，所以当我们看到西普里亚诺·阿尔格被这个看似抢劫惯犯、凶神恶煞的人主动提出帮忙而感动得泪光闪烁时就不足为怪了。不用了，非常感谢，他说，但过了一会儿，正当那个乐于助人的昔兰尼人已经走远时，他忽地跳下车，跑到闩紧的车厢门那里，一边打开一边朝那人喊道，啊，先生，先生，请回来。那男人停住脚步，您确实遇到麻烦了吧，他问；不，不是的；那是为什么；请您来这边，请您帮我一个忙。那人走了过来，西普里亚诺·阿尔格接着说，您把这半打盘子拿走吧，拿回去给您的妻子，这是我送您的，啊，还有这六个汤盘也拿走吧；可是我什么忙都没帮上啊，男人疑惑不解。没关系，您其实就是在帮我的忙，啊，您要是还缺一个陶罐，这儿正好也有；家里倒还真的缺一个陶罐装水；所以正好您拿着，都拿着。陶工把盘子依次码好，先是浅口一点的盘子，再是深一些的碗盆，一个扣着一个，摞起来放到那人的左臂臂弯里，由于那人的右手已经抱了水罐，白白得了这么多东西的他再没有别的办法来表达谢意，只好口头上说了最最平常的“谢谢”，这两个字往往既真诚又虚伪，然后竟还低头微微鞠躬，这动作与他所处的社会阶层毫不协调，这正说明，如果我们花更多精力仔细研究生活中的矛盾之处，而不是浪费这么多时间去研究其一致性和连贯性，就会对生活的复杂性有比现在多得多的了解。

这个看似强盗却并非强盗、抑或只是这次没有动当强盗的脑筋的男人一头雾水地离开了，消失在棚户之间。西普里亚诺·阿尔格发动了货车。显然，就算是最敏锐的眼神也难以发现货车悬架和轮胎上的压力变化，车上少了十二个盘子外加一个罐子，这点重量对于一辆货车来说，即使只是一辆中型货车，就好比在将十二片白色玫瑰花瓣外加一片红色玫瑰花瓣撒落在一位洋溢着幸福的新娘头上。幸福这个词出现在这里并非碰巧，实际上，此刻西普里亚诺·阿尔格脸上的表情正可以用这个词来形容。看着他现在的样子，谁都不会相信，中心那边只购买了他一半的货。然而这样的状态并没有持续多久，货车驶出两公里、进入工业区时，他再次想起了在中心所遭遇的生意上的挫折。不远处烟囱正吐着滚滚浓烟，这样一副不祥的景象让他不禁想知道，那里面到底是哪家可恶至极的工厂正在制造着看似陶器实为塑料这样的可恶至极的谎言。这不可能，他喃喃道，不管是声音还是重量，都不可能仿造得一样，况且视觉和触觉之间还存在着某种关联，之前不知在哪读到过这样的说法，说是手指在触摸陶土的时候，眼睛也能看得见这种触感，而眼睛在看的时候，即使手指并没有触碰到陶土，却也能够感受到眼睛所见。似乎这一切还不够折磨人，西普里亚诺·阿尔格又想起了陶坊里那座老窑炉，他问自己，那些该死的机器一分钟能做成多少盘子、坛子、杯子和罐子，又有多少锅碗瓢盆就这样被取代。一个又一个疑惑接连在陶工的脑中盘旋，他的脸上再次愁云满布。接下去的路途中他满脑子都是对未来生活的担忧。倘若中心那边真的要将产品更新换代，那么陶器可能只是第一个受害者。诚笃如他，西普里亚诺·阿尔格绝不允许自己为刚刚对那个理应抢劫他的男人——如果人们有关棚户区的传言不假的话——的慷慨行为而后悔。工业区的外缘是几家简陋的小厂房，在这种满世界都在扩张用地、现代制造业巨头又不断翻新产品花样的情形之下，也不知它们是如何苟存到现在的，可它们就是在那里，每当西普里亚诺·阿尔格遭遇生命中某些不安的时刻而开始思索自己这行当的前途命运的时候，只要经过这片厂房，看到它们挺立在那里，心中又总会略感安慰。不会持续太久，他想，但这次他指的是这些工厂，而并非制陶这个行当。然而这只是由于他考虑得不够长远，这也是常有之事，我们总说不必苦等结果，却不知是我们自己决定在通往结果的道路上半途而返。

西普里亚诺·阿尔格快速地穿过绿带，两旁的农田他不瞥一眼。那成片成片的塑料原本就已黯淡无光，加之被尘土覆盖，显得愈发肮脏。如此单调乏味的景象总是让他感到颓丧，所以今天要是还去欣赏这片荒漠，依他现在的精神状态，您可以想象他的感觉会是怎样。就像有人曾经掀开圣坛上神像穿着的祭袍，只为看看它是否有着两条腿，如同你我一样，还是仅凭一副糙木棍支着，这样的冲动陶工也已经按捺了很久。他多想停下货车到田里一窥究竟，看看那些遮盖物和板子下面到底有没有种着真正的植物——果子可以闻、可以摸，还能一口咬进去，有叶子、有块茎、有嫩芽，人们可以拿来烹饪、调味然后装到盘子里的那种。外面这层压倒一切的抑郁已经将无可救药的人工造作传染给了里面长着的东西，不管里面长着的是什么。过了绿带，陶工来到了岔路上，那里还残存一片稀疏的树林，几片农田久未开垦，几近荒芜，一条小溪污浊不堪，散发出阵阵恶臭。到了路的转弯口，出现了三户废弃了的人家，窗子和门都已缺失不见，屋顶也坍塌了一半，房子里的杂草在瓦砾堆中恣意穿梭蔓延，仿佛早在开挖地基时它们便蹲守在那里，等待属于自己的那一刻来临。百米开外就是村口了，一条公路从村中穿过，还有几条小街道，村中央稍偏一点有个形状不规则的广场，广场上有两棵高大的梧桐树，树荫下立着一口废井，抽水泵和大铁轮还在，除此之外，村子里基本上就没有别的什么了。西普里亚诺·阿尔格向几位正站着闲谈的男人打了招呼，往常送货回来他总会停下车来也聊上几句，但今天他没有停车，那一刻他似乎不知道该做什么，但肯定不是聊天，尽管这些人他都熟识。陶坊以及他和女儿女婿的住宅位于村子的另一头，孑立在田野之中，与别的人家相距较远。在开回村里时，西普里亚诺·阿尔格就已经放缓了车速，而现在，他开得更慢了。差不多到饭点了，这个时候女儿应该刚做完中饭。我该怎么办，是一到家就把这事告诉她还是等吃完饭再说，他问自己，还是吃完再说吧，我把车停到柴棚里，今天不是上街采购的日子，她不会想到要跑出来看我给她带回来些什么的，这样我们就能先安安生生吃顿饭，至少，她能安安生生吃顿饭，我是不能了，等吃完了再告诉她发生了什么，或者再等等，到下午我们干活的时候再说，说早说晚又有什么差别，都是坏消息一个，他暗自盘算。路到了村子的尽头，有个很大的转弯，在最外面那幢楼再往外的地方，可以看到一棵黑桑树，高度不下十米，大树底下就是制陶的作坊了。酒已斟满，不得不饮，西普里亚诺·阿尔格疲惫地笑笑，对自己这样说。其实吐出来会更好，他想。他把车转向左边，来到一条略带坡度的小路上。马上就要到家了。他按了三声喇叭，表示自己已经到家，这已是习惯，今天要是不按，女儿一定会感到奇怪的。

住宅和陶坊建在一片开阔的地面上，也许很久以前这片地曾经用来打谷晒粮，在遥远的、既无记录也无回忆留存的某一天，他那也叫西普里亚诺·阿尔格的陶工祖父，决定在这片场地的中央栽上这棵桑树。屋子稍远处就是烧陶的窑炉，这座窑炉曾经是他那同样名叫西普里亚诺·阿尔格的父亲所做的一次现代化尝试，这座窑炉取代了另一座老旧不堪——如果称不上古老原始的话——的窑炉，从外面看，那座窑炉就好似两根锥形的原木，一根架在另一根上，位于上边的那根要更小一些，至于那座窑炉出自谁手，同样也是无从考证了。现在的这座窑炉就是在那些老旧的基础上建造的，中心那边只收了一半的那些货就出自于它，而现在，它已经冷却，等待着有人将它的炉膛再次填满。西普里亚诺·阿尔格小心翼翼地把货车开到柴棚底下，停在了两堆干柴之间。接着他又想到炉子跟前转一转，再拖延几分钟去见家人，但今天他没有理由和借口再去查看炉子，不像以前，每次从城里回来的时候，他总要先看一眼炉子，炉子也总是正烧着，那时他总会看看隔焰窑里的情况，看看那些炽热的陶坯，看看它们有没有从暗红色变成樱桃红，或者樱桃红有没有变成橙色，就这样根据它们的颜色算算炉子里的温度。他愣在那里，仿佛他所需要的勇气都被落在了回家的路上似的，迫使他挪动脚步的是女儿的声音，怎么还不进屋，午饭做好了。对于他的拖延，玛尔塔不免感到奇怪，她走到门口说，快来，快来，饭菜都凉了。西普里亚诺·阿尔格进屋了，亲了一下女儿的脸颊，转身走进卫生间把自己锁了起来。这个卫生间还是他少年时候建的，就这么用到了今天，其实早就该扩大改建了。他看着镜子中的自己，脸上没有新添的皱纹，长到我身体里的某个地方去了，一定是的，他这样想，然后拧开水龙头，洗完手后就出去了。饭在厨房里吃，两人坐在一张大桌旁，这张大桌曾经见证过家中人丁最为兴旺时幸福美满的日子。如今，自从她的母亲茹斯塔·伊萨斯卡——在这个故事里，不会有太多关于她的描写，但既然我们已经知道了她的姓氏，那么就把她的名字在这里稍作交代——去世之后，两人便坐在桌子的一端，阿尔格坐在最头上，玛尔塔坐在原先母亲坐的位置，马萨尔也在的时候，两口子刚好对面坐。早上怎么样，玛尔塔问道；还好，跟平常一样，他答，头已经快低到餐盘里。马萨尔打过电话来了；啊，是吗，他说什么；他说他跟您说了等做了社区保安之后咱们一块儿搬去中心住的事；是的，我们的确谈过这件事；他说他有点不高兴，因为爸爸您不同意；但后来我重新考虑了一下，我想了想，这也不赖，对你俩都有好处；您怎么就忽然改变想法了，您是想到些什么了吗；你不想做一辈子的陶工呀；我是不想，尽管我挺喜欢做这个的；你应该跟你丈夫在一起，等你以后有了孩子，一家子祖孙三代都吃这碗饭，到什么时候才是个头；那爸您同意跟我们一块儿搬去中心那边了吗，您舍得下陶坊吗，玛尔塔问；舍得，怎么可能，永远不会舍得；那您以后就得一个人干完所有的活了，挖土，揉土，拉坯，烧炉，上炉，取出，清理，再把成品一个个装车摆好，再把它们卖掉，您忘了吗，即使现在有了马萨尔的帮助，要完成这些活还是很不易，何况您独自一人呢；我会找到帮手的，村里小伙子有的是；您难道不清楚，现在还有什么人愿意当陶工，那些个厌烦了农村的生活的人，都跑去工业区的工厂里做工了，他们留下那些田地可不是为了去挖土烧窑的；所以你又多了一个离开这儿的理由了吧；您不会以为我会丢下您一个人在这里不管吧；你可以时不时回来看看我的；爸，求您了，我是说真的；我也是啊，我的女儿。

玛尔塔起身收起餐盘，又把汤端了出来，主菜之后上汤，这是家里的用餐习惯。父亲一边看着她忙碌，一边想，跟她说了这么一番话，我这是在把事情越弄越复杂，应该先把送货的事告诉她。但他没有，因为忽然之间他眼前闪现出女儿八岁时的片断，他对她说，看仔细了，就像你妈妈做面包揉面团一样。他把黏土块揉向前又揉向后，用手掌根部按压住黏土块，不断推揉使之延展，再用力将土块摔打到桌面上，推擦，挤压，接着又回到之前的动作，不断重复着这些步骤，一遍又一遍。为什么要这样做，女儿问他。因为不能让黏土块里有结块，也不能有气泡，不然做出来的陶器可就糟糕啦；面团也是这样吗；面团里只要没有结块就好了，有气泡不要紧。他把揉好呈圆柱状的黏土块放到一边，继续揉下一个土块，你也该开始学制陶了，他说，可说完心里又有些后悔，说的什么话，她才八岁，于是他改口道，去外边玩吧，快去，这里头冷，可女儿却回答说不想出去玩，她想用散落的一些零碎黏土做一个小娃娃，黏土太软，牢牢地粘在她的手指上。这些不好，试试这块，看看你能做出个什么来，他说。玛尔塔不安地看着他，父亲吃饭的时候把头埋得这么低，这可不太常见，他这样把脸埋起来，像是要把他的担忧也隐藏起来，是不是因为之前跟马萨尔谈话时闹了别扭，但刚刚跟他说起这事的时候也没见他现在这副样子，难道是生病了，他看上去枯槁憔悴，疲惫不堪，那天妈妈对我说，你要小心点，不要太卖力。而我回答她说，揉土只需手臂发力，技巧全在肩上，身体的其余部分不用做任何事情；不要跟我说这些，一个小时揉下来，连头皮上的头发都开始疼；只是因为最近你有点累罢了；或者是不是因为我老了；求求您别再这样想啦，我的妈妈，您一点都没有老，谁都没觉得您变老了，这番话说完还不出两个星期，她就死了、葬了，人的旦夕祸福，实在难料。您在想什么，爸爸。西普里亚诺·阿尔格用餐巾擦了擦嘴，拿起杯子，似乎要喝酒，可他又把杯子停在那里，不往嘴边送。说吧，告诉我，女儿一心想知道，为了让父亲更容易开口，她问道，还在为马萨尔的事情忧心吗，还是有其他的事情困扰着您。西普里亚诺·阿尔格举起杯子，将剩下的酒一饮而尽，回答道，他们只收了一半的货，说是买陶器的人越来越少，因为现在市场上出现一种塑料仿陶制品，顾客们都喜欢买那种。他说得很快，仿佛叫火焰烧着了舌头。这完全是意料之中，这样的事早晚都会发生，陶器太容易磕碰，动不动就会碎裂，塑料的就结实耐用得多；可它们的不同之处在于，陶器就像人一样，需要别人的呵护；塑料也要啊，但您说得对，塑料不需要那么爱护；最糟糕的是，他们跟我说，在他们给我们发订货通知前不要再往那送货了；那我们就停工吧；不能停，我们把货都早早准备妥当了，这样他们发来订单的当天我们就可以发货，而不是等订单来了再火急火燎地开炉赶工；那要做什么样子的啊；等着，耐心一点，明天我出去转转，看看能不能卖掉一些存货；您忘了吗，您两个月前才转过，这会儿不会有多少人要买的；你是存心要让我灰心吗；我只是实话实说，刚才还是爸爸您自己说的，一家子祖孙三代都吃这碗饭，到什么时候才是个头；也就是三代，不会再有第四代的，到时候你就跟你丈夫到中心去过日子了；没错，我是会去，可您得跟我一起去；我也已经告诉过你，我是不会去中心生活的；中心一直以来都买我们的陶器，这才养活了我们家，等将来搬去那里居住但又没东西可卖的时候，中心还会继续养活我们；多亏了马萨尔的薪水；女婿赡养岳父，这一点错都没有；这得看是什么样的岳父；爸爸，在这件事上您能不能不要这么好面子；不是面子的问题；那是什么；我跟你说不清楚，那可比面子复杂多了，是另外一回事，是一种羞耻，对不起，我刚刚就不该跟你说那些话；我不想让您受苦；我可以把货卖给城里的商店，只要获得中心的许可就行，既然他们少买了我们的货，就没有权利禁止我们卖给其他人；城里的那些商店自身都难保，这点您比我更清楚，每个人都要向中心买东西，越来越多的人想到中心去生活；我不想；要是中心不再买咱们的陶器，要是这里的人们都开始使用塑料器具，到时候您要怎么办；我盼望在那之前我已经死掉了；要跟我妈一样吗，她倒是死在这之前了；她是干活的时候死的，是在陶钧旁死的，多希望我也是这样死法；别说什么死不死的，爸爸；我们也只有活着的时候才能说说死，死了就不能说了。西普里亚诺·阿尔格又给自己倒了一些酒，喝下，起身，用手背擦了擦嘴，仿佛餐桌上的礼仪在人离开餐桌之后便丧失了约束力，他说，我得去碾泥了，之前碾好的就快用光了。正当他要出去的时候，玛尔塔叫住了他，爸爸，我想到一个办法；一个办法；是的，我打电话给马萨尔，让他问问采购部门的主管，看看中心那边到底怎么计划，减少订货量是暂时的还是长期的，您也知道，那边的领导还是挺器重马萨尔的；他说是这么说；他这么说是因为这是事实，玛尔塔不耐烦地反驳，又加上一句，但您要是不想，那我就不打了；打吧，打吧，是个好办法，眼下也只有这个办法了，可我还是怀疑，堂堂一个中心采购部门主管，难道会老老实实等在办公室，客客气气地跟一个区区小保安讨论这种事情吗，对于那种人，我可比他清楚，根本不必在里头工作就能看出来那种人是什么货色，一个个趾高气扬，目中无人，更何况，部门主管也不过是个跑腿的，要执行上头的命令，为了显示自己的重要性，甚至还可能胡说八道蒙我们。听完他这番长篇大论，玛尔塔一言不发。既然父亲明摆着想逞口舌之快，自己何必又要拂了他的意。父亲出去之后，她心里才开始翻江倒海起来，我应该多理解他一些，应该把自己放到他的位置上，将心比心，想想如果换作是她突然间无所事事，不得不离开自己的家，离开陶坊，离开窑炉，离开自己原有的生活，自己会变成什么样。她喃喃重复道，离开自己原有的生活，瞬间泪眼蒙眬，她把自己放在了父亲的位置上，痛苦着他的痛苦。她望向四周，第一次觉得一切仿佛都覆盖着黏土，不是盖着黏土灰尘，是染上黏土的颜色，从矿里挖出来的土有各种色彩，三代人每天把手浸染在陶土的浆水中，最终留下了这一种颜色。她又望向屋外，望着窑炉那明亮的烟灰色，望着他们上一次清空窑炉后逸散在周围的正在退去的余热，它就好似一所被主人抛弃的房子，但它会耐心等待，到了明天，如果这一切没有永远地结束，那么，第一朵火苗又会从木柴上蹿起，第一股热浪轻抚般包裹住干燥的黏土，然后，慢慢地，空气开始出现轻微的颤动，火花快速闪烁，映出黎明般的光辉，升腾起熊熊的火。等我们走后，我就再也见不到这些了，玛尔塔自语，心里不免一阵抽痛，就好像要与她最爱的人告别，尽管此时此刻她已然分不清谁才是她最爱的人，是死去的母亲，还是被痛苦折磨的父亲，或者她丈夫，是的，应该是丈夫，作为他的妻子，这是最符合逻辑的。

忽然她听到一声木槌打破陶器时的闷响，仿佛是从地底下传上来一般，然而这敲击声今天听起来却与往常不同，也许是因为，今天的敲击并非出于简单的工作需要，而是出于对失去工作的无声怒火。我去打电话，玛尔塔喃喃自语，要是再这么想下去，我会跟爸爸一样伤心的。她走出厨房，向父亲的房间里走去。房间里有张小桌，那是西普里亚诺·阿尔格记账的地方，陶坊的收入支出，都在桌上的那本台账里记着。电话机就放在那张小桌上，式样早已老旧。她拨通了总机的电话，请接线员转接到保卫科。几乎是与此同时，一个干涩的男声传来，保卫科，他接电话之迅速并没有令她惊讶，因为大家都明白，关乎安全的事，哪怕只是一秒钟，都至关重要。我想跟二级保安马萨尔·加修通话，玛尔塔说。您是哪位；我是他妻子，从家里打过来；二级保安马萨尔·加修现在正在值班，不能过来接电话；那就请帮我捎个口信给他；您是他妻子；是的，我的名字是玛尔塔·阿尔格·加修，您可以查记录；那么您应该知道我们不负责给员工捎口信，我们只负责记录电话是谁打来的；只要跟他说给家里回个电话就行，可以吗；紧急吗，电话那头问。玛尔塔一时不好回答，紧急吗，不算，也不是什么性命攸关的事，窑炉出了严重的问题，也没有，早产就更不是了，可最后她还是回答说，是的，是有一些紧急的事情。我记下了，那个声音说完就挂断了电话。玛尔塔无奈而疲惫地叹了口气，把听筒放回了原处。该做的都做了，其他的他们也无能为力。保卫科的人好像不摆架子就活不成，哪怕是像今天这样的小事，如此微不足道，再稀松平常不过，无非是妻子给中心打电话需要与自己的丈夫通话，她不是第一个，也一定不是最后一个。玛尔塔走到屋外，听到那个声音已经不再像是从地底下传上来了，是从陶坊昏暗的角落里传来的，角落中存放着从黏土坑中开采出的黏土。她来到陶坊门前，但并不进去。我已经打过电话了，她说，他们会给他留口信；希望他们真的会这么做，父亲回答，说完便开始敲打他面前那块最大的黏土，不再多说一个字。玛尔塔转过身去，因为她知道，这是父亲想要独自待一会儿才有意选的地方，她不应再去打扰，而她自己也还有活要干，好些个大大小小的陶罐还等着粘上手柄。她从侧门走了进去。

3

傍晚的时候，马萨尔·加修终于轮完班，往家里打了电话。他用不连贯的只言片语回答了他妻子，对于岳父交货时的遭遇，他的回答没有表现出任何悲伤、忧虑或愤怒。他心不在焉地应着，听上去像是在想着其他的事。他说，是，嗯，是的，我理解，也许吧，我觉得那是正常的，我一走得开就去，有时候不是，当然，是的，我知道了，不必再重复。他这么答着，最后终于以一句完整的话结束了此番通话，但这句话与通话的主题无关——放心，我会记得买东西。玛尔塔意识到，自己的丈夫刚刚是在当着别人的面与自己通话，也许是同事，也许是来检查宿舍的上级，所以他才不得不装模作样，以免引起他们扰人甚至危险的好奇心。中心的组织结构遵循一种十分严格的模式，各项活动和职能都有明确的分工，尽管这些活动和职能之间不是也不能完全分离，但如果要实现相互间的沟通，也只能通过特定的渠道，而这种渠道往往也难以厘清和辨识。区区一个二级保安，不论是凭借其岗位的特殊性质还是凭借其下层人员那微不足道的价值——这两者互为必然结果——通常都不具备必要的眼光和洞察力去注意到如此微妙的差别，这种微妙几乎是转瞬即逝的，但是马萨尔·加修呢，尽管在同事中不是最精明的那个，但他拥有某种野心——升职成为常驻保安，然后自然是再成为一级保安，这个目标人尽皆知，而我们无法知道，这个野心在不久的将来会将他带向何处，更不知道更久的将来会是怎样一番样子，如果他还有那样的野心的话。自打到中心工作的第一天起，他就留心看，注意听，很快就学会了什么时候该说话，什么时候不该说，话该怎么说，又该如何掩饰自己的真实想法。结婚两年来，玛尔塔自认对丈夫已十分了解。大多数的婚姻生活最终几乎都会沦为一场相互迁就的游戏，在这场游戏中，她毫无保留地向他付出自己的妻子之爱，如果我们的故事要更加深入地挖掘他们的隐私，她一定会断然回答说她爱他，但她不是自欺之人，如果我们坚持，如果我们敢于探究到人性的阴暗面，她最终可能会坦承，有时候觉得他似乎过于审慎——如果称不上心机重的话。她很确定，这通电话一定让自己的丈夫心烦意乱了。他一定已经开始为将要与采购部主管进行的谈话而担忧，这种担忧并非出于他内心的羞怯或是谦卑，实际上，马萨尔经常对自己的低调行事引以为豪，只要是跟自己的工作无关的事，他都不想唤起别人的注意，尤其是那些对自己没有好处的事——熟识他的人可能还会加上这么一句。弄到最后，这个玛尔塔所谓的好主意也只是听上去比较好而已，因为，在那种情况下，正如她父亲所说，也只有这一个办法了。西普里亚诺·阿尔格当时正在厨房，听不到电话里女婿断断续续的只言片语，然而，漫长的一分钟之后，当女儿从房间出来，他便从她疲乏的神色中读懂了全部，甚至还自行填满了谈话间的空缺之处。这样的小事不值得多费唇舌，所以他没有浪费时间，只是问道，怎么样；而她也只好把明摆着的说出来，他会去跟部门主管说，其实玛尔塔也无须费这句口舌，两个人相互一个眼神就已足够。生活就是这样，充斥着毫无价值的话语，或者一度有过价值，如今却早已失去。每一个我们将要说出的字，都占据了另一个更值得去说的字的空间，更值得的并非是这个字本身，而是说出这个字之后可能产生的后果。两人在沉默中吃完晚饭，又在沉默中看了两个小时无关痛痒的电视节目，西普里亚诺·阿尔格在中途睡着了，最近几个月以来他经常如此。他的眉头紧蹙，一副发怒的样子，就好像，他在睡着的同时，还在责备自己为何这般轻易向困倦屈服。说句公道话，愤懑和忧郁本可以让他日夜保持清醒，忧郁让他饱受冒犯，而愤懑则让他所遭遇的变得可以忍受。他就那样睡着，卸下所有防备，他的头向后仰着，嘴巴微微张开，迷失在自己的睡梦里，整个画面透着一股被遗弃般的无助和辛酸，仿佛袋子破了之后，里面的东西散落一路。玛尔塔深情地凝望着父亲，眼中充满怜爱，她心中自语，这就是我的老父亲，用“老”夸张地称呼一位正值壮年的父亲还可以原谅，但不可以称一个六十四岁的男人为“老”，尽管我们称的这位的确意志消沉。过去可能习惯这么说，那时人过了三十岁就开始掉牙，二十五岁就有了第一道皱纹，而现在，只有八十岁以上，才是真真正正、毫无疑义、不可逆转且无法掩饰的“老”，也只有从八十岁开始，才实实在在、毫不客气地称得上“老年”这个我们用来表示自己最后的日子的词汇。如果中心不再向我们订货，我们会怎么样，如果中心的喜好决定了所有人的喜好，那我们做出来的陶器又可以卖给谁呢，玛尔塔自问。决定减少一半订货量的人，不是采购部主管，这个命令来自上头，来自更高层的人，来自一个对这世界上多一个还是少一个陶工都全然不在乎的人，而这个决定只是第一步，第二步就是终止全部订单，到时候我们必须得做好迎接这场灾难的准备。是的，做好准备，尽管，我实在不知道，一个人究竟需要如何准备才能接得住当头袭来的那一记重锤，而马萨尔如果被提升为常驻保安，我又该怎么处理父亲的事，让他一个人待在这里，不，绝对不可能，邻居们一定会说我不是亲生的女儿，更糟的是，连我自己也会这样说自己。要是妈妈还活着，事情就会变得不同，虽然人们常说屋漏偏逢连夜雨，但事实往往会柳暗花明又一村，两个人反倒可以互相扶持共渡难关，不过也可能不会这样，也可能从来都没有过，但如果会这样，那就是再好不过的。不，爸爸，不会的，西普里亚诺·阿尔格，当我离开这里的时候您也必须跟我一起走，即使我不得不强迫您这么做，一个男人完全有能力独自生活，对此我毫不怀疑，可我也确信，在他关上家里大门的那一刻，他就开始死去。西普里亚诺·阿尔格忽然睁开眼睛，坐直了身子，仿佛有人一把抓住他的手臂猛烈摇晃，又仿佛感觉到有人正在谈论他一般。他用手搓了搓脸，脸上一副小孩子干坏事被抓个正着的迷茫神情，他嗫嚅道，我睡着了。每次他在电视机前从短暂的睡梦中醒来的时候，总会说这么一句，我睡着了。但今晚与别晚都不同，因此他又自言自语地添了一句，没醒过来才好呢，至少，在我睡着的时候，我还是个有活干的陶工；一个很大的区别就是，您做梦的时候就算做再多活也做不出一件真正的陶器，玛尔塔说道。这正是醒着时候的样子，你不停地干活，干活，干活，有一天，你从这个睡梦中醒来，或者说是从噩梦中醒来，然后突然有人告诉你，你做的东西毫无用处；有用，有用的，爸爸；就跟没用一个样；今天确实是糟糕的一天，明天我们静下来再好好想想，看看有什么办法收拾他们丢给我们的这个烂摊子；也好，明天再想想，也好。玛尔塔走到父亲跟前，温柔地亲吻过父亲，说道，您去休息吧，去吧，好好地睡一觉，别再多想，让头脑好好放松一下。走到卧室门口的时候，西普里亚诺·阿尔格停下来，转过身，似乎犹豫了一下，像是为了说服自己似的，说道，也许明天马萨尔会打电话来吧，说不定能给我们带来一个好消息；天晓得，爸爸，天晓得会怎么样，玛尔塔回答，他告诉我他会认真处理的。

第二天马萨尔并没有打电话回家。周三一整天就这样过去了。过了周四，又过了周五，接着周六、周日也过完了，直到周一，卸货事件几乎过了一个星期，西普里亚诺·阿尔格家的电话铃才再次响了起来。他并没有像之前说过的那样去到附近转转，找找买家，而是待在自己的作坊里，做了许多小活计，好消磨这段漫长的等待时光。有些活根本不需要做，比如，彻底地检查炉子，清理炉膛，从上到下，从里到外，每一个接口，每一块炉砖，他都没有放过，仿佛要准备一场前所未有的盛大烧制。他替女儿揉了一块泥，却全然没有对待炉子时的热情和细致，玛尔塔只好背着他再揉一遍，好把泥块里的疙瘩揉匀。他劈柴，扫地，在那个一连下了三小时毛毛雨的午后，他坐在柴棚里的一段圆木上，时而怔怔地盯着前方，就像一个失明的人知道自己即使把头转向别的方向也仍旧看不见任何东西那样，时而又凝望着自己张开的双手，仿佛在一道道掌纹的纵横交错之间，寻找着一条路线，最短的那条或是最长的那条，而选择这一条还是那一条，通常取决于你有多急或者多不急，当然，也别忘了，还有某人或某事从背后推着你，而你却不知他们为何要推着你，也不知他们要将你推向何方。雨停的时候，西普里亚诺·阿尔格沿着那条通向公路的道路向下坡走去，全然没有发现女儿正从陶坊门口望着他，但他无须说自己要去哪里，她也无须开口问。顽固的男人哪，玛尔塔想，他应该开着货车去才是，这天说不定什么时候又会下起雨来。玛尔塔的这种担忧十分自然，这也是人们眼中作为女儿应有的表现，因为，事实上，不管过去的人如何粉饰美言，天公从未有多让人值得信赖过。然而这次，尽管细雨从这片笼罩着大地的制服灰中飘落，但也远不足以让人湿透。村里的墓地就在这些通向公路的其中一条岔路的尽头，离这里很近，而他，西普里亚诺·阿尔格，尽管已经上了点年纪，步履却依然矫健，年轻人也只是在匆忙之时才会达到这般步幅和速度。年轻也好，年老也罢，今天谁也不要催促他了。就连玛尔塔让他开着货车来的这个主意也算不上明智，因为，去墓地，尤其是去像这样在村庄里的、质朴而充满田园气息的墓地，我们总是应该走着去才好，倒不是说有什么绝对命令或者至上的规矩，而仅仅是出于人类的尊严，毕竟，有多少人不远千里徒步朝圣却只是为了膜拜某位圣人的胫骨，那我们还有何理由用其他的交通方式去到一个我们早知会有自己的回忆抑或是一滴眼泪在等着的地方。西普里亚诺·阿尔格会在他妻子的墓前待上几分钟，不是为了祷告他早已忘记的祷文，也并非为了求她在九天之上——如果她的德行能让她升到如此之高的地方的话——替他向人们口中那位无所不能的人说情，他只是为了抱怨，不公平，茹斯塔，他们对我所做的不公平，他们取笑我做的东西，也取笑我们女儿做的东西，他们说陶器已经不时兴，不再有人愿买，所以我们也不再有用场，我们就是一个破裂的汤碗，已经不值得费力气用扳钳把它补好，你活着的时候则要走运得多。墓地里狭窄的碎石路积满小水团，荒草蔓延遍地，用不了一百年，人们便不再记得这一个个土堆下面曾经埋葬着的是谁的尸骨，即便仍记得，也并非真的有心要记住，有人曾说，死去的人就像破碎的盘子，不值得再用同样过时的铁夹钳将碎片固定到一起，用别的词汇来解释这件事上的铁夹钳的话，那就是回忆和思念。西普里亚诺·阿尔格向妻子的坟头走去，她在那底下已有三年，三年来，哪里都寻不见她的踪影，家里没有，陶坊里没有，床上没有，黑桑树的树荫下没有，采土场的烈日下还是没有，她再也没到餐桌那头坐着，也不再回到窑炉旁，既不清扫炉箅子上掉落的灰土，也不去把晾着的陶坯翻面，她不再削土豆，不再揉黏土，也不再说，世上的事就是这样，西普里亚诺，生命只给了我们两天，多少人只活了一天半，还有一些则更少，所以你就该知道，我们不该再抱怨。西普里亚诺·阿尔格在那里驻足了不到三分钟便离开了，他足够聪明，无须别人提点就知道，祷告也好，不祷告也罢，重要的并不是站在那里注视着坟墓，重要的是他来过这里，是走过的路，是经历过的旅途，如果你意识到自己正在拖延凝视坟墓的时间，那是因为，你看着的正是你自己，或者更糟的是，因为你期待别人正看着你。与思维的瞬时速度相比，即使在我们以为思维迷路的时候，它也是沿一条直线离去，因为我们没有意识到当思维沿着一个方向疾驰时，其实它正同时向各个方向散开，而就像我们刚刚说的，与之相比，可怜的语言总是每往前迈一步就需要获得许可才能迈下一步，即便如此它还总在主人没说出口的每一个形容词或动词上磕磕碰碰、犹犹豫豫，这应该就是西普里亚诺·阿尔格没有时间把头脑中所想的有关“不公平，茹斯塔，他们对我所做的不公平”的一切告诉妻子的原因，而很可能我们此刻听到的他在向墓园出口走去时的喃喃自语，却正是他原本想要诉说的话。当一个身着黑色丧服的女人与他擦肩而过时，他正巧结束他的喃喃自语，那个女人正要入园，事情总是这样，有人刚来，有人要走，她说，您下午好，西普里亚诺先生，使用尊称既是辈分差距的缘故，又是乡野风俗使然。他便回道，您下午好，他没有叫她名字，并非因为不知其名，而是因为他想到，这个为丈夫身着重孝的女人，无论如何也不会参与到他惨淡的未来中去的，而二者也不会有什么关系，虽然她明天要去陶坊买一个水罐，因为她正说道，明天我要去陶坊买个水罐，但愿可以比我之前用的那个好，之前那个罐子在我拿起它的时候脱落了手柄，摔个粉碎，水洒了一地，您能想象那个场面，不过说实话，这个可怜的东西也是年纪一大把了；西普里亚诺·阿尔格回答道，不必来陶坊，我给您带一个新的来，您不必付钱，是陶坊送您的；您这么说是因为我是寡妇吗，女人问；不，当然不是，只是个礼物，仅此而已，我们有太多的水罐，并且可能永远也卖不出去了；既然如此，很感谢您，西普里亚诺先生；没什么；一个新水罐可不是没什么；的确，但也只是一个水罐罢了，不足挂齿；那就明天见了，我等着您，再次感谢；明天见。瞧，就像之前解释过的那样，思维同时向各个方向发散，然后感受也同时追赶了上来，寡妇因为将要免费得到一个新水罐而欣喜，这种欣喜消减了她在这个阴沉的午后来到丈夫安息之所时的难过。对此我们不应感到惊讶，当然，尽管我们仍能看到她驻足在墓园的入口，但在她那颗主妇之心的深处，毫无疑问地因为那个意外的礼物而喜悦着，她还是会去向那里，走到那个悲伤和义务召唤着她的地方，但也许，等她最后到了那里，便不会再像她此前所想的那样大哭一场了。天色渐暗，墓园附近的房舍里开始透出点点昏黄，但暮色不会立刻褪去，好让这个女人不必惧怕鬼火或冤魂，安心在坟前祷告，让天父和圣母保佑她的丈夫得以安息。

当西普里亚诺·阿尔格走过身后村子里最后的那栋房屋，望见自家陶坊的时候，他看到屋外的灯亮着，那是盏古旧的灯笼，外面罩有一个金属架子，悬挂在屋门上，尽管它每晚都会亮起，但今晚却让他心生舒畅，就好像这个家在对他说，我正在等你回来。空气中似乎有看不见的浪涌，几缕细微得几乎难以觉察的雨丝随着浪涌触到了他的脸上，过不了多久，天上的这盘云磨又要开始工作，研磨出水做的面粉，再把它过筛，天要是还这样潮湿，我可真不知道这些陶坯要干到什么时候去了。也许是暮霭的柔和使他平静了下来，也许是短暂的墓园之行引起了他对昔日的怀想，亦或许是因为告诉了那个黑衣妇人他会送一个新水罐给她，这种慷慨的做法让他感到满足，西普里亚诺·阿尔格此刻的脑海里既无对得不到某物的失落也无对失去某物的惶恐。脚踏着湿润的土地，头顶着低垂的苍穹，在这样的时刻，谁也不可能对着你说出如此这般荒唐的事情来，说“你要带着另一半货回去”或者“你女儿会在某天弃你而去剩你独自一人”。陶工走到坡顶，深吸了一口气。在沉沉阴云衬托下，那棵黑桑树显得愈发黝黑，倒也不枉费叫这名字。灯笼投射出的光线未能照及树冠，甚至连最低矮的枝条也几乎不能触及，只有一片微弱的光，像地毯一般一直铺陈到粗大的树干旁。那个旧狗舍还在那里，已空置多年，当它的最后一任居民在茹斯塔的怀中死去的时候，茹斯塔对她的丈夫说，我再也不想在家里养任何动物。一星亮光在狗舍漆黑的入口处闪过，但又迅速消失不见。西普里亚诺·阿尔格想要一探究竟，走上前去弯下身向里窥望。里面漆黑一片。意识到自己的身体挡住了灯光，于是他把身子向旁稍稍侧转。那里有两星亮光，两只眼睛，是一只狗，或者是只小灵猫，但更可能是一只狗，陶工心想。他应该没有猜错，这一带并没有确切的关于狼出没的记录，而猫的眼睛，不论是家猫还是野猫，都不会是这个样子，这一点所有人都不会怀疑，如果这些都不是，最糟就是一头老虎，而成年的老虎不可能钻得进这样大小的狗舍里。回到家后，西普里亚诺·阿尔格没有说起猫和虎，对上坟的事情也只字未提，而那个要送与寡妇的水罐，也用不着现在就去取，所以他只是这样对女儿说，外面有条狗，说完顿了一下，好像是在等女儿的反应，又继续道，在黑桑树底下，狗舍里。而玛尔塔呢，才洗完澡换好衣服不久，想着先坐下休息片刻，一会儿就该去做晚饭了，因此她也并没有什么心情去理会流浪狗到底是路过还是想留在她家的狗舍里，所以她说，就让它去吧，如果它是那种不喜欢在夜间行走的动物，天一亮它自己就离开了；有没有什么东西可以喂它，陶工问；中午的一些剩菜，一点面包，水就不用了，天上掉下来这么多；我拿去喂它吃点；随您高兴，爸爸，但您要知道，您要是这么做了，它就赖在我们家了；我想也是，我要是它，我也不走。玛尔塔把剩菜倒到壁炉沿子上摆着的一个旧盘子里，把已经发硬的面包掰碎，撒到上面，又浇上一点汤汁，将这些都拌匀到一起，好了，您拿去吧，记得我的话，这只是开始。西普里亚诺·阿尔格拿起盘子，女儿问他时，他的一只脚已经跨在了厨房门外——您难道不记得了，康斯坦特死的时候妈妈说过再也不想在家里养狗的；我当然记得，但我敢肯定，如果你妈还活着，这会儿端着盘子出去喂这条她不想要的狗的人，肯定不是你爸我了，西普里亚诺·阿尔格说完便出了门，剩下女儿自己在一旁咕哝，也许您说得对。雨又开始下，依旧是那种沾衣不湿的蒙蒙细雨，就像是水做的粉尘在空中飘荡，让距离变得模糊起来，泛白的窑炉看起来就像要移动到别处去，而那辆货车，纵然是辆使用内燃机的现代汽车——当然，我们也都知道它并不十分新式——看着则像是幽灵的马车一般。那棵黑桑树底下，雨水正汇聚成大大的水滴，缓缓地从树叶上滑落，一滴，又一滴，时断时续，并不规律，仿佛在树冠外还行得通的水力学定理在那里却并不适用。西普里亚诺·阿尔格把装满食物的盘子放到地上，向后退了三步，没见狗从里面出来。你一定饿极了吧，陶工说，也许你是那种自尊心很强的狗，也许你不愿意我看到你饥肠辘辘的样子。他又等了一会儿，接着就回了屋，但没有把门完全关闭。从虚掩的门缝里并不能看到多少，但仍能分辨出来一团黑影从狗舍里钻了出来，向饭盆走去，他看到那条狗——没错，既不是狼也不是猫——先朝着屋子的方向望了望，随后才低下头吃了起来，似乎是在想，那个人不顾外面的坏天气，冒着雨拿东西给自己吃，实在是欠了他一份敬意。西普里亚诺·阿尔格这才关上门，向厨房走去，在吃了，他说；它要是真的很饿的话，这会儿已经吃个精光了，玛尔塔笑着应道；一点没错，父亲也笑着说，如今的狗跟以前的狗还是一个样啊。晚餐很简单，很快就端上了桌。快要吃完的时候玛尔塔说，又一天没有马萨尔的消息，我实在不明白他为什么不打电话回来，哪怕只是说上一两句，一个字也行，我又不是让他说上一连串；也许他还没能跟主管说上话；那就把这个告诉我们啊；在那儿办件事不容易，这你也是知道的，陶工像和事佬一般说道。女儿意外地看着他，比起他说话的内容，他说话时的语气更让她感觉惊讶，替马萨尔开脱辩解，这可不是您的作风，她说；我挺喜欢他的；您是有可能喜欢他，但您并不把他当回事；我不当回事的人是现在那个保安，不是以前我认识的那个忠厚和善的小伙子；他现在是个忠厚和善的男人，况且做保安也不是什么没尊严不正当的工作，跟任何其他的正经工作一样；可它不是任何其他的工作；有什么不一样；不一样在于，你的马萨尔，我们现在认识的这个马萨尔，已经成为了一个彻彻底底的保安，从头到脚趾都是，我甚至怀疑他是不是内心也成了一名保安；爸爸，您不能这么说您女儿的丈夫；你说得对，原谅我，今天不应该是批判和争辩的日子；今天，为什么；因为我去了趟墓园，因为我给了邻居一个水罐，因为我们外面来了条狗，这些都是很重要的事；水罐是怎么一回事；手柄拿在手里罐子却掉到地上摔烂了；这也是常有的事，没有什么是永恒的；但她也承认罐子已经太旧，所以我想我应该送一个新的给她，就当作另一个工艺上有瑕疵，或者都不用当作，送就是送，无须解释；那个邻居是谁；是伊佐拉·埃斯图迪奥沙，几个月前刚死了丈夫的那个；是个年轻的女人；你想的是这回事的话，我先告诉你，我可不打算再婚；我就算想着，我自己也没有意识到，尽管其实我应该先想到的，既然您不愿意跟我们一起到中心生活，那么要是再婚您就不用独自一人待在这里了；我再说一遍，我不打算再婚，更不想同第一个出现在我眼前的女人结婚，至于其他的，我求求你别把这好好的夜晚搞砸了；对不起，这并不是我的本意。玛尔塔站起来，收拾起盘子和刀叉，又照着折痕把桌布和餐巾叠好，有人认为陶工的手艺不精，的确，陶工是会制造一些粗糙的物件，就好比这本书里的这位，他就是在这种粗野鄙陋的小村庄里制造出的那些盆盆罐罐，这一点您应该也已经推断出来了，可要是有人觉得陶工的手艺没办法与如今那些所谓上流社会的人自诩的精致和优雅相比，那就大错特错了，而那些自称是上流社会的人，应该已经忘记，或者从来就不知道，自己的祖先曾是多么的残暴和野蛮。阿尔格家族的人都有一个特点，学东西很快，又善于学以致用，于是就学得更好，而玛尔塔作为这个家族最年轻的一代，受发展援助之惠，有幸在城市里上了学，那里总有一些优势是乡下小地方所不具备的。而她最终还是做了陶工，因为她心中清晰而明白地知道自己想成为一个模型设计师，当然，她的这个决定也受到其他因素的影响，一是家里没有兄弟可以继承家族的这门传统手艺，再者，别忘了这也是最重要的原因，那就是心中深深的孝爱使她无法用一种听天由命的态度去对待自己日渐老去的父母双亲。西普里亚诺·阿尔格打开电视机，但很快又将之关上。如果这时候有谁问他在这一开一关之间能看到什么听到什么，他一定不知如何回答，但如果你换一种问法，你在想什么，一副心不在焉的样子，那他一定会立即拒绝回答。他会说，没有啊，你怎么会这么认为，我没有心不在焉，以此来掩饰自己的孩童稚气，不承认自己正担心着门外那条狗，担心它是否好好地待在狗舍里，会不会因为填饱了肚子又有了力气就接着要赶路，去寻找更好的食物，或者寻找一个住在没这么多风雨的地方的主人。我回自己房间去了，玛尔塔说，我得去干点针线活，拖了好久，今晚一定要把它弄完；我也快回屋了，陶工说，我累极了，虽然什么活都没干；您揉了黏土，检查了窑炉，您干了好些活呢；你也知道那些土还需要再揉一遍，可那窑炉，连石匠活也用不着，更别说保姆般的照料了；每一天都一样，但每个小时却不同，当一天结束的时候，这一天也总是把那二十四个小时走得满满当当，即便那二十四个小时里什么东西都没有，但这并不适用于您的情况；时间哲学家玛尔塔，父亲打趣道，又在她额头上轻轻一吻。女儿也回过去，笑着说，别忘了去瞧瞧您的狗怎么样了；暂时它还只是外面走来的狗，它只是觉得我们家的狗舍能让它遮挡一下风雨，可能生病了，也可能受伤了，也许项圈上还有主人的电话号码，也许还是村里谁家的，主人打了它，它便逃走了，要真是这样，明早它就不会还在那儿了，你知道狗是怎么样的吗，任凭怎么打它骂它，主人永远是主人，所以啊，你可别这么早就说它是我的狗，何况我连它什么模样也没见着，会不会喜欢它还不知道呢；可您心里是想要喜欢它的，这就是了；瞧瞧，这会子你又成了情感哲学家了，陶工说道；我猜您一定会留下它的，您想给它起个什么名字，玛尔塔问；现在想这些还太早；它明早要是还在这儿，名字可就是它从您嘴里听到的第一个词；我不会叫它康斯坦特，康斯坦特不会再回到它女主人身边了，就算它回来，女主人也回不来了，不然就叫它“丢失”吧，这个名字挺配它的；有个更配它的名字；什么；“复得”；这算什么名字；“丢失”也不算啊；嗯，你说得对，它起先走丢了，现在又被找到了，正好就是失而复得，就叫这个吧；明天见，爸爸，睡个好觉；明天见，针线活别弄得太晚，当心眼睛。女儿回房后，西普里亚诺·阿尔格打开屋门，向黑桑树那边望去。天上的磨子还在无休止地转着，狗舍里也没有动静。它还在那儿吗，陶工问自己。他给自己找了一个不出去看它的理由，为了一条走失的狗让雨水淋自己一身，这种事做一次就够了。他回到卧室躺下，又看了半个钟头书才睡着。半夜的时候他醒了，开灯一看，床头柜上的手表显示是凌晨四点半。他起身，从一个抽屉里取出手电筒，又打开了窗户。雨停了，黑色的夜空里已经有星光在闪耀。西普里亚诺·阿尔格打开手电筒，对准狗舍照去。光线不够亮，并不能看清里面的样子，但是西普里亚诺·阿尔格不需要看清，两星亮光已经告诉了他答案，那是两只眼睛，就在那里。

4

自从他们让他把一半的陶器——这一半陶器甚至还没从车上卸下来——撤回家，西普里亚诺·阿尔格就开始弃自己一辈子积攒下来的戴月披星辛勤劳作的名声于不顾。他睡到日上三竿才起床，用比平时多得多的时间洗澡刮脸，慢悠悠地吃上很少的早饭，最后，他带着起床时就有的无精打采，不见丝毫精神抖擞地去劳作。然而，在昨夜梦见一头老虎正要扑过来吃掉他的手之后，他便一直无法安睡，所以今天，东方才露出鱼肚白，他就掀开了毯子。他没有开窗，只是把百叶门略微打开一道缝，看看天气如何，这就是他当时所想的，或者说是他想要让自己这样想。但事实是，他并无这样做的习惯，这个男人已经活得够久，久得足够知道天气无非就是这副样子，要么天晴，就像今天这样，要么下雨，就像昨天那样，实际上，当我们打开窗户，把鼻子朝向天空，我们就是想验证一下那天气是否跟我们心中期盼的一样。而西普里亚诺·阿尔格望向外面的时候，目的无他，就是想要知道那条狗是否还在等着他们重新再给它取个名字，或者，它是不是已经不想再做这样无果的等待，而启程寻找一位更加勤快的主人去了。能望见的只是它搁在交叉的前爪上的嘴和一对耷拉着的耳朵，但也用不着怀疑它身体的其他部分不在那里。是黑色的，西普里亚诺·阿尔格说。昨晚他给它喂食的时候他就感觉应该是这个颜色，少不了有人会说，那是因为在晚上看，就算是白猫，到了晚上看上去也是灰的，狗也一样，尤其是在更黑暗的环境下，比如说是在黑桑树下，夜空里又下着细雨，细雨消解了有生命之物和无生命之物之间的界线，使得这些有生命之物看起来好像它们终会变成的那个无生命的形态。那条狗其实并非是黑色，就是嘴和耳朵接近黑色而已，身体的其他部分更像是一种灰色，中间掺杂着一些颜色更深的、有的已经完全是黑色的皮毛。陶工已经六十四岁，年纪一大，视力自然不如从前，又因为常年在炎热的窑炉旁工作，不便佩戴眼镜，所以他说，是黑色的，也并非不可以，何况之前是在晚上，天又下着雨，而现在距离又使得晨光看起来雾蒙蒙的。当西普里亚诺·阿尔格最终走近那条狗的时候，他就会知道，他再也不能说，是黑色的，但如果他说，是灰色的，那么他也会为此歪曲而深感内疚，因为他会发现，它还有一道狭长的白色斑纹，就好像一条雅致的领带，从它的胸膛一直延伸到腹部。隔着门传来玛尔塔的声音，爸爸，醒醒，那条狗守在外面呢；醒着呢，我马上来，西普里亚诺·阿尔格回答道，但立即又为刚说出口的最后四个字感到后悔，说那样的话很幼稚，几近可笑，一个这样年纪的男人，居然像孩童得到自己梦寐以求的玩具那般兴奋，而我们都知道，一条狗的实用性越大就越被看重，玩具是不具备实用性的。而说到梦与梦的实现，如果一个人这天晚上梦见的是老虎，一条狗便不可能满足他。尽管自责，西普里亚诺·阿尔格这次却没有在洗漱整理上花费过多时间，匆匆穿好衣服就出了卧室。玛尔塔问他，要不要我弄点东西给它吃；等会儿吧，现在给它吃东西只会让它分心；那您过去吧，去驯服您的野兽；它才不是野兽，可怜的东西，我刚才一直在窗边看着它；我也在看它；那你觉得它怎么样；我觉得它不属于这一带的某个人；有些狗一生都不会离开它们的庭院，生也在那里，死也在那里，除了那些被人带到野外吊死在树上或者一枪打死的；听这些东西可不是开启新一天的好方法；的确不是，那我们就少点残忍，多点仁慈，西普里亚诺·阿尔格边说边往院子走去。玛尔塔没有跟出去，只是倚在门口望着，好好开心一下吧，她想。陶工上前几步，用一种清晰、坚定，却又不十分响亮的声音，唤出了昨晚定好的那个名字——复得。那狗在看见他的时候就已抬起了头，而现在，听到了自己期许已久的名字，整个身体都从狗舍里钻了出来，它体型不大，但也不小，是一条年轻的狗，体态纤长，背毛卷曲，它确实是灰色，偏黑的灰色，当然还有那条看上去像是领带的白色狭长斑纹嵌在胸口中央。复得，陶工重复着它的名字，接着又上前了两步，复得，过来。那狗停在原地，头仍旧抬着，尾巴轻轻地晃动，但就是不挪腿。于是陶工蹲下身来，以便让自己与狗的视线在同一高度，然后他才开口，复得，但这次，他的声调显得更为热情而急切，像是呼唤一个他极需要的人。那狗向前移动了一步，再一步，又是一步，就这样一直向前走去，直到它走进他的臂弯里。西普里亚诺·阿尔格伸出右手，手指几乎碰到它的鼻子，他就这样等待着。狗嗅了几下，接着伸长了脖子，用它那冷冷的鼻头蹭擦着他的指尖。陶工慢慢地把手伸到它离他较近的那侧耳朵，轻轻地摩挲着。那狗终于踏出了最后一步，复得，复得，西普里亚诺·阿尔格对着它说，我不知道你之前的名字是什么，但从现在开始，“复得”就是你的名字。直到这一刻，他才看清，这狗的脖子里并没有项圈，皮毛也不仅仅是灰色，身上还沾着烂泥和草屑，尤其是它的腿和肚子，一看便知它是从荒郊野外一路跋涉而来，而不是舒舒服服地从大路上游荡而来。玛尔塔也走过来，她端来少许食物给它，食物并不隆重丰盛，只是为了正式与它见面并庆祝洗礼，你去喂它，父亲说；她却回道，还是您来吧，我有的是机会喂它。西普里亚诺·阿尔格把盘子放到地上，然后艰难地站起来，啊，我的膝盖，就算只能回到去年的样子我也愿意拿一切来换；变化很大吗，女儿问道；活到这把年纪，哪怕只有一天也会发生变化，只是有时候看上去好些。而那狗复得，鉴于它现在已经有了名字，我们就不该再拿别的字眼来称呼它，不能是“狗”，我们只是叫顺了口，刚刚才会在前面加了这个字，也不能是“那动物”或者“那野兽”，这些只是用来称呼矿物和植物王国以外的事物，然而，我们无论如何也不可能完全避免这些叫法，有时我们需要用这些词来代替一些名词，免去一些枯燥的重复，也正是出于这唯一的原因，我们才会在应该称西普里亚诺·阿尔格的地方用比如“陶工”“那个老男人”和“玛尔塔的父亲”来表示。总之，我们刚讲到，那狗复得，三下两下就把盘中餐舔个精光，明确表示昨天那副饿肚饥肠并没有被填饱，它抬起头，就像是等着二次救助似的，至少玛尔塔是这样解读这个动作的，所以她对着它说，耐心一点，中饭一会儿才吃，刚才的就当给你垫垫肚子。其实这真是个草率的判断，人类的大脑经常会冒出这样的想法，尽管确实还没吃饱，它也不会予以否认，但此刻复得关心的却并非是食物，它是想知道接下来他们要让它做什么。它很渴，它完全可以去昨夜下雨留下的一个个水团里畅饮一番，但它没有这样做，有一些东西阻止它这样做，如果我们此刻谈论的是人类的感受，那么我们可以毫不迟疑地称之为细心谨慎或是彬彬有礼。他们既然把食物放在盘子里让它吃而不是让它在地上和着泥土啃食，那么水也应该先装到一个专门的容器里再喝。它一定是渴了，玛尔塔说，狗需要喝大量的水；那里就有许多水团，父亲回答，它不过去说明它不想喝；如果我们要留下它，就不应该让它从地上的水团里喝水，别弄得它像是没有家的流浪狗似的，责任就是责任。西普里亚诺·阿尔格嘴里有一搭没一搭地说着话，多半没什么含义，只是为了让狗熟悉他的嗓音罢了，话虽如此，他还是略带有意地将复得这两个字重复了许多遍，而此时，玛尔塔端了满满一大陶碗清水放到了狗舍旁。有关狗的那些楷模般的事迹和传奇有千百个，在看过或听过之后，总会有人产生怀疑，但不管这些怀疑论者如何看待此事，我们必须指出，复得再一次出乎了新主人的意料，它竟还留在原地，与西普里亚诺·阿尔格面对面，显然是在等待主人把要对它说的话都说完。一直到陶工闭上嘴，并做了一个像是在派遣它的手势，它才掉转身去喝起水来。我从来没有见过哪一条狗有过这样的表现，玛尔塔感叹；经过这些事之后，父亲答道，最坏的事情，莫过于这里的哪个人跑来告诉我这狗是他的；我想这事不会发生，我甚至觉得复得不是这一带的，牧羊犬和看家狗都不会有它那样的行为表现；一会儿吃完饭我到附近问问看；您顺便可以把水罐带给伊佐拉，玛尔塔说道，笑意浮现在她的脸上，而她也并不打算隐藏。对，这事我也已经想到了，正如我爷爷常说的，能早做的事莫晚做，西普里亚诺·阿尔格这样答着，眼光却望向别处。复得喝完水，瞧着这二人并无要理睬它的意思，于是决定在狗舍门口躺一会儿，那片地面湿得稍好些。

早饭过后，西普里亚诺·阿尔格去成品存放处挑选完水罐，把水罐小心地放到货车里，放在那些装盘子的盒子中间，又做了一番调整以防它倾倒，然后上车，坐好，发动了车子。复得抬起头，很显然它知道这种噪音总是意味着有人要动身离开然后消失不见，但是它先前的生活经验告诉它，有一种方法可以避免这样的灾难发生，至少有时候可以。于是它站立起来，用力地摇晃着尾巴，仿佛在挥舞着一条皮鞭，并且，从它流浪到这里寻找避难所以来，复得第一次发出了吠叫。西普里亚诺·阿尔格把货车慢慢地向黑桑树那里驶去，在距离狗舍很近的地方停下。他觉得他明白了复得的意图。他打开另一侧的车门，还没来得及招呼它上来，复得就已经在车里了。西普里亚诺·阿尔格原先并没有想要带着它一起出去，他的本意只是想挨家挨户问过来，知不知道有这样的一条狗，这个颜色的毛，这个样子的体型，有这样的一条领带，又是如何如何地懂事听话，并且在描述上述种种的同时，心里不断向天上地下的各路神仙妖怪祈求，千万千万，要让被询问的人回答，他们活到现在从未养过或见过如此这般的一条狗。而现在，复得就在车里，看得见摸得着，就用不着他那冗长而枯燥的形容和一遍又一遍的描述了，他只需问，这狗是您的吗，或者是你的吗，是否使用尊称则取决于与受问者的亲密程度，然后等着对方回答，不是，是的，如果是前一种情况，就二话不说转身就往下一家去，根本不给对方看第二眼的机会，以防对方改口，要是后一种情况，就仔细观察复得的反应，因为它不是那种因为几句谎言就能被自称是主人的人冒领的狗。玛尔塔听见汽车发动的声响，顾不得满手的陶泥就跑到陶坊门口看，她想知道狗是不是也跟着去。父亲回答道，去的，去的。于是片刻间院子就变空寂，只剩玛尔塔自己，这样的场景对于这二者而言，仿佛都是头一次遇到。

在到达伊佐拉·埃斯图迪奥沙所居住的那条街之前——埃斯图迪奥沙这个姓氏，跟加修和阿尔格一样，其起源和出处也已无从考证——陶工已经敲过了十二户邻居的门，并且对他们相同的回答相当满意，比如，这狗不是我的，或者，我不知道是谁的。有个商人的老婆见了复得，甚是喜欢，开了高价要买下它，当即就遭到了西普里亚诺·阿尔格的拒绝，还有三户人家无人应门，只听得院子里传来看家狗的狂吠声，陶工用他蜿蜒曲折的逻辑推理得出一个结论，复得不是他们家的，就好像有什么家养动物通用法则里白纸黑字地写着，一家不可容二犬。西普里亚诺·阿尔格最终来到了寡妇的住处，他敲了敲门，而当她黑衣黑裙地出现在他眼前的时候，他用了比起平常大得多的音量道了早上好，而出现这种突然的转变则要归咎于玛尔塔，她那个荒唐至极的让寡妇鳏夫重结连理的想法，实在应该受到最严厉的谴责，不得不说，伊佐拉·埃斯图迪奥沙看上去至多不过四十五岁，假如非要再精确些，再添上几岁，实在也是看不出来。啊，早上好，西普里亚诺先生，她说；我跟您说好的，把您要的水罐给您带来了；太感谢了，实在不该劳烦您跑这趟，昨天我们在墓园交谈过后，我就觉得物和人之间其实没多大区别，都各自有各自的生命，延续过一段时间，然后很快就走到尽头，世上的一切皆是如此；然而，只要把旧水罐的碎片丢掉，在新的里头装满水，一个水罐就可以被另一个水罐替代，可人却不一样，每一个新的生命在出生时，塑造他们的模子就破碎了，这就是为什么每一个人都不一样；人可不是从模子里钻出来的，但是我想我已经明白了您的意思；只是我这个陶工的说法罢了，不必在意，来，给您，但愿这个罐子的手柄不会那么快就脱落。女人伸过手去接住水罐，抱在胸前，再一次感谢了他，太谢谢您了，西普里亚诺先生，就在这一刻她看见了车里的狗，那条狗，她说。西普里亚诺·阿尔格心头一震，他压根没想过伊佐拉·埃斯图迪奥沙有可能正是复得的主人，而现在她说了一句“那条狗”，就像是认得它似的，脸上是一种终于找到失物的惊喜，您应该能想象得到，西普里亚诺·阿尔格是怎样的不情不愿才张口问道，是您的吗。您再次想象一下，当他听见她的否定回答时，是多么的如释重负。她说，不，不是我的，但我见它已在附近晃悠了两三天，我还唤了它，但它假装没听见，真是条讨人喜爱的狗呢；我昨天从墓园回到家的时候，发现它半躲在我家黑桑树底下的狗舍里，那狗舍是我们之前养过的一条狗的，叫康斯坦特，说远了，总之昨天那时候天已经黑了，我只看见有两只眼睛在闪闪发亮；它一定是在寻觅一位中意的主人；我不知道我能不能让它中意，或许它已经有了中意的主人，这不我正到处问着呢；哪里，这里吗，伊佐拉·埃斯图迪奥沙问道，还没等对方回答，她又说道，如果我是你，我就不这么费劲找了，那条狗不是这一带的，它从很远的地方来，另一个地方，另一个世界；为什么说是另一个世界；我也不知道，也许是因为它看上去完全不像是如今的狗；您才见过它那么短的时间；再短也够我这么说了，而且，如果您不想要它，那我就要留下它了；要是换一条别的狗，或许我不介意让它留在这里，但这条我们已经决定收留它了，当然，前提是找不到它主人的话；看来你们是真想要它啦；我们连名字也起好了；叫什么；复得；对于一条走失的狗来说，这真是一个适合它的好名字；我女儿也这么说；所以呀，您要是这么想把它留下，就不要再找寻失主了；可我有责任把它归还给失主，要是换作我的狗走丢了，我也希望别人能这样做；您要是这么做，就违背了它自己的意愿了，您要知道是它自己想要换一家人家待的；从这个角度看的话，您说得也有道理，可是还有法律和风俗呢；别管什么法律、风俗的了，西普里亚诺·阿尔格先生，已经是您的东西，您就自己收好吧；这样未免有些自私自利；有时就该自私自利一点；您真的这么想吗；是的；跟您聊天很开心；我也是，西普里亚诺·阿尔格先生；那么我们下回见；下回见。伊佐拉·埃斯图迪奥沙将罐子紧紧抱在胸前，站在门口目送他们离去，货车掉转车头，她看着那狗，又望向正开车的男人，男人用左手向她挥手告别，那狗一定是在想念自己的小窝了，还有顶上那一片黑桑树的天空。

就这样，西普里亚诺·阿尔格提前返回陶坊，比他先前估算的早了许多。邻居伊佐拉·埃斯图迪奥沙——或者直接就叫伊佐拉——的建议既合情又合理，完全适合当前的情况，而且，如果把这个建议运用到世界的整体运作中，将之纳入一系列几近完美的事情的计划中也绝不会有任何困难。这一切的可贵之处在于，她在说这些话的时候，是多么的自然而然，甚至都没有经过思考，就好比一个人要说二加二等于四的时候，不必先费时间算一下二加一等于三，然后三再加一就等于四，她就是这样自然地说出那些话，伊佐拉说得对，最重要的事就是要尊重这条狗的意愿，尊重它这种将意愿变为现实的意志。不管狗的主人会是谁，哦，更正一下，不管狗的主人曾经是谁，他现在已经没有权利跑到这里来宣称，这狗是我的，因为所有的表现和证据都显示，如果复得懂得说人话，它必定只有一个答复——我不想让他做我的主人。所以，多亏了那个破掉的水罐，多亏了给寡妇送新水罐的想法，还有，多亏了在那个雨水滴滴答答、让身体和精神均感不适的潮湿而伤感的午后的遇见，而我们知道，除非最近遭遇损失，否则这样的天气是不会让伤心之人想到去墓园悼念逝者的。毫无疑问，复得是条十分讨人喜欢的狗，它可以想待哪里就待哪里，想待多久就待多久。西普里亚诺·阿尔格之所以感到如释重负和心满意足的另外一个原因就是，现在他不用再去敲马萨尔父母家的门了，他们也是这个村的，而他与这对亲家并不热络，要是经过他们的家门却又不声不响，两家的关系定会愈加冷淡。并且，他很肯定复得不是他们家的，从认识他们起，他们对犬类的喜好就一直只是局限于马鲁索斯犬或者其他的护卫犬。真是个美好的上午，西普里亚诺·阿尔格对着狗说道。

几分钟后他们就到了家。货车一停妥，复得就紧紧地盯着主人看，它得知此刻自己可以暂不履行自己作为巡视员的职责之后便走开了，但没有走向自己的窝，而是明显带着一种决定要去周围侦察一番的神情走开了。要不要给它套上链条呢，陶工不安地自问，但紧接着，当他看到它东一下西一下地四处嗅探并用自己的尿液来标记领地的时候，他有了答案，不，不必用链子禁锢它，它要是想逃早就逃走了。他进了屋，听到女儿讲电话的声音，等等，别挂，爸爸刚进屋。西普里亚诺·阿尔格一把抓起电话，没有任何寒暄，开门见山地就问，有什么消息。电话线的那头传来一阵短暂的沉寂，马萨尔·加修似乎觉得，一整个星期都没有通过话的两个人，丈人和女婿，用这样的开场方式未免有些不妥，于是先平静地道了声早上好，接着又问道，这几天过得好吗，爸爸；西普里亚诺·阿尔格只是简短生硬地回了一句早上好，接着不带任何停顿，也没有任何过渡性的语句，张口便责问道，我一直在等，等了整整一个星期，麻烦你告诉我，要是换作是你你作何感想；对不起，直到今天早上我才有机会跟主管说上话，马萨尔解释道。对于丈人这种不必要的厉声训斥，他选择隐忍，不予指出，即便是间接地也没有。那他怎么说；他说还没有定，但是说您不是唯一一家受影响的，一样商品受到顾客喜爱后又被冷落，这样的事情在中心几乎每天都有，“几乎每天都有”，这是他的原话；那你呢，你是怎么想的；我怎么想；对啊，他说话的腔调，他看你的方式，你有没有觉得他是真心愿意帮助我们；您凭您自己的经验也应该知道，他们总是一副心不在焉的样子；嗯，说得也是；而且老实说，我觉得他们不会再买您的东西了，对于他们来说，这种事一点也不复杂，要么对货感兴趣，要么不感兴趣，其他的事他们全然不管，不存在什么折中方案；那对于我呢，对于我们呢，这事难道也不复杂、也可以全然不管、也可以没有折中方案吗，西普里亚诺·阿尔格反问；我已经做了我所能做的，我不过是个保安而已；是啊，你已经尽了力了，说到最后几个字的时候，陶工的声音已经颤抖。马萨尔·加修觉察到丈人声调的变化，不禁为刚才自己的失言感到愧疚，于是改口道，不管怎样，他们也没有把话说绝，只说他们还要再做研究，所以我们还能再等等，也许还有希望；我已经过了等待希望的年龄了，马萨尔，我要的是确定，越快越好，我等不起了，我甚至不知道自己能不能等来明天；我明白，爸爸，生活就是这样，有起有落，一切都在变，但永远不要失去希望，不管您的陶坊在不在了，您还有我们，玛尔塔和我。马萨尔这番关于家庭团结的演说其目的并不难理解，在他看来，一切的艰难困苦，不管是现在的还是以后的，只要等他们举家搬迁到中心以后都能迎刃而解。要是换了别的时候，或者不是今天这个心境，西普里亚诺·阿尔格定会毫不客气地回他几句，但是今天，要么是因无奈而寡欢，要么是因为他最终没有失去复得，或者，谁知道呢，也许是因为由一个水罐引发的两个人的短暂交谈，陶工只是不温不火地说了句，周四，老时间，我来接你，要是其间有什么消息就打个电话回来——还不等马萨尔答话，他就结束了两人的对话——这会儿你再跟你老婆说几句吧，他说。玛尔塔接过电话又说了几句，她说我们就等着看这一切到底会成什么样吧，然后说完周四见就挂断了电话。西普里亚诺·阿尔格已经出去了，他到了陶坊里，低垂着头坐在一个陶钧上。茹斯塔·伊萨斯卡是被一场突发的心脏病夺去生命的。玛尔塔也进了陶坊，坐在另一个陶钧的凳子上，等待着。良久，父亲看了看她，又把视线转向别处。玛尔塔开口道，您在村里只待了一会儿就回来了；嗯，没待多久；您都挨家挨户问过了吗，有没有人见过这狗，知不知道是谁的；问了几家，之后又觉得不值得再继续问下去；为什么；你是在审问犯人吗；不是，爸爸，我只是想让您别胡思乱想的了，我不想看见您伤心的样子；我没有伤心；那就是有一点点情绪低落；我也没有低落；好，您说没有就没有，那您可不可以告诉我您为什么觉得不值得继续问下去；我想，如果这狗的主人是村里的，而它又从主人那里逃了出来，如果它还想回去，那完全可以回去，可它又不走，一定是想要给自己找个新主人，而我没有权利强迫它回去，违背它的意愿；从这个角度看的话，您说得也有道理；我也是这么说的，一字不差；跟谁说的。西普里亚诺·阿尔格并没有作答。隔了一会儿，他见女儿除了坐在那儿静静地望着他别的什么也不做，只好说，跟邻居说的；哪个邻居；水罐的那个；啊，对，您给她送水罐去了；不然我把水罐放到车上做什么；可不是，我要是没弄错的话，一定是她告诉您不必替复得到处寻找主人的吧；嗯，就是她；她真是个睿智的女人；似乎是这样；那她要了那个水罐了吗；你觉得有什么不妥吗；别生气，爸爸，我们是在闲聊，送个水罐这种小事，哪有什么不妥的；的确，可我们还有比这大多了的事要处理，而你却只在那儿假装生活已经一帆风顺了一样；我就是打算跟您说这些事的；那我就不明白你为何还要兜这些圈子；因为我喜欢像这样跟您聊天，就好像您并不是我的父亲一样，我喜欢假装，假装我们是彼此相爱的两个人，父与女相爱是因为他们是父女，但如果他们不是，那会不会作为彼此的朋友去爱对方呢；你再这么说下去我就要哭了，到了我这个年纪，眼泪可就开始变得虚伪了；只要能让您高兴，我什么都愿意做；那你还来劝我让我去中心生活，明知这对我而言是最糟糕的一件事；我还以为对您来说最糟糕的一件事是跟您的宝贝女儿分开呢；哈，你耍赖，这不公平，你应当请求我的原谅；好啦，这的确不公平，请您原谅。玛尔塔起身拥抱父亲，请您原谅，她又重复了一遍；好了，陶工回道，我们要不是处在这样不幸的境地，也不会像今天这样谈心。玛尔塔把凳子搬到父亲跟前，坐下，又握住他的手，然后才开始说，您今天跟复得一起在外面的时候，我有了一个想法；说说；我们把去不去中心这件事暂且搁到一边，也就是说，您要是愿意跟我们去就去，不去就不去，全看您自己；我看行；这不是明天的事，也不是下个月的事，什么时候要搬了，您自己决定是走是留，这是您自己的生活；谢谢你总算讲完了，让我喘口气；没讲完呢；还有什么；您出去之后，我就到这儿干活来了，我先是到储藏室看了一圈，发现里面没有小花瓶，我就来这里准备做几个，黏土都已经放到陶钧上了，就在这时我忽然意识到，我这样盲目地干活是多么没有意义；盲目，什么意思；因为没人跟我预订大花瓶还是小花瓶，没人在焦急地等着我把花瓶做出来然后抢购一空，我说的花瓶是代指其他一切我们做出来的东西，大的小的，有用的没用的；我懂，但就算是这样，我们也做好准备；为什么做准备；为了订单；要是订单不来我们该怎么办，要是中心以后不再跟我们订货了怎么办，我们要怎么活，靠什么活，难道就干等着桑葚成熟，等着哪天复得能逮到几只老弱病残的兔子吗；你跟马萨尔两人不会有这个麻烦；爸爸，我们说好不说中心的事的；同意，你接着说；假如说，有奇迹发生，中心改变主意了，当然，我是不相信会有这种事情的，爸爸您应该也不想骗自己吧，那我们要夹着手臂在这里坐到什么时候，要不然就是白白做些东西，既不知为什么做，也不知给谁做；事情到了这步田地，我实在想不出来除了这个还有什么可做的了；我倒是有不同意见；怎么个不同法，你又有什么神机妙算；我们做些其他的东西；中心已经不再购买现在这些东西了，难道还会买其他的吗；也许不会，也许会；你在说什么，女士；我是说我们应该做些陶俑什么的；陶俑，西普里亚诺·阿尔格惊得大喊，陶俑，这样荒唐的主意我听都没听说过；是的，父亲大人，陶俑、雕塑、肖像、小矮人、小玩意儿之类的，随便您叫它什么，只是结果出来之前您先别说这个主意荒唐；说得好像你确信中心会买你的这些陶俑似的；这倒没有，但我确信我们不能就这么束手就擒，干等着天在我们头顶上塌下来；我头顶上的已经塌下来了；塌在您头上也就是塌在我头上，所以您得帮我，我就也能帮您；做了这么长时间的锅碗瓢盆，再来做捏塑活，我的手该生了；我的也是，但要像伊佐拉·埃斯图迪奥沙说的那样，咱们的狗走丢是为了被找到，我们这两双生疏了的手或许也能够重新找回对黏土的感觉；这是一场不会有好结果的冒险；不冒险的结果也不会好。西普里亚诺·阿尔格看着女儿，默不作声，然后抓起一块黏土，粗粗地将其捏成人形。我们从哪里开始，他问；从该开始的地方开始，从头开始，玛尔塔答道。

5

独断、麻痹、迂回，时而隐讳，那些被人们打趣地称之为金句的常备片语，是一种最为严重的致命瘟疫，一直以来都在蹂躏着这个世界。我们告诉迷茫之人，认识你自己，仿佛认识自己要比第五种运算[①]简单得多，我们告诉无意志力之人，有志者事竟成，可残酷的现实每天都在以跟这句话唱反调为乐；我们又告诉犹豫不决之人，从头开始，仿佛这个“头”就是某个草草卷罢的线团上看得见摸得着的那个端点，只要拽住这一端一直拉扯就能到达另一端，又仿佛这两端之间光滑平直得没有任何绳结等着解开、没有任何纠缠等着理顺那般，然而又去哪里找这样的好事，如果可以在这里再用上一句金句，那便是“生活像一团麻”。玛尔塔跟她父亲说，从头开始，似乎只要父女俩一坐到板凳上，生疏许久的手指瞬时间就能变得精准灵活。这纯粹是天真而毫无准备之人的一厢情愿，事物的开头从来就不是哪条绳线上那个清晰而准确的端点，事物的开头是一

① 即除了加法、减法、乘法、除法之外的第五种运算——模形式。模形式是数学中最古怪和神奇的一部分，是数学中最深奥的内容之一，但是二十世纪的数论家艾希勒把它列为五种基本运算之一——译注（本书所有注释均为译注）

个极其缓慢的过程，迂延迂回，需要时间和耐心去弄清自己到底要去向何处，要像盲人那样摸索前行，开头就只是开头，几乎没有任何价值。也正是因此，玛尔塔接下来的话就不再那样坚定果决。她说，我们只有三天时间去准备项目汇报，我想商务人士就是这么叫的；什么意思，我不明白，父亲说；今天是周一，爸爸您是周四下午去接马萨尔，所以您得趁那天去向采购部主管表明我们要制作陶俑的决意，带上草图、样品，还有我们的报价，总之，一切有助于说服他们购买我们新产品的东西都要准备好，这样也好让他们现在就能做出决定，而不是拖到明年。西普里亚诺·阿尔格问道，我们从哪里开始，他没有意识到自己把刚才说过的话又重复了一遍，但这次玛尔塔的回答却不一样，她说，我们先选好六种样子，或者再少点，免得费事，再算算我们一天可以做出几个陶俑，当然这取决于我们采用的方法，是像泥塑师那样直接在黏土块上做出不同的造型，还是做成相同模样的男人和女人，然后根据设定的职业给它们穿上相应的衣服，并且，按照我的想法，它们应当全部立着，这样制作起来也比较方便；那给它们穿上衣服又是怎么回事；就是穿上衣服，给光秃秃的陶俑外面套上衣服，再加上一些指示它们身份职业的小饰物，我想两个人一起做应该很快就能做完，之后就只要小心涂上颜色就行，不能弄花；我想你一定想了很多，西普里亚诺·阿尔格说道；也没有，就是想得很快；还很好；这么说我可就要脸红了；还很久，尽管你不承认；瞧，我真的脸红了；你脑筋动得快，又动得多，还动得好，三样你都占了，这可真是我的福气；您这叫作“瘌头儿子自家的好”；那你觉得我们应该做什么形象的；不用太古老的，很多古老的职业如今已经消失，没人知道那些人是做什么的、有什么用处，也不用太现代的，现代的有塑料娃娃呢，英雄、兰博、宇航员、突变体、怪兽、超级警察和超级强盗，还有他们的武器，尤其是他们的武器；我正在思考，时不时地我脑子里也会冒出个把点子来，虽不及你的好；不要假装谦虚，那不适合您；我在想，我们把家里的那些带插图的书翻出来看看，比如那本旧百科全书，你爷爷买的，要是里面有些图案可以直接拿来做样本，正好也解决了我们带什么图样去给采购部主管看的问题，他不会发现图样是我们复制过来的，即使发现他也不会在意；对极了，要是用旧时学校里的打分制给您这个主意打分，就是二十分；给我十一分我就心满意足，分数高容易引起注意；那我们就开始吧。

您一定不难想象，阿尔格家族的藏书数量不多，质量也是平平。对于这样的普通百姓，在这样一个远离城市文明的地方，您一定不会指望能见识到如何渊博的学识，但即便如此，书架的书也有两三百本，一些已经颇为老旧，一些年过半百，剩下的也是半旧不新，只有少数几本是新近的。村里没有像样的书店，只有一家小型文具店售卖一些从城里出版商那里贩来的基础课本，偶尔才会有一些电视上、广播里已经泛滥了的大众文学读物。马萨尔并不热衷于阅读，然而，当他携着一本书，要将之作为礼物送给玛尔塔而出现在陶坊的时候，您不得不承认，这个小伙子知道如何分辨好书和庸作，尽管，是好书还是庸作往往众口难调。这本被父女俩摊开在饭桌上的百科全书，在当年出版的时候也可算同类书中的翘楚，而今只能用来让人了解那些不再有用的知识领域，或者是哪些知识领域在当时才刚刚起步。这些百科全书被一本挨着一本地放成一排，现在的、以前的、再以前的，一册接一册，仿佛是时代变迁的缩影，让尘封的世界连贯起来，让停滞的姿势再度活动，让今天的词汇重新找回过去的涵义。百科全书就像是凝固的全景画，又像是被卡住卷轴的巨型幻灯机，用一种近乎疯狂的静止向人们展示着永恒不变的风景，与此同时，这风景也正日渐老朽和无用。西普里亚诺·阿尔格的父亲买下的这本百科全书如此华而不实，就像一行令人无法记住的诗。然而，我们也不应高傲狂妄、忘恩负义，而是应当听取老一辈们明智的劝告——不要丢弃无用之物，因为迟早我们会发现，这无用之物恰恰就是我们所需要的，尽管在当时我们并不会这么想。俯身凑近老旧泛黄的书页，呼吸着那股因经年不接触空气和阳光而产生的潮湿气味，父女俩终于在今天，在厚重而柔软的纸张之间习得了这个教训，从本来认为已经不再有用的东西里寻觅他们的急需之物。他们已经找到一个头上戴着有羽毛装饰的双角帽、身着蕾丝花边的衬衣、腰佩一把利剑的军人，已经找到一名小丑和一个走钢丝的人，已经找到一个手拿大镰刀的骨瘦如柴的庄稼人，紧接着，他们又找到一位骑着马的女骑手和一位没有船的海军上将，找到一位斗牛士和一个身着罩衫的男子，找到一个拳击手和他的对手，找到一名卡宾枪手和一位红衣主教，找到一个猎人以及他的猎犬，找到一名即将远行的水手和一位法官，一个弄臣和一个穿着托加袍的古罗马人，找到一个托钵僧和一名戟兵，找到一名关务员和一名坐着的抄写员，找到一个邮递员和一个苦行僧，还找到一名角斗士和一名甲兵，一名护士和一个杂耍艺人，一位勋爵和一个游吟诗人，找到一名击剑手和一个养蜂人，一个矿工和一个渔夫，一名消防员和一位长笛手，找到两个拉线木偶，找到一个船夫，找到一个挖土工，找到一位男圣人和一位女圣人，找到了一个恶魔，找到了三位一体，找到了各个等级的士兵和军人，找到一个深海潜水员和一个滑冰者，他们看到一个哨兵和一个樵夫，看到一个戴着眼镜的修鞋匠，找到一个敲鼓的人和一个吹号的人，找到一位披披肩围围巾的老妪，找到一个叼着烟斗的老翁，找到一个维纳斯和一个阿波罗，找到一位戴高帽的绅士，找到一个戴着法冠的主教，找到一个女像柱和一个男像柱，找到一个骑在马上的和一个站立着的长矛手，找到一个戴着头巾的阿拉伯人，找到一个中国清朝的官吏，找到一位飞行员，找到一个雇佣兵和一个面包师，找到一个火枪手，找到一个穿着围裙的女用和一个爱斯基摩人，找到一个留着大胡子的亚述人，找到一个铁路扳道工，找到一个园丁，找到一个肌肉毕现的赤裸男子，以及一张神经和循环系统图，还找到了一个赤裸的女子，但乳房和阴部分别拿左右手遮着。他们还找到了很多其他的形象，但都不能用来给他们做参照，要么是因为那些形象过于繁复，无法用泥塑来展现，要么是因为滥用书中出现的旧时或现代的名人肖像可能被曲解为对这些人的不敬，甚至还可能引发还健在的名人，或者已故名人的后代与之对簿公堂，冠之以冒犯、精神损害、侵犯肖像权的罪名。这么多人，我们选谁好呢，西普里亚诺·阿尔格问道，别忘了我们最多能完成三四个，而且，如果我们想要作品能拿得出手，那么从现在起，趁着中心还在考虑买还是不买的时候，我们就该着手练习制作了；是的，爸爸，但是我认为我们还是做六个为好，玛尔塔说，如果他们同意，我们就把产品分两批制作好，这样的话就只需要确定一个送货日期，又或者，他们更可能会在一开始就选出两三种，试探一下顾客的兴趣，看看他们的反响；也可能事情就到此为止了；的确有可能这样，但是我想，要是我们带六种设计过去就更可能说服他们，数字会起作用，会对人产生影响，这是个心理学问题；心理学从来都不是我的强项；也不是我的强项，但即使我们不懂，有时也会有一闪而过的直觉和预感；你可别把这些直觉和预感用到你父亲的将来上，他可是只喜欢老老实实地接受上天带给他的每一天，不论好坏；每一天带给我们什么是一回事，但我们自己给每一天带去了什么又是另一回事；前一天；没听明白您的意思；前一天就是我们带给有生之年每一天的东西，生活就像是搬石头那样搬运一个又一个前一天，等到石头装满，搬运也就结束了，只有生命的最后一天才无法称之为前一天；您是想让我抑郁吗；并没有，我的女儿，但也许要怪也是怪你；怪我什么；怪你总是跟我说一些严肃的事情；那我们索性就说点更加严肃的，我们来选一选做什么样子的陶俑。西普里亚诺·阿尔格是个不苟言笑的人，在他的嘴角上就算是若有似无的微笑也十分罕见，顶多能在他的眼睛里捕捉到一闪而过的光亮，有时也能瞥见他嘴唇微微一抿，仿佛不得已让嘴唇呈现一个微笑的样子就是为了阻止自己发出微笑，但是正如我们所见，今天一直有笑意暗藏在他的嘴角，蠢蠢欲现。那开始吧，他说，我选一个，你选一个，直到选完六个，但是你要注意，要挑不难做的选，挑适合顾客口味的选；好，您先来；弄臣，父亲说；小丑，女儿说；护士，父亲说；爱斯基摩人，女儿说；清朝官吏，父亲说；裸男，女儿说；裸男，不，不行，你得重新选一个，中心是不会要裸男的；为什么；因为他是裸的；那裸女怎么样；那就更不行了；但是她把该遮的都遮了；这么个遮法比什么都不遮还不好；没想到您对这类事情如此了解；我也活了这把年纪，该见的也见过了，该读的也读过了，该体会的也都体会过了；读能读到些什么；通过阅读，你就几乎能够无所不知；可是我也阅读呀；所以你总能明白一些事；可现在我却不那么确信了；那你就得换种读法；怎么读；同样的方法用在不同的人身上就不一样，每个人都可以找到最适合自己的方法，有的人读了一辈子的书，却始终没有真正地读进去过，他们只是把每一页都翻完，却不懂得，页面上的文字只是横置在湍流之中的踏脚石，它们之所以存在，其实是为了让我们能够跋涉到对岸去，对岸才是我们要去的地方；除非；除非什么；除非这些河流并不只有两岸，而是有许许多多的岸，每一个读者都能到达自己的那个对岸，而这个对岸就是他，且只是他必定将到达的；有见地，西普里亚诺·阿尔格说，事实又一次证明，上了年纪的人不适合与年轻人争论，因为到头来总会败下阵来，尽管我们也会学到一两样东西；很感谢您能这么说；我们接着把第六个造型挑出来吧；真的不能选裸男吗；不能；裸女也不行；不行；那就苦行僧；苦行僧，一般来说都跟书记员和陶工一样，是坐着的，站着的苦行僧跟任何一个其他的人没多大区别，但坐着的话做出来就要比其他的陶俑小了；这样的话，那就火枪手吧；火枪手不错，但是我们得解决佩剑和帽子上的羽毛的问题，羽毛倒是有办法，可佩剑是倚着腿放的，但倚着腿的佩剑看上去就像是骨折时上的夹板；那大胡子亚述人怎么样；这个可以，就做这个了，简洁，易做；我之前想的是做猎人和狗，可转念一想，狗比火枪手的剑更不好做；猎枪也难做，西普里亚诺·阿尔格补充道，说到狗，复得现在在干什么，我们把它忘了个干净；一定是在睡觉。陶工站起身，撩开窗帘，狗舍里没有，他说；它四处走动呢，好履行看家的职责，监督周围的动静；别是逃走了；生活中什么样的事都可能发生，但我不信它会逃走。西普里亚诺·阿尔格既不安又害怕，他猛地打开门，却几乎让狗绊倒。只见复得正伸展着四肢，斜躺在门口的垫子上。看到主人出来，它站了起来，等候号令。它在这里，陶工喊道；我瞧见啦，玛尔塔在屋里应道。西普里亚诺·阿尔格正要关门，它看着我呢，他说；这可不是头一回；我该怎么办；要么把门关上让它在外头待着，要么叫它进来再把门关上；别开玩笑；我可不是在开玩笑，您今天必须要决定，您到底要不要让复得留在家里，您要明白，如果让它进来，那就永远不让它走了；康斯坦特以前想进来的时候就会自己进来的；是，但它大多数时候还是喜欢独自在狗舍里待着，而这一条，如果我没弄错的话，它如同需要食物一样需要人的陪伴；这个理由听上去倒是不错，陶工说。于是他把门敞开，又做了一个手势，进来，他说。复得怯怯地上前一步，眼睛始终望着主人，然后，仿佛为了表明自己不确定自己是否已经理解了主人的命令，它停住了脚步。进来，陶工又说了一遍。狗慢慢地走向前去，到了厨房中央时停了下来。欢迎来到我们家，玛尔塔说，但是我要先跟你说清楚，你最好马上熟悉起家里的规矩来，不可以在屋里大小便，要到外面去解决，吃饭也要在外面，白天的时候进来出去随你的意，但是晚上你要乖乖在窝里待着，好好看家。我这么说你别以为我不如你的主人那般喜欢你，狗需要陪伴这话还是我跟他说的呢，这就是证明。在这一整段的长篇大论期间，复得的视线一刻都没有移开。它无法理解玛尔塔到底要让它做什么，但是它小小的脑袋里明白，要想学会东西就要看要听。当玛尔塔停下来的时候，它还等待了一会儿，之后才到厨房的角落里蜷起来，可还没来得及把那块地方捂暖和，它就又换了地方，因为一等西普里亚诺·阿尔格坐下，它就走到他的座椅旁躺了下来。而为了让这两位主人明白它十分清楚自己的任务和职责，躺下还不到一刻钟的它就又起身来到玛尔塔的脚边躺着。当有人需要陪伴的时候，其实狗是知道的。

接下来的三天是忙碌的三天，充满着紧张的兴奋感和反复的制作和修改。谁也不允许这个主意以及为实现这个主意而做出的努力最后换来一句生硬的拒绝——这样的陶俑早已过时——却没有任何其他的解释。他们就像遇难船只上两个落水者，朝着岛屿的方向努力划桨，全然不知这座小岛究竟是真实存在，还是虚无幻影。两人之中，较会作画的是玛尔塔，所以把选出来的六个图案搬到纸上的任务就归她，她需要把这些图案用传统的网格法精确地放大到成品大小，高度大约有一拃长，当然不是她的一拃，她的手小，是她父亲的一拃。做完这些就到了给图案着色的步骤，这一步会比较复杂，倒不是因为要花多大的精力，而是因为需要选出合适的颜色并将它们搭配到一起，可他们无法确定最后的配色能否符合这些形象，能否显得自然和谐，因为百科全书里的插图受当时印刷技术所限，虽有凹版上精巧细致的图案，却无丰富的颜色，只有白纸上的黑色线条和灰色的阴影。所有这些图案中，最容易涂色的，显然就是护士了。白帽、白衫、白裙、白鞋，什么都是白白白，无瑕的白，她就像是一位降临人间的慈悲天使，担负着缓解人类苦痛折磨的使命，然而早晚有一天，另一位有着同样穿戴的天使会被紧急召唤过来，来帮她缓解她自己所受的苦痛和折磨。爱斯基摩人也没有多大困难，他穿着的毛皮可以涂成半棕半灰的色调，再点缀上几块发白的斑点，来模仿里子外翻的熊皮，关键在于要让爱斯基摩人有一张像爱斯基摩人的脸，这才是它来到这个世界的目的。至于小丑，问题就大多了，因为他穷。如果这不是个衣衫褴褛的可怜人，而是个富小丑，那么，只要随便用上一种鲜艳明亮的色彩，再在他的圆锥形帽子、衬衣、裤子上随意撒上一些亮片，问题也就解决了。可偏偏这是个穷小丑，穷得叮当响，身穿一件毫无美感更无品位可言的百衲破布衫，补丁从头打到脚，一件马甲长及膝盖，一条裤子松松垮垮，衣领大到足够塞进三个脖子，领结像个风扇，衬衣俗丽夸张，鞋子大得像条船。所有这些都可以随意去涂抹，谁都不会在意颜色是否搭配得当，麻烦在于，这个样样都会一点的人塑造起来可一点都不会比猎人或者苦行僧容易，尽管后两者一开始看起来倒是挺困难。如果把小丑换作弄臣，那是半斤八两，换汤不换药，尽管使用位置不同，但用在一个身上的颜色也能用到另一个的身上，只消在服饰上做三两处变动，那么小丑就可以变成弄臣，弄臣也可以化作小丑，说到底，两者的外观和功能几乎是一模一样的，从社交角度来看，他们之间唯一的区别在于，小丑通常不会到国王的宫殿里去。穿长袍的清朝官吏和穿长衫的亚述人也无须费神，在爱斯基摩人的脸上稍动上两笔，中国人的样子差不多也出来了，而亚述人又卷又密的大胡子反而让塑造下半边脸的活儿变得更为简单。玛尔塔画了三种样式的草稿，第一稿完全照搬书上的样子，第二稿去掉了所有的配饰，第三稿去掉了一切多余的细节。这样一来，或许可以让中心某个能拍板决定这个构想生死的人手下留情一些，假如这个构想被通过了，那么这么做也可以——至少父女俩希望可以——避免将来可能会出现的诸如图片与实物不符之类的不满。直到玛尔塔画完第二稿，西普里亚诺·阿尔格才看到眼前发生的一切，他因为自己帮不上忙并且知道自己插手只会帮倒忙而感到急躁。然而，正当玛尔塔把需要用到的草稿放到面前着手画第三稿时，他飞快地把第一稿的样张收到一块儿，就径直向陶坊走去。女儿只来得及跟他说，刚开始做出来效果不好的话您可别恼。在那天剩下的时间里，以及到第二天不得不去中心接马萨尔的那段时间，一个又一个小时，陶工不停地在做了毁掉，毁了又重做，他做了护士，做了清朝官吏，做了弄臣、亚述人、爱斯基摩人还有小丑，最初做出来的样子让人几乎无法辨认，但渐渐地，随着大脑传输过来的指令，手指开始能灵活自如地表达自身的意愿，于是塑像慢慢有了形，甚至神也有了。事实上，很少有人知道，在我们的每一根手指里，在第一、第二或者第三节指骨中的某个地方，存在着一个小小的大脑。而那个一直都被我们称之为大脑的器官，那个我们与生俱来的器官，那个在我们头颅里被我们带来带去，但又指挥着我们把它带来带去的东西，除了差遣手和手指做这做那，下达一些模糊、空泛、混乱尤其是变来变去的号令以外，别的一概不会。举个例子，假如头颅里的大脑里闪过一幅画，或者一首曲，或者一尊像，或者一本书，或者一个陶俑，那它所要做的就是说出它的愿望，接着就是坐等一切发生。仅仅因为它给手和手指下达了一个指令，它就相信，或者佯装相信，这就是完成一项工作所需要的全部动作。它从来都不会好奇地问问自己，看似简单得不能再简单的指令为什么总是会变得那么复杂，指令的最终结果为什么跟自己最初设想的大相径庭。应当注意的是，在我们出生的时候，手指里是还没有大脑的，手指里的大脑是随着时间的推移并在眼睛所见事物的帮助下一点一点地形成的。眼睛的帮助十分重要，和通过它所见到的景象而带来的帮助一样重要，因此手指总是擅于揭开隐匿之物。任何在头颅的大脑里被认作是本能、神奇或者超自然的事物——不管这些词到底有何含义——都是由手指和手指里的小小大脑教授的。头颅里的大脑想要知道石头是什么，需要首先由手指去触摸，去感受石头的粗糙、重量和密度，需要被石头划伤。过一会儿大脑才会明白，原来那块硬玩意儿可以用作被它称之为刀的东西，或者被它称之为崇拜物的东西。头颅中的大脑永远要比双手慢一拍，尽管在某些时候，它看上去像是超到了手的前面，也仍旧是需要手指先替它打好前站，向它汇报触摸感知到的情况，那种触碰到黏土时穿梭在表皮间的颤抖，錾刀雕凿时的锋利，金属刻板上被酸腐蚀过的痕迹，一页平铺的纸张微弱的振动，纹理的起伏，纤维的交错，以及这个世界的轮廓。然后还有颜色。事实上，你可能不知道，其实大脑对颜色知之甚少。大脑固然能够或多或少地看清眼睛所呈现给它的样子，但到了要把看到的东西转化成认知的关头，它却经常发生定位障碍。多亏终生经验的积累赋予其无意识的自信，大脑能不假思索地说出那些称之为基色和辅色的颜色名字，然而，一旦当大脑试图发明一些字眼来为处在不可言说的边缘、无法沟通的边界的事物做出标记或解释时，就会立即迷失、困惑、迟疑，在眼睛、双手、十指的合谋有时甚至是惊吓之下，那种全新的颜色可能永远不会有属于自己的名字。或者已经有名字了，但也只有手能识得出，因为手会像组合音符一样去组合颜料，因为手被颜料弄脏，印迹又渗透到真皮层深处，因为只有拥有这样一种看不见的认知，手指才有可能绘出无尽多彩的梦。头颅中的大脑相信眼睛所看到的景象，它觉得，根据各种条件的变化，光和影，有风或无风，潮湿还是干燥，一片沙滩可以变幻出各种颜色，它可以是白色，是黄色，是金色，是灰色，是紫色，或者是介于这种和那种之间的任何一种颜色。可随后手指出现了，它们做出一个集拢的动作，像是收割一片麦田一样，尽收世上一切色彩，从地上一抔而起。看似单一的东西实则多元，多元的东西则更加纷繁。同时，在一个单一色调闪现的瞬间，或是在它如同乐声般转调的刹那，那些其他的色彩，不管是那些已经有名字的，还是那些还叫不出名字的，也都同时存在着，活跃着，好比一个光滑的平面，对于那些在世界历史上曾经出现过的所有踪迹，它既能将其遮盖，也能使之呈现。所有对于物质的考古史其实都是对人类的考古史。这块黏土隐藏和显示的是漫漫时空里生命的消长和变迁，是手指的印迹，指甲的划痕，是燃尽的篝火里泛着红光的炭和灰烬，是自己和他人的骨骸，是有着无尽的分岔、向着远方不断延伸又相互融合汇聚的每一条道路。这个凸起在表面上的颗粒是一段回忆，这个凹陷处则是一具躺着的躯体留下的印记。大脑提出问题，发出指令，手予以回答，做出行动。用玛尔塔的话说就是，看来您已经掌握了诀窍。

6

我要去办人的事情，这回你得在家待着，西普里亚诺·阿尔格对着看见他走向货车后向他跑去的狗说。复得当然不需要有人命令才知道上车，只要把车门打开足够长的时间它就能明白，等它上去之后人们不会把它赶走，而现在它这样慌里慌张跑过去的真正原因却是——尽管听上去会很奇怪——它以它狗的不安揣测，他们要丢下它不管了。原先在院子里和父亲说着话的玛尔塔手里拿着一个信封，跟狗一块儿走到了货车旁，信封里装着的是图稿和建议信，尽管复得不太明白什么是信封、图稿、建议信，也不知它们的用处，但是生活经验告诉它，准备上车的人会带着一些东西，而且通常来说，他们会在自己还没进去的时候就先把东西扔到后座上。复得就是凭借着这样的经验推断出玛尔塔会跟她父亲一起离开的结论。虽然它到这里时日不多，但是它也深知主人的家就是它的家这个道理，然而它刚刚萌芽的所有权意识还不允许它环顾一周然后说，这一切都是我的。更何况，一条狗，无论其大小、品种、性格如何，都不会有胆子如此粗俗地吐出表示所属关系的字眼，它顶多会说，这一切都是我们的，而且就算那样——就拿陶工这家子以及他们的动产和不动产来说，复得就是再过十年也无法把自己看作是第三所有者。到那个时候，复得也是条老狗了，它所能感受到的或许最多就是一种模糊、朦胧的感觉，它觉得自己成为了某个东西的一部分，那个东西有着危险的复杂性，其含义难以捉摸，每个部分既是整体的一部分，同时又单独成为一个包含着自己的整体。像这样具有挑战性的想法，人类的脑袋或许能够想得出来，但如果想要解释清楚，那就太难了，可是这样的想法在狗的世界里却是家常便饭，不论是从纯理论的角度还是从实际结果来看，都是如此。然而，不要想当然地认为，狗的精神世界就好比一片静静飘过的轻盈云朵，阳光和煦的春日拂晓，有白天鹅遨游其中的花园池塘，要真是这样，复得就不会突然呜咽起来，那声音仿佛在说，那我呢，那我呢。听到这个心灵受伤的小东西如此令人不忍的哭泣声，西普里亚诺·阿尔格不免忧心忡忡，可又不能带着它去中心，只好说，这回你得在家待着，但让复得感到安慰的并不是这句话，而是它看见玛尔塔将信封递给父亲之后向后退了两步，于是它才明白，原来他们不是都要走，它还是有人陪伴的，即使每个部分自己组成了包含它自己的整体，但两个部分一旦合起来，就会变得很不一样，相信通过a+b的演示，我们已经明白了这一点。玛尔塔疲惫地挥别父亲后就回屋去了。狗并没有立刻跟随着她，而是等着货车驶下山坡、来到大路上，又消失在村口第一栋房子后面的时候，才转身回去。它走进厨房，看见女主人正坐在椅子上，这些天她都是坐在这张椅子上干活。她的手指不时地擦过眼睛，好像在试图缓解模糊或者疼痛。复得毕竟还是一条年轻的狗，在关于人类眼泪的重要性以及意义这件事上，它还没有足够的时间来获得一些成形的、清晰而明确的印象，但是，鉴于这种液体常常在由情感、理性和残酷组成的大杂烩中找到，而人类正是由这道大杂烩做成的，它觉得，如果走到哭泣的女主人跟前并轻轻地把头靠在她的膝盖上，或许并不是一个多么重大的失误。一条有点年纪的狗——假设年纪带来加倍的罪恶，一条有着无益的愤世嫉俗性情的狗，会不屑于做出此等充满爱意的举动，然而这只是年老造成的空虚感让它忘记了，在关乎内心和感觉的事情上，太多总好过于太少。这个举动让玛尔塔倍感贴心，她慢慢地抚摸着它的脑袋，见它非但没有抗拒反而还继续目不转睛地望着她，于是拿起一支炭笔开始勾画起草图来。刚开始，泪眼蒙眬的玛尔塔并不能看清眼前的事物，然而，渐渐地，随着手上的动作越来越自如，她的视线也愈发清晰起来，而狗的脑袋就像从浑浊的水池中冒出来了一样，她看到了它所有的美和力量，全部的神秘和奇特。从这一天起，玛尔塔将会深深地爱上复得，就像西普里亚诺已经爱上了它一样。

陶工已经驶出村庄，驶过那三户孤零零的再也不会有人来将之修葺一新的房屋，此刻正沿着那条散发腐臭气味的溪流继续向前，不久便会穿过那片荒芜的农田，越过那片无人在意的树林，这条路他已经走了太多回，周遭的荒凉凋敝他早已视若无睹。但今天有两桩事情一直在他脑海里萦绕，让他无法心无旁骛。一桩是，他要把建议信交给中心，这事自不必说，但是另一桩，不知还要困扰他多久，也是最让他心神不宁的，那就是，他感觉到一股完全没有预料到的、也完全无法解释的冲动，他想要驶向伊佐拉·埃斯图迪奥沙的家所在的那条路上，他想知道那个水罐怎么样了，用起来有没有出现之前未曾发现的缺陷，倒水方不方便，水在里面装久了是否还能保持清凉。西普里亚诺·阿尔格认识她已不是一两天，出于自己工作的原因，可以说，村里没有谁是他不认识的，而尽管他与她两家之间并无往来，阿尔格父女还是到墓园出席了她丈夫若阿金·埃斯图迪奥沙的葬礼，埃斯图迪奥沙其实是伊佐拉丈夫的姓氏，伊佐拉娘家在距此很远的一个村庄，嫁过来后按照乡下的习俗改了夫姓。西普里亚诺·阿尔格还记得自己在葬礼结束走出墓园时曾向她表示哀悼，数月之后，却在同一个地方再次遇见并谈论起一个摔碎的罐子来。她只是村里的又一个寡妇，又一个要穿满半年重丧服，接着又是半年半丧服的女人，而她是幸运的，因为重丧服和半丧服一度轮番压在女性躯体上，或许，还压着灵魂，三百六十多天夜以继日，不曾间断，更不用说那些年老丧夫的女人们，风俗规矩迫使她们不得不以一身黑服直到终老。西普里亚诺·阿尔格不禁问自己，两次墓园相遇的间隔期间，自己是否还有别的时候同伊佐拉·埃斯图迪奥沙说过话，答案却让他惊讶——我甚至都没有见过她，的确如此，然而对于这样的稀奇事，我们却不应感到奇怪，因为在那些命运使然的事情上，生活在有千万人口的大都市和生活在只有百来居民的小村庄里，其实并无任何差别，有些事是注定要发生的。此时此刻，西普里亚诺·阿尔格试图把思绪转移到玛尔塔身上，似乎他又要责怪起玛尔塔来，都是她的异想天开害得他现在满脑子转来转去的尽是这些，但最终还是他的公正与诚实战胜了这个有失偏颇的念头，你就不要掩饰啦，放过你的女儿吧，她只不过说了一些你想听的话罢了，现在最关键的是，你要想想除了水罐你还能给伊佐拉·埃斯图迪奥沙些什么，还有，别忘了，如果你想好了给她什么，那就弄清楚她是否愿意接受你想要给她的东西。他的内心独白因这个暂时无法解决的困难而中断，但随即又一件事情冒了出来，确切地说是三合一——陶俑、中心、采购部主管。我倒要看看什么名堂会弄出些来，陶工喃喃道。如果我们再仔细看一下这句句法凌乱颠倒的话就会发现，这句话完全也可以用来给伊佐拉·埃斯图迪奥沙这个刺激的话题披上心烦意乱、心照不宣的透明面纱。太晚了，我们已经在穿越农业区了，或者说是绿带，那些喜欢用美好词汇粉饰残酷现实的人仍然使用着这个称谓，覆盖着地面的是这种像冰块被弄脏之后的颜色，在这片无尽的塑料海洋里，所有的温室大棚都被切割成相同大小，如同一座座僵硬的冰山，一张张巨大的骨牌，只不过少了骨牌上那些点罢了。那里没有寒冷，相反，在那里工作的人都热得喘不过气来，汗流浃背，几近晕厥，他们就像是被使劲拧过的湿抹布。形容他们样子的方法有很多，但他们遭的罪却都是一样的。今天货车是空着去的，西普里亚诺·阿尔格已经不再是供货商中的一分子，就因为那个决绝的理由——他的货品已经不受青睐，此刻他携带的东西只有玛尔塔放在副驾驶位置上的六张图纸，并不是像复得以为的那样放在后座上，而这些图纸正是在这趟路程中唯一且脆弱的罗盘，所幸的是，当这些图纸的创作者有片刻曾以为失去了一切的时候，他已经离开了家。有人说一个人眼中的风景就是他灵魂的状态，外在的风景需要用内在的眼睛去看，难道是因为这个特别的内部器官无法看见漫天的烟雾和毒尘，无尽的烂泥，覆盖着的煤灰，今天的垃圾堆在之前每一天的垃圾之上，明天的垃圾又将堆在今天的之上，在这里，只要头上长有眼睛，即使是最容易满足的人，也不得不怀疑他所以为的好运是否属于自己。

工业区前方，公路上，就在被棚户区占领的荒凉土地上，有一辆烧毁的卡车。这辆车似乎并没有运载着货物，仅有散落着的几个被烟火熏黑的箱子，也无法看出内容物和来源。也许货物已经连同卡车一起烧毁，或者在火势蔓延前已经被卸走。周围的地面是湿的，这说明消防员已经出动救援，但很显然，他们来迟了，卡车已经面目全非。路的前面停着两辆交警车，旁边是一辆运兵军车。陶工放慢速度，想看看究竟出了什么事，但是那些警察们都黑着脸，厉声呼喝，催促他迅速离开，他只来得及问了声是否有人死亡，但却无人理会。往前开，往前开，他们一边叫喊着，一边用力地挥动着手臂。正是那时，西普里亚诺·阿尔格瞥向一旁，发现棚户间有士兵在走动。由于车子正在加速前行，他无法看清更多的东西，只是隐约看见他们正在驱赶里面的居民。显然，那些劫匪们这次并不仅仅是打劫而已。也不知是出于何种原因，他们居然纵火烧车，这种事在以前从未发生过，也许是因为司机也同样以暴制暴，以武力对抗抢劫，也或许是因为棚户区这帮抢劫团伙决定改变策略才采取如此暴力的手段，然而，这样的手段只会招致当局以同样暴力的行动予以镇压，那他们这么做究竟是想得到些什么，实在令人费解。据我所知，陶工心想，军队开进棚户区，今天可是头一遭，一直以来，都是警察来处理一切麻烦，事实上这些居民区还得依靠警方，警员们过来，有时候问点问题，有时候不问，直接带走两三个人，然后生活照旧，就好像一切从未发生过，然后或长或短的一段时间过后，抓进去的人被放出来，又回到那里。陶工西普里亚诺·阿尔格渐渐地不再想着伊佐拉·埃斯图迪奥沙和那个水罐的事，也暂时忘却了中心采购部门主管究竟能不能接受陶俑的忧虑，他的思绪已经全然放在了一辆被烧光货物的卡车上——如果曾载着货物的话。如果，如果。他重复着这个连词，就好像某人在石头上绊了一跤之后，为了再绊一跤而转身回去，就好像通过一次次地撞击就会有火花从里面迸发出来似的，然而火花还没有要出现的意思，西普里亚诺·阿尔格却已经在这样的思绪中驶出了三公里多，他几乎就要放弃，伊佐拉·埃斯图迪奥沙已经要和采购部主管争夺领地，而正在这时，火花迸射，灵光乍现，卡车并非是被棚户区的人所烧毁，而是警察所为，这是军队进入居民区的借口。一定是这样，如果不是，我把头割下来，陶工咕哝，同时他感到一阵疲惫，并不是头脑一直在费劲思考的缘故，而是由于看到了这个世界就是这副样子，谎言骗局到处都是，却没有一处是真相，或许还有几处，是的，某些地方应该还有，但事情瞬息万变，且不说我们可能来不及思考这个真相的价值所在，就连它是否真实，我们也应当事先确认一下。西普里亚诺·阿尔格瞧了一眼手表，如果他是想知道时间，那么这个动作将完全不起作用，因为，这已经是关于真实和谎言概率讨论的直接结果，这就好比从指针的角度中得出结论——直角意味着“是”，锐角代表一个谨慎的“可能”，钝角断然告诉他“不”，而平角则是说，最好还是别想这个问题了。当他看了手表正面一会儿之后，指针仅仅指示了几点几分几秒，它们又变回了真正的、有用的、顺从的手表指针，我会准时到，他说，是的，他说得没错，确实会准时到，毕竟我们总会要么准时，要么早，要么晚，但永远不会没有时间，尽管我们常常被这样告知。他已经进了市区，只要沿着这条大道一直行驶就能到达目的地，而在他前面、比他的货车还要快的，是他的思绪，采购部主管，部门主管，采购主管，而可怜的伊佐拉·埃斯图迪奥沙已被远远地抛在脑后。大道尽头，参天的灰墙上挂了一幅巨大的白色长方形海报，上面用明亮鲜艳的蓝色字写着，活在中心，安全安心。在右下角，还有短短的一行，仅有四个字，黑色字体，西普里亚诺·阿尔格的近视眼无法从这样的距离看清，然而它们的重要性并没有不如那些大字，如果我们愿意，我们可以将之视作补充信息，但永远不要认为它们多余，“欢迎垂询”，正是它们的建议。这样的海报不时地会被挂出来，每次都写着同样的话，只是改变一下颜色，有时会展出幸福家庭的图像，丈夫有三十五岁，妻子三十三岁，一个十一岁的儿子，一个九岁的女儿，还会有爷爷和奶奶，但并不是一直都有，头发花白，几乎没有皱纹，也不知几岁，每个人都被迫微笑着，露出各自整齐完美、雪白发亮的牙齿。这样的邀请在西普里亚诺·阿尔格眼里却是不祥之兆，他已经听女婿说过那样的话不下一百遍，只要一等他提升为常驻保安，他们就举家搬到中心去生活，到时候如果把我们也弄到海报上，那就会是这个样子，他心想，年轻夫妇就是玛尔塔和她丈夫，假使他们成功把我说服了，爷爷自然就是我，奶奶没有，奶奶三年前就死了，现在就只缺孙儿孙女，但是可以用复得代替他们的位置，狗总是很适合出现在宣传幸福家庭的广告中，尽管跟一个非理性的生物在一起可能会显得有些奇怪，但它可以赋予人类一丝微妙的、却又一眼就能看出来的人性光环。西普里亚诺·阿尔格把车向右转到那条与中心平行的街上，同时一直在想，不行，一定不可以，中心不会允许饲养猫狗的，至多允许养养笼中之鸟，像鹦鹉、金丝雀、金翅雀、梅花雀什么的，当然养养水里的鱼想必也是可以的，尤其是热带鱼，背上有好多鳍的那种，总之猫是不行的，狗就更别想了，到时候可好，又要把可怜的复得丢下，这样的事情可不能有第二次。此时，西普里亚诺·阿尔格的脑海里忽然冒出一幅幅画面，先是伊佐拉·埃斯图迪奥沙站在墓园的围墙旁边，再是她把水罐紧抱在胸前，接着是她站在门口向他挥手告别，但她又很快消失，就如同她突然出现一样，前方就是地库的入口，就是他之前卸货的地方，也是采购部主管查看送货单和发票、决定什么东西能留下什么不能留下的地方。

除了正在卸货的那辆大卡车以外，只有另外两辆车在排队等候。陶工心想，从逻辑上来讲，既然他已经不需要再给这里运送货物，也就不必再费心思跟别的车抢位子。此行就是奔着采购部主管去的，不必跟其他人多费唇舌，尤其是那些小心谨慎的员工，因此只要到柜台那里说明来意就好了。他把车停放好，拿上图纸，迈开步子向前走去，然而，他虽想走得踏实坚定，可是不难看出他的腿在颤抖，他的身体已然不太能够保持平衡，他就这样颤巍巍地穿过遍布着滴落的汽油形成的旧污新渍的人行道，来到了柜台前，礼貌地向当班职员问了一声下午好，请求同采购部主管谈话。职员处理了他的口头请求，马上就答复了他，人马上就来，他说。十分钟后终于有人出现，但来的并是不主管，而是某位副主管。西普里亚诺·阿尔格并不愿意把自己的故事说给这样的人听，通常，这种人除了作为上级的传声筒以外，在组织结构中和实际工作中都毫无用处。好在通过一番解释，这位副主管很快就意识到，继续接手这件事只会给自己制造更多的工作，而且不管怎么说，自然有负责此事的人做出决定，而这也正是那人的本职。通过这样的行为我们不难发现，这位副主管是个对社会心怀不满之人。他粗鲁地打断了陶工的话，一把抓起建议信和图稿便离开了。几分钟过后，那人再次出现在之前进来的那扇门那里，朝西普里亚诺·阿尔格做了个让他过去的手势，无须再次提醒您，在这种情况下，腿会不可抗拒地变得更加颤抖，而副主管在把他领进去之后，就回去忙自己的事了。采购部主管右手拿着建议信，桌面上是摊开排好的一幅幅图稿，仿佛一场耐心游戏的纸牌。他做了个手势，示意西普里亚诺·阿尔格坐下，好让他不必再顾虑自己的两条腿，开始说说此行正题，下午好，先生，很抱歉打扰了您的工作，是这样的，我和我女儿有一个想法，说实话，更多的是我女儿的想法。主管打断他的话，说道，阿尔格先生，在您继续往下说之前，我必须告知您，中心已经决定不再从您这里进货了，我指的是您从之前一直到最近这一次期间提供给我们的货物，这个决定现在已经确定无疑、不可撤销。西普里亚诺·阿尔格低下头，他必须十分小心自己说的每一句话，任何不该说、不该做的，都可能会导致陶俑的生意无法谈成，无论如何都不能冒这个风险，所以他只是喃喃低语，我也已经做好了这个心理准备，先生，但老实说，做了这么多年的供货商，如今从您嘴里听到这些话，确实仍旧感到难受；生活就是如此，什么事情都会走向终结；但也有很多事情正要开始；但绝不会是同一件事情。部门主管停顿了一下，随手翻看着图稿，像是被吸引了，但接着就说，您的女婿来找过我；是我要求的，先生，是我要求的，我不知道到底能不能继续做下去，正左右为难，于是就让他来问问；您现在知道了；是的先生，知道了；您应该知道，在商业活动中不接受任何来自第三方的压力或干涉是中心一贯的规矩，这关系到中心的声誉，所以更不用说是来自中心的员工了；那不是压力，先生；但却是一种干涉；那么，请您原谅。又是一个停顿。这样的话我到底还要听多少，陶工痛苦地想。他很快就会得到答案，主管打开一本登记册，翻了翻，在某一页上停留查看一番，又是一页，接着在一个小计算器里输入了一串数字，终于开口道，我们仓库里还堆积着大量的陶器，都是出自您的作坊，就算以清仓价卖，甚至亏本卖，也不太可能卖出去，仓库空间本就不够，这些瓶瓶罐罐放着还占地方，因此我不得不请您在两星期内把它们清走，我还打算明天就让人打电话通知您；我的货车很小，需要来来回回多少趟才能搬完；到那天雇一辆大卡车就能把问题解决；现在要我把这些陶器都卖给谁去，陶工万念俱灰地问；那是您的问题，与我无关；那是不是说，至少我可以找找城里的商贩，卖给他们；我们的合同已经取消了，您愿意同谁做生意都可以；如果值得这么做的话；是的，如果值得这么做的话，外头的危机已经很严重了，但是——正说到这里，部门主管忽然停住口，拿起图稿，把它们堆叠到一起，慢慢地看起来，一张接着一张，很用心地看，就像第一次看到那般。西普里亚诺·阿尔格不能问他，但是什么，他必须等，必须隐藏住内心的焦虑，毕竟，从头到尾，都是部门主管制定的游戏规则，而此刻他正玩着一场毫无公平可言的牌局，在这场牌局里，所有的牌都只发给一方，而且，必要时，牌的大小还能任凭持牌人随心所欲地变换，K 可以变得比 A 大却比 Q 小，或者 J 可以跟 2 一样大，2 却可以大过其他所有牌，然而有一点值得一提，那就是，桌上摆着的六个陶俑使得陶工有了数量上的优势，尽管这优势十分微弱。部门主管再次把图稿堆叠到一起，漫不经心地将之放到一旁，然后，又看了一眼登记册，把之前说了一半的话说完了，他说，传统市场所处的灾难性局面对于不能经受住时间和人们品位变迁考验的商品非常不利，但是，抛开这个不谈，如果中心决定购买您提议的这批新货，那陶坊就不能卖东西给别家；先生，如果我没理解错的话，您的意思是说，我们不可以把陶俑卖给城里的商贩；您理解得没错，但也没有完全理解；我不明白；您不仅不能卖陶俑，陶坊里其余的东西也不能卖，就算有人订购也不行，尽管这个假设很荒唐；我明白了，从你们重新接受我成为中心供货商开始，我就不能向其他任何人供货了；就是这个意思，我想您对此应该不会太惊讶，规矩向来如此；可是，先生，像现在这种情况，当中心对某种产品不再感兴趣，那么如果能给予供货商自由来寻找其他买家购买自家产品，那才算是公平；我们讲的是商业现实，阿尔格先生，任何不能服务于这种现实并对其予以加强的理论，中心是不予理会的，当然这并不是说中心提不出自己的理论，甚至我们已经不得不提出一些理论用于市场，但这些理论只是在商业现实不能按我们的计划运行时，起到排除困难的作用，甚至如果必要的话，可以用来开脱责任。西普里亚诺·阿尔格告诉自己不要争辩。一旦陷入跟部门主管的口舌之争，我说是，你说否，我建议，你反对，就注定没有好结果，你永远不会知道，一个被曲解的词语会导致怎样灾难性的后果，哪怕是用最微妙的方式，谨小慎微地去措辞，就像有句古话说的，不要同国王争梨子，他吃了甜的自然会把酸的给你。部门主管似笑非笑地看了看他，接着又说道，事实上，我也不知道为什么要跟您说这些；坦白说，先生，我也觉得奇怪，我不过就是一个陶工，我卖的区区这些小玩意儿不值得您耐着性子跟我谈论您的想法，西普里亚诺·阿尔格答，但说完就咬了自己的舌头，刚刚才决定不再给这场剑拔弩张的对话火上浇油，现在却又在制造又一场既直接又不合时宜的挑衅。想着这样做或许可以避免对方尖刻的回答，他站了起来，说，先生，占用了您的时间，实在抱歉，图纸留给您再看看，除非；除非什么；除非您已经决定好了；什么决定；我不知道，先生，我无法知道您在想些什么；比如，决定不预订陶俑是吗，部门主管问道；是的，先生，陶工回答，目光直视着对方，心里却责怪着自己的愚蠢和轻率；我还没做任何决定；我能否再问一下，是否还要很久才能做出决定，那个嘛，您也知道，眼下我们的处境；我会尽快，主管打断他道，也许明天您就能收到消息；明天；对，明天，我可不想到时候您说什么中心连最后的机会也不给之类的话；我想您的意思是可能会答应是吗；可能吧，目前我只能告诉您这些；谢谢您，先生；您先不用这么早谢我；您给了我希望，这就值得感谢；千万别相信希望；我也这么想，但是除此以外我们还能做什么呢，在困难的时刻必须有点东西让我们紧抓着才好；再见，西普里亚诺·阿尔格先生；再见，主管先生。陶工把手放到门把手上，正打算出去，但是部门主管却还有话说，您再去跟副主管商定一下撤离计划，就是带您进来的那个人，您与他定个时间，别忘了，在两周之内要把您的陶器从这里全部撤完，一件不留；是，先生；这种叫法，撤离计划，从一个平民口中说出，听起来总是有点别扭，听着更像是军事行动，而不是退货这样的平常事，如果将其含义原原本本地运用于中心和陶坊之间的相对处境，撤离计划要么是巧妙的战术撤离，重整分散力量，等待时机成熟，也就是等陶俑的订货批准，重新发起进攻，要么相反，意味着一切结束，全线溃败，人人争相逃窜，自顾不暇。西普里亚诺·阿尔格听着副主管一停也不停、脸也不转地说，每天下午四点，你自己搬，或者自带帮手来搬，这里的员工不能帮你，即使你额外支付他们也不可以。陶工很想知道，他们这样对待他，把他当傻子、当草芥一般，如此蒙羞到底值不值得，他也很想知道，难道真的必须承认中心那些所谓的道理吗，对于中心来说，几个粗糙的陶土盘子或者几个假装成护士或爱斯基摩人或大胡子亚述人的可笑陶俑，真的不在眼里，真的什么都不是，真的只是个零吗，于是他嗫嚅道，就是这样，我们对他们来说，就是零。他终于坐进了车里，他看了看手表，还要等将近一个小时才能去接女婿，这时，进到中心里面去瞧瞧的念头又起来了，中心有道对公众开放的大门，许久以前他曾经进去过，进去之后可以参观，可以购物，由于员工能够享受折扣，马萨尔总在那里买东西，如果仅仅是为了参观才要进去，那还是免了，要是听到欢迎光临这样的冗言赘语，也千万别当真，要是谁垂落着两只手在里面晃悠，用不了多久，保证就会引起保安人员的特别注意，如果这人是陶工自己，说不定还可能出现这样一副滑稽的场景——他自己的女婿跑上前来对他说，爸爸，您要是什么都不买，您在这里做什么；然后他就会回答，我要去陶器区，看看货架上还有没有来自阿尔格陶坊的产品，看看那个镶嵌着一小块一小块石英石的罐子卖多少钱，跟他们说，天哪，多好看的罐子，如今已经没有多少手艺人能做得出这样精美的东西了。然后，那个区的负责人听到这样专业的评价，一定知道我是行家，就会向采购部反映情况，要求紧急加购一百个罐子，镶嵌着石英石装饰的那种，那样一来，我们也就不必冒着风险做那些小丑啊，弄臣啊，还有清朝官吏什么的了，我们千辛万苦把它们做出来，可那些玩意儿会不会有销路还不知道呢。西普里亚诺·阿尔格无须跟自己再说一遍，不，我不去，这句话他几个星期前就跟女儿和女婿说过，说一次就够了。当一直盯着地下出口处的那名保安向他走来的时候，他正把头抵在方向盘上，沉浸在自己这漫无目的的思索中。保安道，如果您已经处理完事务，麻烦您马上离开，这里可不是车库。陶工答，知道了，说完就发动车子开走了，没有多说半句话。那名保安将货车的车牌号记到了一张纸上，其实并无这个必要，几乎从他担任这个地库保安的第一天起，他就认识了这辆车，他之所以非得把车牌号记下来，是因为他不喜欢陶工那一声干巴巴的“知道了”，人们，尤其是保安们，应该是被尊敬、被关心才是，你不能仅仅说一句“知道了”就没别的了，这个老头应该说，是的，先生，我知道了，要说一些类似这样和善、顺从的话，那才对。但实际上，那个保安说是有点恼，不如说是有点不安，也正是因此他觉得自己不该加上那句“这里可不是车库”，况且还带着一种轻蔑的语气，好像自己是世界之王似的，其实却连地库之王也算不上，尽管自己成天都待在那里。于是他又把号码划掉，返回了自己的岗位。

西普里亚诺·阿尔格找了一处僻静的街道，在他能去中心的保安人员门口接女婿之前，可以先在这里候着，消磨掉一点时间。他把货车停到一个转角，从那里可以看到，三个街区以外中心的一道巨大厚墙隐约显露一角，那正好是居住区的一部分。除了朝外敞开着的大门，墙面上看不到其他任何的开口，只有无法穿越的墙幕，上面是承诺提供安全的巨幅广告牌，然而里面的住户被遮住了阳光、偷走了空气却也不能怪罪于它。与这些墙面完全不同的是，大楼这一面的墙却满是窗口，成百上千、密密麻麻的窗口，却因为房间里开有空调而不得不全都紧闭着，通常，如果我们不知道一幢大楼的具体高度而又想描述出它大概的大小，我们会说它有多少楼层，可以是两层，或者五层，或者十五层，或者二十层，或者三十层等等，无非就是从一到无穷大之中的某个数字。中心大楼没有这么小，也没有这么大，地面上有四十八层，地下还有十层。而现在，既然西普里亚诺·阿尔格把车停在了这个地方，那就让我们来仔细算算中心的大小，我们就大概把较小的那两面墙算作是一百五十米宽，把较大的那两面墙算作是三百五十米宽，当然，没算上本故事开头那里有过详细描述的要扩建的那段，然后我们接着算，每层楼的平均高度就当作是三米，楼板的厚度也包括在内，地下十层的高度也一起算，这样算下来，那就是总高一百七十四米。如果我们接着把这个数字乘以宽一百五十米然后再乘以长三百五十米，就可以得到最终的那个数字，如果没有算错的话，那就是九百一十三万五千立方米，多一点少一点，差不多就是这样大。中心的的确确非常大，任谁都会惊叹不已。在那里，在那么多不能打开的窗户中间，其中一扇的后面，就是我那亲爱的女婿一心想让我住进去的地方，西普里亚诺·阿尔格低声自语，他们说不开窗是为了不扰乱空调的热稳定，可事实并非如此，人们会自杀，如果他们想要这么做的话，但并不是从一百多米的高度往街上纵身一跃，像这样一种令人倍感绝望的方式只会招致过多的关注，唤醒路人病态的好奇心，他们会立刻想要知道那人自杀的原因。西普里亚诺·阿尔格已经说过，不是一遍，而是很多遍，说自己永远都不会答应搬到中心去住，说自己永远都不会抛弃父亲留给他的陶坊，祖父留给他的陶坊，而甚至连玛尔塔自己，他唯一的女儿，可怜的人儿，如果丈夫升职为常驻保安，她除了跟随他迁居中心也别无他法，就连她，两三天前都曾以令人喜悦的坦诚表态称，只有她父亲可以做最后决定，而不必屈服于第三方的坚持或者压力，尽管他们会辩解称，这是有教养的人对老年人的孝心，或是老年人在他们心中激起的令人垂泪的怜悯，尽管老年人对此拒不接受。我不去，不去，就是不去，杀了我也不去，陶工嘀咕着，然而，他很清楚，这些话之所以如此坚定、决绝，可能是在假装一种内心深处并没有感觉到的信念，在掩饰一个内在的弱点，正如一个水罐最薄的壁面上一条肉眼尚不可见的裂缝。既然提到了水罐，那么很明显，西普里亚诺·阿尔格会重新想到伊佐拉·埃斯图迪奥沙就是自然而然的事了，事实也的确如此，但是，这种想法或推理所采取的路线——假设有推理过程，而不只是瞬时闪念——使他得出一个相当尴尬的结论，并变成了一句呓语般的嘟囔，这样一来我就不必来中心住了。说完这句话的西普里亚诺·阿尔格脸上立刻浮现出恼怒的表情，这让我们无法回避这样的事实——尽管想到伊佐拉·埃斯图迪奥沙能让他感到真真切切的愉悦，但他仍然无法避免情绪上显而易见的矛盾变化。浪费时间去解释为什么他喜欢想着她其实是毫无意义的，生活中有些事情不言自明，某个男人，某个女人，某个词语，某个瞬间，我们只要一说出口，无须说明，任何人就能明白其含义，然而还有别的，有时甚至可以是同一个男人，同一个女人，同一个词语，同一个瞬间，只要是从另一个角度去审视，或者换一种光线去看，却代表着怀疑和困惑、令人不安的迹象、不祥的预感。这就是为什么西普里亚诺·阿尔格想到伊佐拉·埃斯图迪奥沙时所产生的愉悦感又戛然而止，要怪就要怪那句话，这样一来我就不必来中心住了，这句话的言外之意似乎在说，我跟她结了婚，就有人能照顾我了，这是对无须说明之事的进一步说明，换言之，一个男人最难以做到的一件事就是认识并承认自己的弱点。尤其当那些弱点暴露在不当的时机，就好比一个错过季节而结迟了勉强挂在枝头的果实。西普里亚诺·阿尔格叹了一口气，看了看表。该去门口接女婿了。

7

复得不喜欢马萨尔。从中心回家的路上，西普里亚诺·阿尔格有太多的东西要讲，这么多的新闻，这么多天来的喜怒哀乐，太多了，以至于他完全没想到要告诉自己的女婿家里来了条狗的事情，告诉他它是如何神秘地出现在自家门前，又是如何的举止非凡。然而，故事叙述者天生的一丝不苟所致的对真相的热爱哪里会允许其漏掉陶工错乱记忆中这一重要情节的短暂重现，可惜故事并未能展开，因为马萨尔打断了他的讲述，马萨尔只是一味地想知道究竟为什么他与玛尔塔两人谁都没有跟自己提过陶俑的事，画图稿也好，做样品也好，都没说过。我对于你们两个来说就像是不存在一样，马萨尔愤懑地说道。被抓住把柄的西普里亚诺·阿尔格只好含糊其词，说自己的创作跟所有艺术创作一样，工作强度大，又得全神贯注，又说起中心的电话接待员对于不住在中心的保安家属的来电态度十分恶劣，最后又诌了几句略作修饰，就这样搪塞了过去。好在路上那辆烧毁的卡车转移了马萨尔的注意，避免了一场即将上演的家庭纠纷，当然，不会真的演变成家庭纠纷，但马萨尔决定要在只有他和他老婆两个人的时候关起门来旧事重提一番。陶工大舒一口气，岔开陶俑的话题，说起汽车起火在他心中引起的疑团，还在为自己遭到冷遇而气恼的马萨尔毫不客气地以道义、道德良知和高行为标准——这也是武装部队，尤其是行政和警察当局为人所知的特点——之名驳斥了丈人的观点，西普里亚诺·阿尔格耸了耸肩，说道，你这么说是因为你是中心保安，你要是个像我这样的平民百姓，你就不会这么看了；我是中心保安不等于我就是警察或者军人，马萨尔冷冷地回道；是不等于，但已经相当接近了，挨着边儿了；您接着是不是想说，我这个中心保安在您的车里，跟您挨着坐，呼吸着同样的空气，让您感到羞耻了。陶工并没有马上回答，他后悔自己又一次为了逞愚蠢而无谓的口舌之快而惹恼了女婿。我为什么要这么做，他问自己，其实答案他很清楚，这个男人，这个马萨尔·加修，想要把他的女儿从他身边带走，事实上，自打他娶了她的那天起，他的女儿就已经无法挽回地离开了他。尽管我已经厌倦了说不，但最后还是会同他们一起去中心生活，他想。然后，他像是需要把字一个个地从身后拖到面前来一般，缓缓说道，对不起，我并没有要冒犯你的意思，我并不想同你制造不愉快，但有时候我就是避免不了，不由自主，你不必问我为什么，我不会回答你，就算我回答了，那也是在说谎，因为理由有的是，如果我们要去找，总会找出一大堆，要解释一件事情从来都不缺理由，不管理由是否正当，比如是不断变化的时间，是一小时变老一天的老人，是跟以往不同的工作，而我们只能还是曾经的我们，忽然之间我们发现，我们已经不再为这个世界所需要——如果我们曾被需要的话——但是，相信我们曾被需要似乎就已足够，而且，相信我们曾被需要的这种信念在某种程度上会永远伴随我们直到生命终结，而有生之年就是永远。马萨尔没有说话，只是把左手放到了丈人把着方向盘的右手上。西普里亚诺·阿尔格强忍讶异，看着这只手，这只手温柔却坚定，看上去就像要保护自己的手一样，歪扭的疤痕在皮肤上从一头斜穿到另一头，那是一次严重的烧伤留下的印迹，却万幸没有烧到底下的血管。缺乏经验的马萨尔想帮着给炉子添柴火，在自己相恋不久的姑娘面前——也许还有她爸面前——表现一番，显示自己已经是个成熟男人，可实际上他才刚成年，在他生命中，在这个世界上，唯一一件他确定无疑的事情就是，他喜欢陶工的女儿。他把木头一根接一根地从柴棚拖出来，接着又把它们塞到火膛里，任何在其一生中曾有过如此笃定的人都不难想象，当他把木头一根接一根地从柴棚拖出来，接着又塞进火膛里的时候是多么热情高涨，而那时候，对他的最大褒奖，便是玛尔塔脸庞上洋溢着的惊喜，她母亲慈祥的微笑，还有她父亲严肃又满不情愿地认可他的表情。但突然，没人知道为什么，陶工的记忆里也从未有过这种事，一道如蛇芯子一般纤细而敏捷的火焰低吼着从炉膛中蹿了出来，狠狠地咬在这个站在近旁、如此无辜又毫无防备的小伙子的手上。从此，加修家就开始对阿尔格家暗生怨恨，怪他们不可原谅的麻痹大意，怪他们不负责任，还一口咬定他们不知羞耻地利用一个天真少年的感情，让他给自己家白当苦力。人类的大脑不是只有在这样远离文明的小村庄里才会产生这样的想法。玛尔塔经常为马萨尔护理手伤，在他的伤手上吹气给皮肤降温，两人坚信再过几年便能结婚，但这并没有让两家消除芥蒂。然而现在他们的爱情似乎已经睡着了，但我们对此无能为力，因为在时光和生存焦虑的作用之下，这样的情况自然是会出现，但如果说古代的智慧真的仍旧有用，如果仍旧可以拯救现代的无知，那么，不妨让我们悄悄地——好让人们不笑话我们——说一句，只要活着，就有希望。是的，就是这样，不管我们的头上是怎样一番黑云压顶，云层之上的穹顶始终是一片蔚蓝，但是，雷雨、冰雹和闪电该来总是会来，而当一个人不得不面临这些状况的时候，的确会不知所措。马萨尔已经收回手去，男人之间就是如此，表达关爱总是迅速而短暂，有人说这是男性的腼腆使然，也许吧。但其实有比这更加男性化的做法，那就是，西普里亚诺·阿尔格当即把车往路边一靠，然后给女婿一个拥抱并用简短的话语感谢他刚刚的那个举动，这种做法不会使他的男子气概减少半分。谢谢你把你的手放在了我的手上——这才是应该说的，而不是像现在这样，在这种重要而严肃的时刻抱怨起采购部主管给他下的最后通牒来，他说，你知道吗，他居然只给我半个月的时间把所有的存货清走；半个月；是啊，半个月，还不给我派帮手；很遗憾我也搭不上手；你确实也不能帮，一则你没时间，再则被人家看见了你在帮别人搬货对你的工作也有不利影响，而且最糟糕的是，我还不知道怎么处理这些没人要的泥罐子；有些还是能卖出去的；我们陶坊里堆满了这些东西；这样的话那就真的麻烦了；再看看吧，或者我索性把它们倒在这路边算了；警察不会同意的；要是这辆破玩意儿不是小货车，而是像那样的可以把后面的大厢子翻起来的大卡车，那就太省事了，只要按钮一按，呵，不消一分钟，东西就全在路旁的水沟里了；您或许能逃过一次两次，但终究还是会被交警抓个现行；还有一个办法就是，在哪块荒郊野地里找个洞，用不着多深，然后把东西一股脑全塞里面，等一两千年以后，听着那些考古学家和人类学家们为了荒郊野外如此之多的陶土碟子、杯子、盘子的来源以及它们出现在那里的原因、谜一般的用途而争论不休，那时一定滑稽极了；现在是荒郊野外，一两千年之后，城市完全有可能会一直扩张到我们此刻所在的地方，马萨尔说。他停顿了一下，就好像刚刚说出口的话叫他回去再思考一遍，然后，他又添一句，或者是中心，语气中带着困惑，仿佛他自己也不知道，怎么就得出了这个逻辑上顺理成章的结论。我们知道，在这对丈人和女婿的生活之中，棘手的中心问题从来都不曾简单过，然而，令人感到奇怪的是，内部保安马萨尔那令人意想不到的暗示并未产生什么后果，那句充满危险的句子，“或者是中心”，没有立即引发一场新的争论，重复那些早已存在的误解、无声的或明确的相互指责。假设像我们这样的旁观者能够揭露对他们而言很有可能不明了的事，那么两人保持沉默的理由想必是，马萨尔说的那些话，尤其是在这个语境下，将是绝对的新闻。您一定会说，不是这样的，恰恰相反，马萨尔承认将来某一天，在其势不可挡的领土扩张征途中，中心会吞并现在货车开过的这片土地，其实是在强调和赞扬这个支付他微薄薪水的公司不论是在空间上还是时间上的扩张潜力。请允许这种大胆的联想——如果马萨尔没有难以察觉地停顿，如果继而没有发生那一瞬明显的思维暂停，如果您能允许如此大胆的联想，您看上去能够轻而易举地用不同方式思考——那么这种解读可能是完全合理的，并且能够最终解释这个问题。如果真是这样，马萨尔没有能够沿着他眼前展开的道路前进就很好理解，因为这条路所通向的终点并不是他自己，而成了另一个人。至于陶工，他已经活得够久，久得足以让他明白，摧毁一朵玫瑰的最好办法就是在它仍是蓓蕾的时候就强行让它绽放。他因此选择将女婿的话埋于心底，然后假装不懂那些话的真正含义。一直到村口两人都没有再说话。每次把女婿接回家，西普里亚诺·阿尔格都会在那对与自家不和的亲家门口停一会儿，让马萨尔进去问候一下父母，如果他父亲在家，就会问问最近身体怎么样，明天我得空再来看你们，马萨尔说完这句就会出门回去。通常，这一套父母与孩子之间的寒暄最多持续五分钟，而其他那些憋了一肚子的家长里短一般都会留待第二天讲，有时是午饭过后，有时是别的时间，但都是在没有玛尔塔在场的时候。然而今天，五分钟显然并不够，十分钟也不够，直到将近二十分钟之后，马萨尔才从屋里出来。他气冲冲地钻进车里，砰地关上了车门。他的脸色相当严肃，几近阴沉，有一种与他年轻的容颜不相匹配的冷酷。你今天在屋里待的时间不短，怎么了，有人病了，家里遇到些什么麻烦了，丈人关切地问道；没有，没什么事，让您在外头等了这么久，请您原谅；你出来的时候看起来很生气；真的没事，您别担心。马上就要到家了，货车已经向左转，开始准备爬坡，在换挡的时候，西普里亚诺·阿尔格才发现，自己在驶过伊佐拉·埃斯图迪奥沙家时竟没有将她想起，也正是在这时，一条狗从坡上吠叫着冲下来，这是马萨尔今天遇上的第二件意外之事，假如把跟他父母见面那次也算上的话，这就是第三件。这狗是从哪里蹿出来的，他问。它在这儿有几天了，我们没赶它走，是条好狗，我们给它起了个名字叫复得，失而复得的复得，尽管，是它主动找到的我们，不是我们重新找到的它。当货车最终停稳在坡顶上的时候，好几件事情同时发生了，或者说，时间间隔相当短暂，玛尔塔来到厨房门前，陶工和保安从车里出来，复得吠叫，玛尔塔向马萨尔走去，马萨尔向玛尔塔走去，复得低吼，丈夫拥抱了妻子，妻子拥抱了丈夫，两人亲吻，狗停止吠叫低吼，咬住马萨尔一只靴子，马萨尔挣腿，狗不松口，玛尔塔训斥道，复得；陶工也训斥，狗松开靴子，扒住马萨尔的脚踝，马萨尔踢了它一脚，故意但并不很用力，玛尔塔说，别踢它；马萨尔申辩，它咬我；那是因为它还不认识你；连狗都不待见我，这些可怕的字眼仿佛哭诉一般从马萨尔嘴里说出，每一个字眼都充满着令人难以承受的痛苦和哀怨，玛尔塔把手放到丈夫的肩上，说道，以后不许再这么说了。他当然不会再说，也没有必要说，有些事情只能说一次，从此再不能提起，这句话将一直回响在玛尔塔的脑海里，直到她生命的最后一天。而西普里亚诺·阿尔格那里，如果我们想要知道他此刻正在做什么，那么最简单的答案就是，没什么，但也可以说，他确实做了点什么——在听到马萨尔所说时他迅速地把眼光移向了别处。狗退回一边，朝着自己的窝走去，但中途它又停了下来，转过身站着看，不时又从喉咙深处发出几声低吼。玛尔塔说，它不知道什么是拥抱，还以为你要伤害我，而西普里亚诺·阿尔格呢，为了缓解一下气氛，他提出了一个称不上见解的见解，也许是因为他穿着制服呢，这种情况很常见。马萨尔没有应答，他夹在两种情感当中，既后悔自己说的话成了永久性的公开坦白，揭露了本来至今都深藏于心底的悲伤，又有一种本能的直觉，说出这些话则意味着自己将离开这条路，转向另一条，尽管还不知道那条路将把自己带向何方。他吻了一下玛尔塔的额头说，我去换衣服。下午就要结束，再有半个多小时夜幕就要降临。西普里亚诺·阿尔格对女儿说，我跟采购部主管碰过面了；被狗这么一折腾，我都差点忘了问您谈话谈得如何；他说也许明天会给我答复；这么快；确实很难让人相信不是吗，如果是肯定的答复的话，那就更让人难以置信了，但似乎他就是这么打算的；但愿您的感觉是对的；然而好消息过后总会跟着个坏消息；又有什么坏消息；我必须在两星期之内把他们仓库里的陶器清走；我跟您一块儿去，到时也可以给您搭把手；不行，要是中心给咱们下订单，时间就会很紧张，确定造型，塑坯，修型，上色，上窑，出窑，有的是活干，我打算在搬空库存前先把头一批订货送去，省得那人改变主意；那我们要怎么处理那些陶器；不用担心，我已经跟马萨尔商量好了，到荒郊野外随便找个坑，把它们全丢那里就万事大吉，谁想要谁就拿走；这么大老远的，到那里恐怕都颠碎了；很有可能。狗走了过来，它用鼻子触碰了一下玛尔塔的手，似乎想请求他们向它解释一下家里怎么多出个新成员来。玛尔塔训斥道，从现在开始，你只要乖乖地管好自己就行了，你要清楚，在你和我丈夫之间，我可是站在我丈夫那一边的。夜色愈发地蔓延开来，黑桑树的最后一道树荫正在一点点地缩小，就要消失不见。西普里亚诺·阿尔格低声道，要多关心些马萨尔，他刚刚说的那句话就像一把刀；确实像把刀一样，太伤人了，玛尔塔同样低声应道。厨房门口的灯笼已经亮起。马萨尔·加修已经换下制服，身着居家便服，来到了门廊。复得盯着他看了一会儿，接着昂起头向着他走了几步，然后又停下，一副有所期待的模样。马萨尔走上前，问道，我们现在是朋友了吗。复得凉凉的鼻子轻轻地摩擦着马萨尔左手上的伤疤，我们是朋友了。陶工说，瞧，我说得没错吧，我们的复得不喜欢制服；生活中的一切都是制服，只有在脱去衣服的时候身体才真正是无所拘束的，马萨尔应答道，不过，他的声音里已经听不出苦涩。

晚餐的时候，一家人聊了很多，聊到了玛尔塔是怎么想到做陶俑的，也聊到了最近这些天家里经历的困惑、忧虑和希望，又聊到了眼下的实际问题，计算每一个生产阶段所需的时间，还有各阶段的安全因素，这些方面跟以往的生产都有所不同；这取决于他们订货的数量，最好不要太多也不要太少，西普里亚诺·阿尔格说道。收拾完桌子，玛尔塔把之前画的草稿拿出来给丈夫看，各式各样的造型，不同版本的配色，还有那本被她用作参考的旧百科全书，乍看去，如此少量的活不应引起这般的焦虑，但我们必须明白，在人生这场环游航行中，有些人的一缕清风到了另一些人那里却是一场致命风暴，一切取决于船只的吃水深度和风帆的状态。马萨尔在关着门的卧室里，心想，已经不必再要求玛尔塔解释为何不告诉他做陶俑的事。首先，此时距他回到家得知此事已经有好几个钟头，气也气过了，恼也恼过了，不必再拿出来大惊小怪一场，其次，比起在这里刨根究底、为自己受到冷落忽视而愤愤，此刻还有比这更重要的事牵挂着他，重要得多却同样紧迫的事。当一个男人离家十日后再次回到家中，面对暖衾娇妻，如果他正是像马萨尔那般的血气方刚，或者，他也完全可值年暮，只要他的岁数还没有夺走他对爱恋的本能与冲动，那么，那种迫不及待地想要满足自身感官对战栗的渴望的念头，实在是再自然不过了，而谈话之类的事，暂且还是搁置一旁吧。女人们大体却于此不能苟同。如果没有特别紧急的事，或者甚至很悠闲的话，女人会说，今晚是我们的，当然，也可以是午后或者清晨，总之女人总是更喜欢在欢爱之前先从容闲适地聊会儿天，而且聊的很可能是跟男人脑袋里陀螺一般嗡嗡旋转的那个热切念想毫不相关的事。像一个深深的、慢慢被注满的水罐一般，女人会一寸一寸地向男人靠拢过去，或者，说得更为精确一点，是让男人向她自己靠拢，直到一方的急切和另一方的渴望——那急切和渴望是那样的强烈、同步、刻不容缓——最终使得水罐中的和谐之水欢鸣着喷涌而出。然而凡事总有例外，就好比马萨尔现在遇到的状况，不管他多么想把玛尔塔一把推倒在床，但他也无法这么做，他做不到，因为烦恼就像是一个沉重的包袱，一直卸之不去，这个烦恼不是自中心而起，也不是自回家路上同丈人的谈话而起，而是在父母家时出现的。然而，还是玛尔塔先开了口，狗可能不了解你，马萨尔，但是你的老婆了解你；我不想说这个；但是我们得谈一谈伤害到我们的那些事；是我说了那些愚蠢而不公的话；我们不谈愚蠢，因为你不蠢，我们就来说说公平的问题；我已经承认了这点；你也并没有不公平；别把事情搞复杂了好吗，玛尔塔，话说了就是说了；有些事情看似过去了，可事实上却永远不会过去，不公平的是我们；我们指谁；我和父亲，主要是我，父亲把女儿嫁掉了，总害怕会失去她，光这点就足以让他做出不公平的事；那你呢；我是没有任何借口的；为什么；因为我爱你，而且有时候，很多很多时候，我给你造成一种印象，让你觉得我要忘记——甚至有时候我的确已经忘记——这个我欠他爱的人，是一个有血有肉的完整个体，他不该只得到模糊的情感回应，这些模糊的情感将逐渐屈服于自身致命的暧昧，仿佛一场不可上诉的命运；婚姻就是如此，人们就是这么活过来的，只要看看我的父母便知；我还有别的错；请你别说了；让我说完吧，马萨尔，让我说完；求你了，玛尔塔；你不想让我继续说下去是因为你已经猜到我要说什么了；求你了；当你说连狗都不待见你的时候，其实是对着你老婆说的，你想说的是，她不仅不了解你，甚至没有做出任何努力想要来了解你，或者说，几乎没有做出努力；不是的，你了解我，没人比你更了解我；那也只够理解你的话而已，在这点上我并没有比我父亲聪明多少，他同样能很快领会你话里的意思；我们两人中间，你才是大人，我仍旧是孩童一个；或许你说得对，至少你是在为我说话，我这个不可思议的大人，马萨尔·加修的通情达理的夫人，居然本应明白却无法明白，成为一个能够有这样的朴实和坦诚去说自己是个孩子的人，究竟意味着什么；我不会一直这样；是的，你不会一直这样，所以，趁还来得及，我必须尽我所能去了解你，也许可以得出一个结论，那就是，就你而言，做孩子只是做大人的另一种方式；如果你继续这样下去，我就真不知道我是谁了；西普里亚诺·阿尔格会告诉你，这是生活中常有的事；我觉得我已经开始理解你父亲了；你无法想象——或许也可以——我听到这话是有多开心。玛尔塔拾起马萨尔的双手亲吻，随后又把他的手贴到自己的胸前，有时候，她说，我们应该用回古时候那些温柔的动作；你是如何懂得这些的，你并不曾生活于有着鞠躬或者吻手礼的时代；我在书里读到的，这就相当于生活在那个时代一样，但不管怎么说，我想到的不仅仅是鞠躬或是吻手礼；那些是全然不同的习俗，那时人们的感受方式、交流方式，都不是我们今天的样子；这种比较可能听起来会有些奇怪，但对于我来说，肢体动作并非只是肢体动作，它还是一个人的躯体在另一个人的躯体上作的画。这是再清晰明白不过的邀请，但是马萨尔决定装糊涂，尽管他知道，是时候把玛尔塔一把拉向自己，轻抚过她的发丝，慢慢地吻过她的脸庞、眼睑，动作轻柔得仿佛感受不到他的欲望，仿佛只不过是被分了心。您要是认为，在这种情况下，是欲望为了利用身体，对其占有了绝对控制，那就大错特错了，请原谅如此物欲横流、功利主义的说法，仿佛我们在谈论一个多功能工具，又能抛光又能雕刻，既能传输也能接收，能计算也能测量，能上也能下。你怎么了，玛尔塔突然疑惑地问；没有大事，就是一些小烦恼；工作上的问题；不是；那是什么；我们俩在一起的时间已经够少的了，他们却还不能让咱俩清静一会儿；咱们可不是生活在钟罩里呀；我去了趟我爸妈的家里；出什么事了吗；遇到点麻烦。马萨尔摇了摇头，接着说道，他们急切地想知道我有没有听到一些关于我何时升职做常驻保安的消息，我说还没有，都不知道这事能不能成；但基本上是定了，不是吗；是的，基本上定了，但老话不是说，丰收节未过；不洗葡萄篮[①]，我明白，那然后呢，他们还说什么了；他们一直就着这个问题绕来绕去，我不知他们究竟想绕去哪里，到最后他们跟我说出了他们的好主意；什么好主意；还能有什么，就是要卖了房子，搬来与我们同住；和我们，住哪里；中心；我没听错吧，你的父母想要去到中心跟我们住；一点没错；那你呢，你怎么跟他们说的；我就跟他们讲现在考虑这件事还有点早，可他们却说卖房子也不是朝夕之间的事，他们不会等到我们——你和我——搬进去了才卖，他们要开始先把买家找起来；那你怎么说；我想着说出来可能对解决这事有帮助，就跟他们说了我们打算让你

① 此处丰收节即葡萄丰收节，葡语为“vindima”，是葡萄牙传统节日，目的是庆祝葡萄丰收并开始葡萄酒的酿制。

爸跟咱们一块儿搬去中心的事，说我们不想留他一个人在这里，况且现在陶坊也正遇上难关；你把这事也告诉他们了；嗯，但是他们没在意这个，差点开始朝着我大哭大叫，我妈是这样，我爸没有这么夸张，他只是不停地抗议，激动地挥着手臂，他们指责我算什么儿子，居然先考虑一个与我没有任何血缘关系的人的利益，说从没想过居然有一天会从我的嘴里听到这样丧良心的话，居然会拒绝给予我生命的人，那两个抚育我成长、教育我的人，说我是娶了媳妇忘了娘，说他们不愿接受这样的漠视，说我不为他们操心，他们暂时还没到沿街乞讨的地步，但是别忘了总有一天我会后悔，就算他们活着的时候我不后悔，等到他们入土以后我也必定会后悔，这些还不是最糟糕的，他们还希望我不要生出像我这样的儿子来，免得将来也像我对他们这样对我；这是他们说的最后一句话吗；不知是不是最后一句，应该还有几句，我记不清了，反正都是一个意思；你应该跟他们解释一下，让他们不必担心，你也知道的，我父亲并不愿意跟着我们搬去中心；是的，我知道，可是我还是想不说为好；为什么；这样会让他们觉得自己是唯一的人选；如果他们坚持，那也是没办法的事啊；那样的话，我就拒绝升职好了，我只需找个能说服中心的理由；哪有那么容易。两人坐在床上，几乎挨在一起，但亲密时刻已经远去，远得如同吻手礼和屈膝礼的时代，或者如同男人的两只手被亲吻后紧贴在女人胸口的那个时刻。马萨尔开口道，我知道作为一个儿子不应该说那样的话，但事实是我并不愿意跟我的父母同住；为什么；我们向来都无法相互理解，我不能理解他们，他们也无法理解我；他们是你的父母呀；是，他们是我的父母，那天晚上上了床，一时兴起就有了我，我小时候听到他们好像在说一个滑稽的笑话一样说过，说他那时喝醉了；不管有没有酒，我们都是那样生出来的；我承认我有点小题大做，但我一想到我是在我爸喝醉时孕育出来的，就有一种厌恶感，感觉就像我是另外一个男人的儿子，就好像那个本该是我父亲的男人没能出现，就好像本该属于他的位置却被别人——就是今天诅咒我生出一个残忍无良的儿子来惩罚我的那个人——占了去；他也并没有这样说；但这就是他所想的。玛尔塔拿起马萨尔的左手，握在自己的双手间，喃喃道，所有的父亲都曾是儿子，多少儿子又都成为了父亲，但是有些人却忘记了自己的曾经，也没有人能够向旁人解释这些人又将成为什么；不太好理解；连我自己也不理解，就这么说出来了，随便一听吧；我们睡觉吧；好。两人脱了衣裳便躺下了。亲密时刻又重新降临这个房间，并为在外面耽搁了那么久而道歉——我迷路了，它解释道，突然间，时刻化作了永恒。一刻钟过后，两人的身体仍纠缠未解，玛尔塔轻声道，马萨尔；嗯，怎么了，他带着沉沉睡意问道；我已经迟了两天。

8

房间里宁静安详，床单凌乱不整，那是刚才那番云雨的痕迹，这个男人听见他妻子告诉他说她的月事已经迟了两天，这无疑是个天大的消息，男人就像听到了闻所未闻的奇事一般，就好比在一个禁用拉丁语的年代再一次听到 fiat lux[①]，就好比读到一首用土话写就的 surge et ambula[②]，却因不知前进到哪里而惶惶。就在一个钟头以前，或许还不到一个钟头，在那个很少发生在男性身上的感人的坦白时刻，马萨尔·加修才吐露心声，称自己仍是个孩子，然而，他却完全不曾料想到，自己已经当了几个星期的准爸爸，这再次向我们证明，对于我们自己是什么人这件事，永远都不要太过确信，因为很可能在某个时刻，我们轻易就成了一样截然不同的事物。那晚，玛尔塔和马萨尔的交谈一直持续到两人实在敌不住睡意才结束，而几乎全部的谈话内容在有了孩子的夫妇的一千零一个故事中早已有过描写，然而这对夫妇对自身情况的具体问题具体分析也没有遗

---

① 拉丁语，即《圣经》中上帝说“要有光!”。

② 诗名，意为“起身，前进”由莫桑比克诗人 António Rui de Noronha 所作。

漏某些专属于他俩的问题，比如，玛尔塔会渐渐经受不住陶坊繁重的劳务，而这个问题暂时没有解决办法，因为这取决于他们期待着的升职，不管孩子是在搬去中心之前还是之后出生。关于第一个问题，玛尔塔确信，她那已过世的母亲——一生不辍劳作直到死去的茹斯塔·伊萨斯卡，一定不会因为怀孕而心安理得地享受终日的闲适。如果我能回忆起在她腹中的那九个月的时光，我自己就是这一切的见证者，她说；一个还在娘胎中的孩子是不可能知晓外界发生的事情的，马萨尔打着哈欠回答道；好吧，可就算如此，你至少应该承认，婴儿能最直接地体会到母亲体内发生的事，在我看来，这些都是存在于记忆里的；可我们甚至连出生时经历过的痛苦都不记得；这个嘛，可能是因为我们丢失了最初那部分的记忆；你开始胡编乱造了，过来给我一个吻。在这番对话以及这个吻之前，马萨尔迫切地希望在孩子出生之前搬到中心去。你将会得到你所能想到的最好的医疗和护理，不论是药品还是手术，都是最好的，天南地北，哪里都找不出那样好的来；你从没在中心的医院里头待过，甚至可能连一步都没有踏进过，你又是如何知道这些的；我认识的一个人曾经在里面住过院，是我的一个上司，进去的时候都快死了，出来的时候却宛如新生，还有外面的人想尽办法走后门想要到那里住院，但那里管理得十分严格；听了你这些话，谁都会相信中心里头没有人会死亡；死亡当然会有，这是不可避免的，只不过会少一些；这的确是个优势；等我们住到那里之后你就能亲眼瞧见了；瞧见什么，死去的人会少一点，你是想说这个吗；我哪里是在说死不死的；你就是在说这个；死亡这个话题，我半点兴趣都没有，我是在说你还有我们的孩子，在说你生孩子的那家医院；如果你的升职不会来得太晚的话；他们要是在这九个月之内不给我升职，那就永远都不会了；内部保安，吻我一下，然后我们睡觉吧；吻给你，但是还有一个问题咱们得谈谈；什么问题；那就是，从今天起，你就要减少在陶坊的工作时间，并且两三个月之后，你就得全面停止劳动了；你觉得我父亲一个人能完成所有的工作吗，尤其要是中心下了陶俑的订单的话；那就雇个人帮忙；你又不是不知道这个办法行不通，根本没人愿意来陶坊干活；你的状态；我的状态怎么啦，我妈怀着我的时候照样一刻不停地干活呢；你怎么知道；我记得。两人都笑了，接着玛尔塔提议道，我们暂时不要把这事告诉我爸，尽管他知道后一定会高兴极了的，但最好还是先不跟他说；为什么；我也不知道，总觉得他脑子里有太多事在转了；陶坊；陶坊只是其中之一；中心；中心也是，订单到底会不会来，仓库里的陶器还等着清走，这些都得操心，但是还有另外的问题，比如一个掉了手柄的水罐，这件事我以后跟你讲。玛尔塔先睡着了。马萨尔已经不像先前那般惊惶了，他多少已经知晓孩子出生之后的路该如何走，于是，大概半个钟头之后，倦意袭来，他毫无抗拒之意，任由自己的神志漂浮在一片安宁之中。他最后的意识是在想玛尔塔是否真的跟他说了一个水罐手柄的事，多荒唐呀，我一定是在做梦，他想。他虽然是睡得最少的一个，却是头一个醒来的。清晨的阳光从百叶窗的缝隙中透射进来。你就要有一个孩子了，他跟自己说道，又不断重复着，一个孩子，一个孩子，一个孩子。接着，仿佛受到一种纯粹无邪的好奇心的吸引一般——假如这个被我们称之为床的地方还存有世界上仅剩的天真无邪的话，他掀起了被子，看着玛尔塔的身体。她正朝向着他，膝盖轻微地弯曲着。睡衣的下半部分向上卷着，在她的腰上围成一圈，她雪白的腹部在半明半暗中依稀可见，又完全消失在耻骨周围的黑暗中。马萨尔放下被子，意识到亲密时刻其实并没有撤退，而是整晚都潜伏在卧室里，按兵不动，静静地等候时机。也许是被子掀动时带进了凉气，玛尔塔吸了口气又翻了个身。马萨尔的左手像鸟儿在轻柔地为它的第一个巢穴检查场地般轻抚过她的腹部。玛尔塔睁开眼睛，微笑着，略带俏皮地说，早安，爸爸先生，但随即她的表情变了，她忽然意识到，房间里并非只是他们两人。亲密时刻偷偷溜到了两人中间，溜进了床单里，它并不知晓该如何清晰地表达自己的所想，然而他们俩所做的，正是如它所愿。

西普里亚诺·阿尔格已经起身，在外面走动。他睡得不好，因为一直想着今天会不会得到部门主管的答复，又会是什么样的答复，是肯定，还是否定，是寥寥数语，还是拖拉冗长。但真正让他一连好几个钟头都毫无睡意的，其实是半夜突然闯入他脑海的一个念头，而如同所有在夜深人静的辗转时分突然闯入我们脑海的那些念头一样，陶工觉得那个念头不同寻常、妙不可言，甚至，在这件事上，那个念头简直就是一个值得收获一切赞许的谈判天才的一记绝招。他绝望的身体在自身的精疲力竭中获得片刻喘息，当他从那不到两个小时的不安睡眠中醒来时，他意识到，那个念头其实一文不值，不应对执有指挥棒的人的脾性抱有幻想，而任何来自某个拥有非常权力的人的命令，都应当被视为命运发出的无可辩驳的启示。其实，如果说简单是一种高尚的美德，那么，再没有别的念头会比这个更加高尚，正如您马上就能见到的那样——主管先生，西普里亚诺·阿尔格会这样说，我一直在思考您跟我说的那些话，就是让我在两星期内把陶器都清走省得堆在仓库里占地方，当时我没能想起来，可能是由于我一时间有点激动，因为当时您让我觉得我还有一丝希望可以继续做中心的供货商，但是之后我就开始想，不断想，然后我就意识到，要同时完成清走陶器和制作陶俑这两件必须完成的事，实在有点困难，甚至可以说不可能。是，我知道您还没说要下订单，可是，假设您会这么做，那么，纯粹出于未雨绸缪的考量，我想到了一个替代的法子，那就是，头一个星期您先让我在家全力以赴做陶俑，然后到第二个星期我来把一半的库存撤走，第三个星期我再接着赶工做陶俑，等最后到了第四个星期我就把余下的另一半库存运走，我明白，我明白，您不必提醒我，我知道还有另外一种办法，就是把顺序颠倒一下，第一周先运陶器，第二周再做陶俑，接着再运陶器，然后再做陶俑，但是我认为，在这件特殊的事情上，应该把心理因素也考虑在内，众所周知，创造者的精神状态跟毁灭者的可不是一回事，假如我能够先制作陶俑，也就是说，先从创作开始，尤其现在我正处于极佳的心境，就能够重振勇气去面对这项不得不完成的艰巨任务，也就是，摧毁我自己的劳动果实，说是摧毁，因为这些货也卖不掉，甚至送人也没人愿意要，这实在是与摧毁它们无异。这一段凌晨三点的陈词在其作者眼里自有一番不可辩驳的逻辑，然而伴随着第一缕晨曦的出现，他又觉得荒唐无理起来，等到那充满启示意味的阳光喷薄而出的时候，他已经觉得这番话愚蠢可笑到了极点。算了，是福不是祸，是祸躲不过，陶工对着复得说，门后不会一直藏着魔鬼。由于二者有着截然不同的观念和词汇，主人到底想要跟它表达些什么，复得连一星半点都猜不到，当然从某方面而言，这样也不错，因为如果想到达下一个层次的理解水平，有一个条件是必不可少的，那就是，它必须要向主人询问他口中的魔鬼指的是什么，是形象，实体，还是，一个人物，这本是一个一开始就不存在于狗的精神世界里的概念，而如果要就诸如此类的问题开始提问的话，那么就如您所料想的那样，那必定会是一场没有穷尽的讨论。玛尔塔和马萨尔出来了，两人身上有着一种不同于以往的愉悦，昨夜似乎不同寻常，如果说以往只是十天小别之后胜似新婚的一夜，那么昨夜则仿佛给了他俩一个更大的奖励，西普里亚诺·阿尔格见状，在脑海里遣散自己最后那点烦闷，熟悉这些烦恼的起因和结论的人能够轻而易举地勾勒这一心理过程。思绪终于落到了伊佐拉·埃斯图迪奥沙的身上，他想到了她的人，也想到了她现在的名字，他不明白，既然埃斯图迪奥沙这个姓来自于她的丈夫，而现在他已不在人世，为什么我们仍然要叫她埃斯图迪奥沙，下回见到她，一定不要忘记先问她姓什么，她自己的姓，本来那个姓，家族的姓。他沉浸在自己刚刚做下的重大决定里，询问姓名是在私人领域的勇敢冒险，事实上不止一段爱情故事都始于这份极其重要的好奇心。西普里亚诺·阿尔格过了一会儿才发现，马萨尔和复得正亲密地在一起嬉闹，仿佛故友久别重逢，确实是因为制服，女婿道，玛尔塔也附和着，确实是因为制服。陶工看着他们，眼里满是讶异，那感觉就像世上的一切在顷刻间全数改变了含义，也许是因为他之前一直想着作为名字的邻居"伊佐拉"而不是作为女人的邻居伊佐拉的缘故，即使是心烦意乱的情况下，把两样东西搞混也的确不常见，除非这是活了太久的后果之一，大概有的事情只有年纪到了才开始明白。到什么年纪，到老。西普里亚诺·阿尔格向窑炉走去，边走嘴里边念经似的咕哝，玛尔塔，马萨尔，伊佐拉，复得；然后换个顺序继续念，马萨尔，伊佐拉，复得，玛尔塔；然后再换，伊佐拉，玛尔塔，复得，马萨尔；又换，复得，马萨尔，玛尔塔，伊佐拉，最后终于把自己的名字也加了进去，西普里亚诺，西普里亚诺，西普里亚诺，就这样一直重复，直到自己也数不清到底念了多少遍，直到感到一阵眩晕把他从自己的身体里甩了出去，直到自己也不知道自己在说什么。于是他张口说了窑炉这个词，说了柴棚，说了陶土，说了桑树，说了地面，说了灯笼，说了土地，说了柴火，说了门，说了床，说了坟墓，说了手柄，说了水罐，说了货车，说了水，说了陶坊，说了院子，说了房屋，说了火，说了狗，说了女人，说了男人，说了这个，说了那个，而世上的一切事物，不论是有名字的还是没名字的，已知的还是未知的，看得见的还是看不见的，就像是一群飞鸟，疲于振翅，从云霄间降下，慢慢地一个接一个停到各自的位子上去，填满了空隙，也重新排列了各自的意义。西普里亚诺·阿尔格在一张旧石凳上坐下，那是他爷爷当年放到窑炉边的，他的双肘支在双膝上，双手张开撑着下巴，既不看着房屋也不看着陶坊，也不看着那片一直延伸到公路那头的农田，也不看着在他右方的村庄那片房屋的屋顶，他只是看着散落着烧制过后的陶土细小碎屑的地面，看着这些碎屑之下泛白的粗糙泥土，看着一只用强壮的颚搬运着足有自身两倍大的面包屑的离群蚂蚁，看着一只尖头尖脑的壁虎从一块石头后面探出头窥视随即又消失不见。他没有思想，也没有感觉，他只不过是那些陶土块中最大的那块，是轻轻一捏便能被粉碎的一粒土坷垃，是从抽穗的麦子中来却又偶然被一只蚂蚁搬运的一星面包屑，是能容某样造物不时地藏身其后的一方石块，它们可以是一只甲虫，一条壁虎，或者一个幻影。复得像是从地里冒出来的一样，原先不在那里，却忽然间出现，它突地把爪子搭到了主人的膝盖上，破坏了他的坐姿，他本是在凝望这个世界的虚无，在向蚂蚁、甲虫还有壁虎发问，这分明是徒掷光阴，但在他眼里却正相反。西普里亚诺·阿尔格把手伸到复得的头上抚弄，问了另外一个问题，你想干吗，但复得没有作答，只是喘息，然后又张开嘴，像是在嘲笑这个问题的空洞虚无。这时，马萨尔的声音传了过来，爸爸，您过来吧，早饭好了。女婿喊饭这是头一遭，家里一定有什么反常，这小两口之间一定有什么事，但他想不透究竟是什么，他只好猜这是女儿的主意，是女儿让马萨尔喊自己吃早饭，或者，再特殊一点，是马萨尔提前料到了这点，主动说，我去叫他，总之这之间必定有什么原因。于是，他从石凳上起身，又摸了摸复得的头，二者便一起向外头走去。西普里亚诺·阿尔格未曾注意到，那只蚂蚁再也不会沿着来时的路重返蚁穴了，那星面包屑还在它的颚间紧紧地攫着，但它的旅途却到此终结，这只能怪笨手笨脚的复得，它没有看到，自己的脚掌究竟踩到了什么地方。

吃饭的时候，马萨尔像是在回答问题一般讲述了自己打电话给父母的事，告诉他们自己有项紧急的工作要完成，不能去和他们一起吃饭了，而玛尔塔呢，则表示自己认为不必从今天就开始清货，她说，这样的话我们一家子可以在一起好好地过上一天，从两周里拿掉一天不会怎么样吧。西普里亚诺·阿尔格就说自己也这么想过，主要是因为采购部主管随时都可能来电话，我必须时刻准备好接电话，他说。玛尔塔和马萨尔疑惑地看了对方一眼，接着马萨尔小心翼翼地说，如果我处在您现在这个位置上，又知道中心的运作方式的话，我就不会太相信那话；别忘了，是他自己亲口说今天可能会给我一个答复的；即便如此，那也只是嘴上说说罢了，他们说起这种话来可是溜得很，想都不用想；这不是相不相信的问题，当决定权在人家手上而我们无法左右的时候，我们能做的就只剩下等待。他们并没有等太久，在玛尔塔收拾桌子的时候，电话铃响了。西普里亚诺·阿尔格冲上前去，用颤抖着的一只手抓起听筒，开口道，阿尔格陶坊，电话那头那人，也许是秘书或者接线员之类的，问道，是西普里亚诺·阿尔格先生吗；是的；请稍候，即将为您连接采购部主管先生。在接下来漫长无尽的一分钟里，陶工不得不听着电话里那用疯狂的执着填满等待时间的小提琴音乐，他望着女儿，可是好像看不见她一样，又望向女婿，似乎女婿也成了空气，突然，音乐停止，电话已经接通，早上好，阿尔格先生，部门主管的声音传来；早上好，先生，我正跟我女儿和我那正休假在家的女婿说呢，说部门主管先生承诺过今天会打电话来的；对于那些得到履行的承诺，应当大谈特谈，这样才好忘掉那些未被履行的承诺；是的；我研究了你的建议，也考虑了很多因素，有利的不利的，都想过了；

请原谅我打断一下，您刚刚是说了不利因素吗；并不是严格的字面上的意思，我的意思是，中性因素也有可能会产生不利的影响；抱歉，说实话我不太明白您的意思；我是说，您的陶坊从来没有生产过您建议的那种产品的经验；的确，先生，但是，我跟我女儿都懂得捏塑，我可以毫不夸张地说，我们塑得很好，我们确实从不曾大批量制作过人俑，那是因为我们的陶坊自打一开始就是以制作器皿为主；我理解，但是在现在这种情况下，想要保住这个建议可不容易；您是说——如果您允许我有这样的疑问和理解——您保住了我的建议；是的；那您的决定是；我的决定就是，先同意一个阶段；啊，太感谢您了，先生，但是，能否请您解释一下您说的一个阶段是什么意思；意思是我们先每个造型订两百件试试，接下来会不会下新的订单就视顾客的反馈而定了；真不知怎样感谢您才好；阿尔格先生，对于中心来说，顾客的满意就是对我们最好的感谢，如果他们满意了，也就是说，如果他们买了又买，那么我们也就满意了，就拿您的陶器来讲，顾客对它失了兴趣，而陶器又不像别的，它不值得我们去跟客户解释，说他们弄错了，那么我们就只好终止跟您的生意关系，就这么简单；是的，先生，是很简单，但愿现在的这些陶俑不要再遭遇相同的命运；早晚会遭遇的，生活中一切皆是如此，一样东西没用了就得扔掉；人也一样；正是，人也一样，等我自己不再有用时也定会被扔到外面；可先生您是主管；我的确是名主管，但这只是对于我下面的人而言，我上面有的是法官；中心并非法院；您弄错了，中心就是法院，而且再也没有比这家法院更不留情的了；先生，其实我不明白您为何要把您如此宝贵的时间花费在跟一介无名陶工讲这些事上；您有没有发现您正在重复我昨天跟您讲过的话；我想我记起来了；原因是有些事情只能说给底下的人听；而我就是底下的人；并不是我把您摆在那个位置，但您确实是；至少我还有些用场，但假如您得到提升——一定会的——那么必然有更多的人位居您之下；如果真是这样的话，西普里亚诺·阿尔格先生您到时在我眼里一定如同隐形人一样了；正如先生您刚才所说，生活就是如此；不错，生活就是如此，但我暂时还是那个要签订单的人；先生，恐怕我还有一个问题需要向您请示；什么问题；就是清运陶器的事；这件事已经定了，我给您半个月时间；我又有个想法；什么想法；鉴于我们所关心的——我是指我们和中心共同所关心的——在于尽快发货，因此，如果我们可以稍作变通，那一定会对此大有帮助；变通；我的意思是，先用一星期清货，再用一星期做陶俑，以此类推；可这就不是半月内清空了，而是要花一个月您才能给我把仓库腾出来；是的，但是这样一来我们就能争取到一些时间，好早日交货；您刚说的是一周清货，再一周做陶俑；是的，先生；那我们就换一下，第一周先做陶俑，再一周清货，说到底这就是一个应用心理学问题，创造总是要比毁灭来得更加鼓舞人心；我原本真的不敢跟您要求这么多的，先生，您实在是个好心人；我不好心，我只是比较务实，采购部主管打断道；也许好心也是一种务实，西普里亚诺·阿尔格喃喃道；您再说一遍，我没明白；啊，没什么，先生，不重要；不管重不重要，请您再说一遍；我刚说的是，也许好心就是务实的一种；这是陶工的观点；是的，先生，但是并不是所有的陶工都会这么想；陶工都快消亡了，阿尔格先生；这样的观点也快消亡了。采购部主管没有立即回答，他一定是在权衡自己是否犯得着在这种猫和老鼠的游戏上周旋不休，然而他在中心的组织结构图上的位置令他想起，整个层级配置的设定和维持是建立在他们遵规守矩、毫不违背和逾越的行为基础上的，而且，对待下属过于自由和轻松的做法将不可避免地导致失去威严并鼓励放纵，或者，说得更加明白无误些，所有这些都将导致反抗、无纪和混乱。一旁的玛尔塔一直在试图吸引父亲的注意，无奈他太沉浸于这场口舌之争，因此她只得在纸上匆匆写下两个问题并举到父亲的鼻子前——哪几个，要多少。西普里亚诺·阿尔格见此，空着的那只手拍向自己的脑袋，他着实不该这般离题万里，电话里两人你一言我一语，互不甘休，而真正需要了解的问题却还只是谈及了一部分，而这部分也是采购部主管告诉他的，就是要每样陶俑预订两百个。沉默持续得并不如看上去那样久，但是有一点需要记住，在沉默的一瞬间，即使是比这还短的时间里，很多事情都有可能发生，就比如现在这种状况，需要把事情一件件罗列出来，描述一番，再做一番解释，好让每一件事以及整件事的意义都能得到充分的理解，但马上就会有人跳出来反对，说这是不可能的，说针眼里怎么能容得下整个世界，然而真相却是，针眼里能够容得下整个宇宙，甚至还能容得下更多，比方说，两个宇宙。该轮到西普里亚诺·阿尔格开口了，但他必须出言谨慎，这样才不会把睡着的火龙突然吵醒，于是他又嗫嚅道，先生，接着就该轮到采购部主管结束这次对话，然后明天，出于上述原因，他也许就会后悔，甚至希望这场对话从未发生过——好的，那么就这样定了，你们可以开始这项工作了，订单今天就会发出；接着，终于轮到西普里亚诺·阿尔格说，还有一个小细节没有解决；什么小细节，是哪些，先生；哪些，什么哪些，您刚说的是一个细节，不是很多细节；这六样陶俑里面，您要订哪几样，我是想知道这个；每样都要，采购部主管回答；每样都要，西普里亚诺·阿尔格惊讶地重复道，但是电话那头的人并没有听到，他已经把电话挂断。目瞪口呆的陶工看了看女儿，又看了看女婿，说道，太出乎我的意料了，我不相信这竟是我亲耳听到的，他说他会每样订两百个；所有这六样吗，玛尔塔问道；我想是的，他就是这么说的，每样。玛尔塔冲到父亲跟前用力地拥抱着他，说不出话来。马萨尔也走上前去，事情有时候难免不能顺心顺意，但总有一天好消息会接踵而来。如果西普里亚诺·阿尔格能对这番话稍加留意，或者刚刚接到手的大活没有让他如此分神，他一定会想弄清楚这一天到底还有什么好消息。而这对准父母几小时前刚定下的缄默契约却也险些被玛尔塔打破，她的嘴唇俨然已经准备好要说，爸爸，我好像是怀孕了，但她最终还是把话咽了回去。谨守约定的马萨尔没有觉察，西普里亚诺也无半点疑心。事实上，如此微小的端倪，只有深谙读唇术，并且具备嘴唇一动就能预测将要说出口的话的能力的人才能看出，然而拥有这样异禀的人毕竟罕有，就如同拥有能透过皮囊一眼将身体看穿的本事的人一样鲜见。然而，尽管这两个话题充满诱人的深奥性，适合进行深入的思考，但我们不得不立即把注意力转移向玛尔塔，听她说，爸爸，您算算，两百乘以六就是一千二，我们要做一千两百个陶俑，这个活对于两个人而言未免太繁重，而时间又太紧迫。这个巨大的数字让这一天的另一个好消息黯然失色，马萨尔和玛尔塔夫妻俩可能要有一个孩子了这件事——尽管他们认为是一定的——瞬间失去了力量，重新变成了一个单纯而日常的偶然事件，一次丈夫和妻子之间自然而无心的房事意外。内部保安马萨尔·加修半开玩笑半当真地说，从此以后我是不是就消失在你们的风景里了，但愿你们至少不会忘记我的存在；你的存在从未像现在这样强烈，玛尔塔回答道，西普里亚诺·阿尔格停下片刻不去想那一千两百个陶俑的事，而思考起这句话的含义来。

9

那些住在中心的人到最后也一样会死的，西普里亚诺·阿尔格进屋的时候说道，他刚刚送完女婿上工回来，复得跟在后面。我想没人会持反对意见的吧，玛尔塔应声道，众所周知那里面有他们自己的墓园；从路上望不见他们的墓园，但是可以看到烟；什么烟；火葬场的烟；中心没有火葬场；以前没有，不过现在有了；谁告诉你的；马萨尔说的，我们开到大路上的时候我看到了房顶上冒出的烟，之前他们就一直在讨论这事，现在实现了，马萨尔说他们又开始为缺乏空间而苦恼呢；让我感到奇怪的是这些烟，我还以为凭现在的技术已经可以把烟消去了呢；也许他们正在做试验，焚烧一些其他的东西也未可知，比如过时的破烂玩意儿，比如我们的陶器什么的；别再想着那些陶器啦，咱们还有很多活要做呢；所以我就尽快赶回来了，马萨尔一下车我就往回走，片刻不曾停留，西普里亚诺·阿尔格回道。其实还有一个小小的绕弯他略去没有讲，绕去伊佐拉·埃斯图迪奥沙家的方向的那个弯。他没有意识到，自己刚刚说的那些话更像是一种辩解，或者他也意识到了，只是未能避免。他确实没有勇气停下车去敲若阿金·埃斯图迪奥沙那位遗孀的门，但这也不是唯一的原因，说得直接一点，他胆怯了，他害怕自己站在那个女人面前时像个傻瓜一样不知说什么好，然后只好在绝望中问起水罐是否别来无恙。有一个重大的疑问怕是永远得不到解答了，那就是，假如西普里亚诺·阿尔格能跟伊佐拉·埃斯图迪奥沙说上两分钟的话，那么他进屋的时候还会说起死人啊烟啊火葬场什么的吗，或者，反一下，站在门口聊上三两句的那种愉悦感会否让他想起一些更欢快些的话题，比如，燕子飞回来了或者田野中鲜花开始盛放了。玛尔塔把最后准备阶段的六份样图放到餐桌上，按照他们选出的顺序排好，弄臣、小丑、护士、爱斯基摩人、清朝官吏、大胡子亚述人，这些图样与送去给采购部主管看的那些几乎一模一样，只有一两处微小的改动，故也称不上是变了版本。玛尔塔拉出一把椅子让父亲坐下，但他仍旧站着。他的手撑在桌面上，眼睛在图上一张张地扫过，终于他说，可惜我们没有这些人物的侧面形象；要来做什么用；要是有的话我们可以做得更精准形象一些；您忘了我之前的设想是把他们捏塑出简像来之后再在外面套衣服吗；这个办法我觉得不好；为什么；你想想，我们要做一千两百个；是啊，我很清楚，是一千两百个；捏一千两百个像，然后再一个个给他们穿衣服，这不就是做完之后又做一遍，相当于做了双倍的活；您说得对，我真傻，都没考虑到这些；当时的情况换了我也同样会犯傻，我们只当中心最多会选三四种陶俑，谁都不曾料想到第一笔订单就有这么大的数量；所以，我们只有一个办法了，玛尔塔说；没错；先把用作模型的这六个陶俑做出来，烧制好，做木模架，再想想是用浇注法还是模压法；对于浇注法，我想我们还没有足够的经验，只在理论上知道如何制作那是远远不够的，我们之前用的都是模压法，西普里亚诺·阿尔格说；那就用模压法；木模架的话我们可以找一位木匠去做；但是我得先把侧面图画出来，玛尔塔说，当然，还有背面图也不能少；

那你可得想象一番了；这倒不难，只要简单几笔勾画出大致轮廓就可以。这二人仿佛两位将军，正潜心研究作战地图，谋划战略战术，计算代价，预估伤亡。需要打败的敌人则是这六个陶俑，半严肃半怪诞，用彩纸做成，最终将不得不屈服于泥和水做的武器，屈服于木头和石膏，颜料和火焰，以及双手不知疲倦的摩挲——并不是只有爱才需要双手和摩挲。这时西普里亚诺·阿尔格开口道，有件事情我们必须注意，模具有两爿就行，再多只会加重工作负担；我觉得两爿足够了，这些陶俑都很简单，正面和背面，没了，我甚至不敢想象，要是一开始我们选择了戟兵或者击剑手，挖土工人或者长笛手，或者马背上的枪骑兵，或者带着有羽毛装饰的帽子的火枪手，现在该有多头疼，玛尔塔说；或者那个带着翅膀攥着大镰刀的骷髅；或者三位一体，西普里亚诺·阿尔格说；那个有翅膀吗；你指哪个；骷髅；有啊，尽管我实在不理解他们究竟为何还要给它画上这东西，死亡不是本就已经遍布各处了吗，就连中心也有了，今早就看到了；有句话应该是您那个时候的，叫作“欲出海者方言舟”；不是我那时候的，是你太爷爷时候的了，他根本没见过海，如果他孙子总是说起船，那是在提醒自己还不想启航；停战，父亲大人；我可没瞧见白旗；这就是白旗，玛尔塔说着，凑过去吻了他一下。西普里亚诺·阿尔格收拢图稿，战斗计划已经做好，只差吹响号角，一声令下——前进，准备，而就在这最后的一瞬间，他发现参谋部的那匹战马的马蹄铁上缺失了一枚钉子，可是，这场战争的命运或许正取决于那匹战马，那块蹄铁，那枚铁钉，众所周知，跛脚战马无法传信，就算勉强为之，半路上也可能将之丢失。还有一个问题，希望是最后一个，西普里亚诺·阿尔格说；您又想起什么来了；模具；我们刚才已经讨论过模具了；我们说的是用作母版的模具，只是母版而已，我们会把它留存起来，而我现在说的是我们在制作过程中实际要用到的模具，总不能两百个陶俑全用一套模具做，没等做完就会坏的，开始做的是个没胡子的小丑，结果却成了个大胡子护士。玛尔塔听见开头的那几个字，就把目光移向了别处，她感觉全身的血液都在涌向自己的脸，却没有任何办法令它们退回到静脉和动脉中去，只有在那里，羞臊和窘迫才能够伪装成若无其事和质朴单纯，怪就怪那个词，母版，以及引申出来的一系列词汇，母亲、母体、母性、母系，怪也怪她的缄默，我们暂时先别告诉我父亲，她这样说过，然而此刻却再也无法相瞒，月事迟来两天，或者三天，这对于大多数女人来说再正常不过，对她而言却并非如此，她的周期极其规律，生物钟精准无误，可以说，当时她哪怕只有一丝的不确定，也不会那么快告诉马萨尔。而现在，她该如何是好，父亲一定在等待一个答复，他看着她，神情困惑，不解为何大胡子护士这样好笑的话也未能将女儿逗笑，难道她只是没听见，你的脸怎么红了，又不可能回答他说不是的，没有脸红，是啊，很快她就可以这样说，因为马上她的脸就会泛白了，正是这令她的脸色红一阵白一阵的血液泄露了秘密，对此她自是毫无应对之力，只好和盘托出，爸爸，我想我是怀孕了，说完她便垂下了目光。西普里亚诺·阿尔格的眉毛唰地扬了起来，他脸上的表情从先前的困惑转为一种夹杂着无法言说的受惊后的慌乱，接着又呈现出一种在极力寻找最适合当时所说话语的样子，但一开口却是这样，为什么你现在告诉我这个，为什么你要这样告诉我；她当然不能这样回答，我突然想到的，我已经瞒了好一阵子，不能再瞒了。她只好说，是爸爸您说了母版这个词；我真是这么说的吗；是的，当您在说模具时说的；啊，我想起来了，我确实说了。两人的对话很快就变得荒唐杂乱起来，变作了一出喜剧，玛尔塔十分想笑，但眼泪却忽地盈眶，脸上再次绯红起来，如此对立、矛盾的感情却有着这般相似的表达方式，这样的事倒也并不罕见。我想是的，爸爸，我觉得我是怀孕了；但是你还不确定；我确定；那你为什么还要说你觉得；我也不知道，可能是焦虑紧张之类的缘故，这是头一次出现这种情况；马萨尔知道了吗；他到的时候我跟他说了；怪不得你们昨天早上跟往常大不相同；瞧您说的，那是您自己的感觉，我们跟平日里一个样；那你以为我跟你妈发现有你的那天，我们也跟平日里一个样吗；当然不是的，对不起。玛尔塔从这个对话一开始就等候着的那个提问终于来了——那你为什么不一开始就告诉我；因为您有太多东西要担忧；现在我知道这事了，那你看看我脸上有没有写着担忧二字，西普里亚诺·阿尔格问道；反正不开心，玛尔塔回答；我是开心在里面，而且很开心，但是你想让我为此载歌载舞，我办不到，这不是我的风格；我让您伤心了；你是伤了我的心，要不是我刚刚说了母版那个词，也不知要到什么时候才能知道自己的女儿怀了身孕，每次我看见你，却还被蒙在鼓里；爸爸，求您别说了；也许要到看得出来的时候，要到你开始害喜的时候，到那时就该是我问你怎么了是不是病了你的肚子都鼓起来了，而你则会答说什么呢爸爸我这是怀孕了就是忘了告诉你了；爸爸，求您别说了，玛尔塔重复着，她已经哭了出来，今天不是该哭的日子；你说得对，是我太自私了；不是的；是的，但我就是无论如何也想不明白你为什么不告诉我，你说是因为烦心事，可我的烦心事也正是你的烦心事，陶坊、陶器、陶俑、将来，既然其他事情你能同我一起承担，为何这件事就不可以。玛尔塔快速地用手指抹去挂在脸上的眼泪说道，是有一个原因，但只是我幼稚的想法，想象着那些很可能根本就子虚乌有的感觉，就算真的有，我也不该多管闲事的；这又是怎么一回事，你在说什么，我实在听不明白，西普里亚诺·阿尔格这样问道，但他的语调已经变了，女儿说的模糊感觉——它的存在前一分钟还令人怀疑，下一分钟又完全真实可信——令他陷入了困扰。我说的是伊佐拉·埃斯图迪奥沙，玛尔塔鼓起勇气回答，感觉像是要硬逼自己冲到冷水里洗澡；什么，父亲大声道；我觉得您对她有好感，就像您有时候表现出来的那样，要是我跑来跟您说您马上就要抱孙子了，就会——我知道这样很傻，但我就是控制不住这样想；就会什么；我不知道，也许就会让您总想着，也许会让您觉得；让我觉得自己愚蠢可笑吗；那是您说的，我可没说；换句话说，年老的鳏夫在一旁搔首弄姿给年轻的寡妇挤眉弄眼暗送秋波，忽然这个老家伙的女儿冒了出来，跟他说他就要当爷爷了，这就好比在说，你的时间不多了，还是拿来领着你的小孙子散散步，再把双手朝天举起感谢老天爷让你活了这么久；噢，爸爸；本来应该马上告诉我的事情你一声不吭，别想让我相信你这决定背后不是这种想法在作祟；至少，我并没有恶意；那也差不多了；请您原谅，玛尔塔沮丧地低声道，泪水夺眶而出。父亲伸手轻抚过她的头发，说道，好啦，时间是一位礼仪大师，到最后它总能把我们安放到一个合适的位置上，我们是朝前走，还是停下，还是退回去，都得听从它的安排，而我们错就错在以为自己还可以跟它对着干。玛尔塔抓起父亲原本要抽离的手，用力地吻下去，连声道，对不起，对不起。西普里亚诺·阿尔格想安慰她，话一出口又成了这样，好啦，说到底什么都不重要，显然这并不是最恰当的安慰法。他来到院子里，心里感到一丝愧疚，刚刚对女儿有些不公平，而且，他还意识到，他刚刚说出了一个自己此前一直拒绝承认的事实，那就是，他作为一个男人的日子已经到头了，这些天来这个叫作伊佐拉·埃斯图迪奥沙的女人只不过是他脑中的一个幻想，一个令人乐于接受的错觉，是他的思维用来安慰他那悲伤的肉体的一个最新创造，是暮光在褪去之时变的戏法，是吹过而不留踪迹的一缕瞬息清风，是刚落下便蒸发不见的一滴细雨。复得感觉到主人似乎又一次陷入了不好的情绪里，就在昨天，它去窑炉那儿看他时，它就觉得奇怪，他脸上有种恍惚的神情，是那种只有乐于思考那些费解之事的人脸上才会有的表情。它用自己潮湿而冰冷的鼻子碰了碰他的手，其实真该有人去教教它如何像那些受过社交礼仪训练的狗那样自自然然地伸出自己的一只前爪，此外，没有别的办法避免主人突然抽走它心爱的手，这证明——如果还需要证明的话——人类与犬类的相处也不是一点问题都没有，也许就是这种潮湿和冰冷触发了人类大脑中最远古的恐惧记忆，比如某种巨型蜗牛擦之不去的黏腻，一条毒蛇令人不寒而栗的蜿蜒而行，有着来自另一个世界的生物居住的洞穴吐出的阴森寒气。就这样，西普里亚诺·阿尔格真的把手抽走了，尽管他随后立即抚摸了复得的脑袋，显然算作一种道歉，可以理解为，也许将来某天他不会再这样把手抽回去了，我们完全可以这么猜测，因为，这两者还将共同生活很长一段时间，长到足以令此刻这种出自本能的排斥变成一种习惯。复得无法理解这种微妙，对它而言，用鼻子是很自然的事情，是本能，因此比人类握手显得更为真实而不造作，不管人类在握手时看上去、碰上去显得多么热情。其实复得想弄明白的是，等会儿主人从呆坐神游的状态中出来的时候会走向哪里。为了让主人明白自己正在等待一个决定，它再次用鼻子碰了碰他，而当西普里亚诺·阿尔格随即起身走向窑炉之时，复得的动物思维——不管别人怎么说，这思维绝对是世界上所有思维里最具有逻辑性的那种——指引了它得出一个结论，那就是，在人类的生活里，只一次是不够的。当西普里亚诺·阿尔格颓废沉重地坐在石凳上时，复得正在一旁嗅着那块下方曾有壁虎躲避的大石头，然而，比起主人身上那一目了然的惆怅，一场很可能无功而返的追捕也显得没那么有吸引力了，于是没过多久它便来到主人跟前躺下，准备开始一场有趣的对话。陶工吐出的第一句话是，结束了，简明扼要得如同一场既无开场白亦无案情陈述的宣判，然而，像现在这种情况，一条狗的最佳选择就是始终保持静默，直至其主人也终于疲于静默为止，狗清楚得很，人类天性多言、轻率、冒失，又爱说长道短，要么闭不上嘴，要么干脆一直闭嘴不言。事实上，当一条狗眼巴巴望着我们的时候，我们永远也想象不到，它的内省会达到怎样的深度，我们只当它是单纯地在看着我们，却不知晓那只是它看上去的样子，而真相却是，它看了我们，看完之后便离去，留下我们像傻子一般张牙舞爪，向这个世界泼溅着荒谬无用的解释。狗的静默和那个经常被作为各种神学参考的著名的"宇宙大静默"相比，两者在物质和客观上太不相称，看似毫无可比之处，然而实际上，对于两滴眼泪而言，其密度和重量是一模一样的，差别只在于使眼泪形成、满溢并滴落的疼痛。结束了，西普里亚诺·阿尔格重复道，而复得甚至连眼皮都没眨，它明白得很，所谓的"结束了"并不是指给中心供货的事情，那早已是旧闻，现在说的是裙钗之事，正是那个伊佐拉·埃斯图迪奥沙，那天主人去给她送水罐时它在货车里亲眼望见的，确是个形貌俱佳的女人。当然，需要指出的是，这番评价并非出自复得，这种关乎美丑的事情，于它而言是不存在的，美丑标准是人类的概念，复得要是会说话，它一定会这样跟它的主人说，就算你是人类里头顶丑陋的那个，你的丑陋对我来说也毫无意义，如果你走过时身上带着陌生气味或者摸我脑袋时的动作与往常不同，那才真正让我感到奇怪。东拉西扯的问题就在于，跑题者会越扯越远，直至忘记原来的话题和先前所发生的事，就好比复得现在，当它回过来时，西普里亚诺·阿尔格已经把话说了一半，它只听见他说，我不会再去找她了——这个"她"当然是指那个叫作伊佐拉·埃斯图迪奥沙的女人，从这一刻起，他与她再无任何瓜葛——我之前表现得跟个蠢小孩似的，从现在起，我不会再去找她了，这句话才是完整的原话，尽管复得对自己听到的只言片语毫不怀疑，却也无法不注意到主人在说这句话时脸上显露出的与这句话的坚定决绝毫不匹配的伤感。然而我们知道，西普里亚诺·阿尔格心意已决，西普里亚诺·阿尔格不会再去找伊佐拉·埃斯图迪奥沙，西普里亚诺·阿尔格很感谢女儿让他看到了理智之光，西普里亚诺·阿尔格是个成年人，成熟，却还未老透，不像那些个愣头傻脑的小年轻，冲动莽撞，成日追逐镜花水月，而且非要等到头撞南墙感情受挫之时才知收手。西普里亚诺·阿尔格从石凳上站起身，动作看上去十分艰难，似乎无法让自己的躯体跟着一起向上，您不必惊讶，一个人感受到的重量与磅秤上所显示的会出现不一致的情形，有时多些，有时又少些。西普里亚诺·阿尔格走向主屋，然而，他并没有如自己先前所宣称的那样，要去感谢女儿让他看到了理智之光，但对于一个刚刚放弃自己梦想的男人，我们不能要求得太多——尽管他的梦想并不远大，仅仅是一个寡妇。他转而会说，他要去木匠那里订模架，倒不是因为这事最为紧要，而是为了多争取一些时间，因为一旦碰上截止日期这种问题，木匠和裁缝总是最靠不住的，至少旧时代是如此，随着成衣店和“自己动手做”风潮的兴起，这个世界已经改变了太多。您还在生我的气吗，玛尔塔问；我没生气，只是有点失落，这事以后谁都别提了，你跟马萨尔就要有个孩子了，我就要有个孙子了，一切都在朝着好的方向发展，每件事情都在有条不紊地进行着，是时候结束那些不切实际的幻想了，我回来的时候，我们会坐在一起讨论工作计划，接下来这一周里我们要最大限度地利用时间，下周我就该忙着搬运那边仓库里的陶器了，至少每天的大部分时间都会忙这个；开着货车去，玛尔塔说，别累着自己；不必了，木匠住得不远。西普里亚诺·阿尔格朝狗一声召唤，复得，走，复得紧随其后，心想着，他兴许还能碰上她呢。狗就是这样，总是想主人所想，急主人所急。

10

这本书主要是从坦诚的阶级友爱视角出发，完全遵守了最严格的公正原则而展现的——至少我们相信是这样，西普里亚诺·阿尔格抱怨中心无情的商业政策的单纯动机，掩盖不了这样一个事实——虽然我们有可能搅起原本将要熄灭的劳资双方长久以来冲突关系的火苗——那就是西普里亚诺·阿尔格自己也要为此承担一部分责任，最主要的原因——它是如此天真无邪，与其天真无邪相匹配的，是它充当着所有其他原因的始作俑者——是西普里亚诺·阿尔格的一个假设，他觉得正如祖师爷时代人对于陶瓷的态度那样，某种品位和需求会永远不变，或者至少在他自己的余生不变，而细想起来，永远和余生其实是一回事。我们已经看到，他们是用一种何等传统的方式揉捏黏土，已经看到这些陶钧又是何等的拙朴，几近原始，也已经看到外面那座窑炉又是如何在现代保存着古旧到令人无法接受的残迹，然而，不管它们有着怎样的缺陷和不便，都能善意地让如此一介陶工与如彼一个中心共存在这个世上，至少到目前为止。西普里亚诺·阿尔格不停抱怨着，但他似乎并不知道，揉捏过后的黏土早已不再像这样存放，用不了多久，如今的那些小陶瓷厂就会将它们保存在有着身穿白色外套、手拿记录本的员工的车间里了，在那里，精确的机器人将完成所有工作。而在这个陶坊里，缺了太多的物件，例如，测量周围环境湿度的湿度计，在湿度太高或太低时保持湿度恒定的电子设备，如今这些工作再也不是依靠眼睛或者手掌、感觉或者触觉来完成的了，然而这些落后的技术却仍在西普里亚诺·阿尔格的手里延续着，他用一种世界上最最自然的神态对女儿说道，土块很好，湿度和黏度恰到好处，加工起来会很容易。我们不禁要问，他只不过是把手掌往泥块上一放，只不过是用他的拇指、食指和中指撮起一点黏土又稍稍捻了一下，如何就能这般确定土块是好是坏，他闭着眼睛，一切判断全部来自充满不确定性的触觉，可他看上去完全不像是在鉴定一坨糅合着红黏土、高岭土、硅石土和水的混合之物，倒像是在鉴赏一块绸缎丝线间的经纬交错。不过这也不无可能，就像我们最近这些天来有机会观察到并讨论的那样，知晓这一切的是他的手指，而不是他。不管怎样，西普里亚诺·阿尔格对黏土块的判断应该是无误的，因为玛尔塔对此并未提出异议，比起她的父亲，玛尔塔是如此年轻、现代，更加契合当下的时代，而她在制陶这件事上也毫不逊色，对于父亲的判断，她没说什么，只是另辟话题，向父亲问道，您觉得这些够做一千两百个陶俑吗；应该够，但我打算再多准备些。陶坊里有块地方专门用来储存颜料和其余一些用于润色加工的材料，父女俩去到那里，记录下现有的，又标记下暂缺的，这些颜料太少，我们还需要更多的颜色，玛尔塔说，要把陶俑做得引人注目才行；还需要做模具用的石膏，上色用的油彩，西普里亚诺·阿尔格又加了一句，把缺的东西一次买足，省得一趟趟地跑，把时间都浪费在了买东西上，耽误干活。玛尔塔忽然一副若有所思的样子，怎么了，父亲问道；有个很大的问题；什么问题；我们已经决定要用模压法了；没错；可是我们还没讨论过制作陶俑本身这件事，我们不可能用模压法做上一千两百个，模具承受不了，时间上也不够快，就好像拿个木桶去舀空大海；你说得对；所以我们必须使用注浆法；虽然我们没有多少经验，但是我们还可以学；最大的问题不在这里，爸爸；在哪里；我记得我在书上看到过，那本书应该还在，用注浆法时，注料里不应含有高岭土成分，可我们的有，最少有三成；我的脑袋确实已经不太好使了，竟然没想到这点；您别自责，我们只是不习惯用注浆法罢了；是啊，可这是入门常识。两人面面相觑，茫然不知所措，这时候这两人已经不是父亲和女儿，也不是准外公和准妈妈，而只是两个面临着艰巨任务、处于危机之中的陶工，他们需要把高岭土从已经揉制好的黏土里分离出来，再加入其他更为轻质的黏土，减轻土块重量。这种炼金术般的操作，纯粹是无法完成的。怎么办，玛尔塔问，要不找找书看，也许——；不必找了，没有办法的，把高岭土分离出来或者把它抵消掉就是天方夜谭，没有可能，唯一的解决办法就是配好正确的成分，重新做黏土；可是已经没时间了，爸爸；对，确实没时间了。两人一起走出陶坊，望着这两个沮丧的身影，复得甚至不敢靠上前去，现在他们又坐在厨房里，望着那些图稿，图稿同样也望着他们，两人思来想去，这难题怕是无法得解，依照经验，质重的黏土会缩得厉害，会碎裂、变形，它们过于可塑，柔软而易于弯曲，他俩谁也不知道把这样的黏土浇注到模子里会变成怎样，最怕工作全部完成后，出来的却是可怕的样子。玛尔塔翻了半天终于找到了那本书，书上说，使用注浆法时需做较多准备工作，仅仅把陶土放水中溶解是不够的，还要添加黏土悬浮剂，比如硅酸钠，或者碳酸钠，或者硅酸钾，甚至烧碱也可以，就是后者太过于危险，制陶的确是一门无法将化学与其物理和动力学效应分开的艺术，然而书上没讲的是，如果不加这些东西，就用我现有的黏土做——我也只有这些了——之后我的陶俑会变成什么模样。再有就是数量的问题，如果数量很少，那么模压法没问题，但如果是一千两百个的话，我的天。如果我没理解错的话，西普里亚诺·阿尔格说道，使用注浆法时需要考虑的最重要的问题就是密度和黏度；是的，它这里做了解释，玛尔塔说；读一下；理想密度值应为一点七，也就是说，一升注料的质量应该为一千七百克，如果没有合适的密度计，可用量筒和磅秤测得，计算中需减去量筒的重量；那关于黏度有什么说法；测量黏度可使用黏度计，有不同种类的黏度计，不同的测量标准使用不同的读数标注；这书没什么用；有用，您注意听；听着呢；一种最为常用的黏度计是扭力黏度计，其读数采用加仑坎普标准；这是何人；书上没讲；接着念；根据这一刻度标准，理想黏度值应当在二百七十和三百六十度之间；你能找些我听得懂的念吗，西普里亚诺·阿尔格问道；马上就来，玛尔塔答，她接着念道，我们的情况应当使用传统手工方法，该方法虽仅凭经验，且不够精确，但通过实践，仍能测得较为接近的数据；怎么操作；把手深埋于注料中，再将手抽离，让注料从张开的手中流下，如果手指间有鸭蹼状薄膜形成，此时的密度则较为理想；鸭蹼状；是的，鸭蹼状。玛尔塔把书放到一旁，说，我们还是没进展；还是有点进展的，我们已经知道，一定要有悬浮剂，注料要有鸭蹼才能用；好在您心情还不错；心情就像潮水，时涨时落，现在我的心情是高涨着的，咱们就看看它能持续到什么时候；必须得持续下去，这个家就全在您手上了；家，是的，但全家的命不在我手上；您的好心情这么快就退去了呀，玛尔塔问道；这会儿正摇摆不定，说不清到底是好是坏；那就跟我一起，我正感觉心情飘忽不定，仿佛无法确定自己是不是就是自己所想的样子；有时候我在想，也许我们不知道自己是谁反倒会更好些，西普里亚诺·阿尔格说；就像复得；是啊，我感觉狗了解它的主人胜过了解它自己，它甚至都认不出来镜子里的自己；也许狗的镜子就是它的主人，也许只有在主人这面镜子里它才能认出自己，玛尔塔道；这想法不错；您瞧，就算是错误的想法也可以很不错；假如陶坊的生意垮了，我们可以改行养狗；中心里头没有狗；可怜的中心，连狗都不待见它；是中心不待见狗；这个问题只有生活在里头的人才会关心，西普里亚诺·阿尔格打断道，声音里带着不快。玛尔塔没有作答，她深知这时她所说的任何一个词汇都有可能引发一场新的争论。她去重新整理那些已经卷边了的图稿，一边整理一边想着，明天马萨尔会不会回到家然后说自己已经是常驻保安，说我们得搬家了，那我们现在在这里所做的事就没有意义了，不管爸爸跟不跟我们走，陶坊总归是岌岌可危，就算他坚持留下，那也无法孤身一人完成这些活计，他自己也很清楚。然而西普里亚诺·阿尔格此刻会有怎样的想法，我们无从得知，若是瞎编一些与他真实想法不搭界的东西也不值当，但我们总是会认为，上帝给了人类语言，不是让人隐藏自己的想法，因此我们应该可以从陶工沉默良久之后所说的话中寻找答案，他说，想入非非没有错，错在自欺欺人。那么，也许他此刻所想与女儿不谋而合，而逻辑上来说，他们俩已经得到了相同的结论。无论如何，西普里亚诺·阿尔格继续说道——他没有注意到，或者在他说出这几个字后才注意到暗含在这几个字里的神秘色彩——无论如何，停驻的船只无法破浪，无论明天变成什么样，今天的活该做还是要做，栽树的人也不会知晓将来某天自己会否吊死在自己所栽的树上；处在这样的一层浮油上，我们的船哪儿都别指望去了，玛尔塔说，但是您说得很对，时间并不是闲坐在那里等着我们，我们必须开始工作，我当下的任务，首先是要把侧面和背面图画出来再涂上颜色，如果没有人来打扰我的话，那么我想今晚就可以完成；今晚没有客人，西普里亚诺·阿尔格说，我去做午饭；把东西热一热，然后再做个沙拉就够了，玛尔塔道。说完她便去找出绘图所需的纸张、水彩、调色碟、笔刷，一块用来弄干笔刷的旧布头，并将所有东西一样一样有序地摆放到桌面上，坐下，拿出大胡子亚述人的图稿，先从它开始，她说；尽量弄得简单些，省得脱模的时候这里卡着那里钩着，两爿模具就够了，三爿的话对于我们来说就太吃力了；好的，我记住了。西普里亚诺·阿尔格看女儿画了几分钟，然后就去了陶坊。他要对付那些黏土了，他要学习新的技艺，让自己的双手灵巧起来，尝试捏塑上几个试验品，当然，不会是弄臣也不会是小丑，不是爱斯基摩人也不是护士，不是亚述人也不是清朝官吏，而是，任何一个人，不论男女老少，见了都会说，嗯，看起来跟我很像——这样的塑像。然后，在这些男女老少里头也许会有一个人，或出于喜爱，或出于某种虚荣，想要把这个跟自己的相貌如此相像的塑像带回家，那人便会来到陶坊向西普里亚诺·阿尔格询问那个塑像的价钱，然后西普里亚诺·阿尔格会回答说这个不卖，然后那人就会问为什么，而他会回答说，因为这个人是我。暮色降临，但还未深，玛尔塔走进陶坊，她说，我画好了，正放在厨房桌上晾干呢。接着她便注意到父亲刚才一直在做的两件半成品，大概有两掌高，直立着，一男一女，均赤裸着，其中一个的肩膀上露出一截铁丝，不错，她评价道，爸爸，不错，但是咱们的陶俑用不着做这么大，我们之前商量的是您的一个手掌那样大，您还记得吗；稍微再大点好，这样放在中心的货架上的时候才能引起更多的注意，而且放进炉窑里烧制的时候，最后的水分也会丧失掉，我们要把这部分缩减也考虑在内，我这也只是在做试验；我觉得现在这样就挺好，我很喜欢，我从没见过这种样子的，尽管这个女人的样子倒是让我想到了某人；你到底要说什么，西普里亚诺·阿尔格问，你一会儿说没见过这样的，一会儿又说这个女人让你想起了某人；是一种双重的印象，又陌生又熟悉的；也许我不必养狗，也许我该去做雕塑，这是最能赚钱的艺术之一；艺术家模范家庭，玛尔塔半是嘲笑地说道；好在还有马萨尔不是，不然我们就全军覆没了，西普里亚诺·阿尔格应道，只是他并没有笑。

创作过程的第一天就这样度过了。到了第二天，陶工进城去买做模子用的石膏，还要买些苏打灰，那是他决定用来当作悬浮剂的，以及一些颜料、塑料桶、新的木质修形刀、钢丝雕塑刀、刮铲、钻头。有关颜料的问题已经在第一天晚饭饭桌上热烈讨论过了，最具争议的地方在于，那些陶俑是该先上色再进窑炉烧制呢，还是正相反，先烧制再涂色并且不再回炉。选这种方案，出来的颜色是这个样子，选择另一种呢，又是另外一个样子，所以必须当机立断，不能等到最后关头笔刷都拿在手里了才想好。这是一个关乎审美的问题，玛尔塔说；是时间的问题，西普里亚诺·阿尔格反驳，以及安全问题；先涂色再烧制出来的质量更好，光泽感也更强，她坚持道；但如果我们在烧制之后再上色，就可以避免一些不愉快的意外，我们用什么颜色，之后还是什么颜色，而不必担心热度会让色素发生改变，你也知道有时候窑炉是会多么古怪无常。西普里亚诺·阿尔格的意见最终还是占了上风，因此，必须到专门的市场去买专门用于陶瓷的涂料，那种涂料使用简单，干得又快，还有丰富的颜色种类可供选择，至于稀释剂，当然是必不可少的，因为通常涂料原本是特别浓稠的状态，并不能直接使用，而如果不想使用合成稀释剂，普通的灯油也能替代。玛尔塔重新打开那本美术书，找到有关冷却后上色的章节，念道，用于已经烧制的器件表面，使用前，须先用细砂纸磨光器件表面，以便去除器件的毛边和瑕疵，使表面更加平整，并使颜料能够更好地附着于表面烧制过度的区域；要磨光一千两百个陶俑得花一辈子吧；完成这道工序后，玛尔塔接着念，要把打磨时产生的粉屑清除干净，需要用到压气机；我们没有压气机，西普里亚诺·阿尔格打断道；或者，也可以用较硬的毛刷，尽管这会慢一些；老办法总有它们的优势；也不是总是，玛尔塔纠正道，接着又念，几乎所有的陶瓷颜料在长时间静置后都会出现不均质的情况，故在使用前应先充分摇匀；这是常识，谁都知道，跳过去念；颜料可以直接涂抹于器件表面，但如能先上一层底色，颜料的附着性则会更佳，底色通常可以是亚光白；这我们倒是没想过；不知道的时候哪里还会想到；这话不对，正是因为不知道，才会去想；这场激辩我们先暂搁一旁，您接着听我念；我也没在做别的；底色可用笔刷涂抹，但倘若使用喷枪则能使涂层更为光滑平整；我们没有喷枪；或者可使用浸润法；这才是最传统的方法，那我们就用浸润法；所有工序均应在冷却状态下进行；很好；器件一经上色晾干，则不应再有任何形式的烧制；就是我之前说的，这样能节省时间；书上还写了别的建议，但最重要的一条是说，应当在前一种颜色干透后再上后一种颜色，除非有意营造分层或融合的效果；我们既不想要什么效果也不想要透明度，我们只求快，这可不是画油画；不管怎样，清朝官吏的装束需要处理得更加细致些，玛尔塔说道，因为她忽然想起，自己画的清朝官吏图稿颜色很多。那就简化它。西普里亚诺·阿尔格一句话结束了这场辩论，然而在采购时，这场辩论却依旧在他脑海里进行着，证据就是，他在最后一刻加了一把喷枪。鉴于陶俑的大小，底色宜薄不宜厚，之后他是这样同他女儿解释的，我想还是用喷枪来得好，朝着陶俑轻轻一喷就完事，干净利索；我们还需要面具，玛尔塔说；面具太贵，我们可没闲钱买奢侈品；那不是奢侈品，是必备品，否则我们就要在一片红云绿雾里呼吸了；总有办法解决；什么办法；我去外头喷，露天的地方，天气睛好，不会有事；您为什么说您去喷，难道不是咱们俩一块儿吗，玛尔塔问；据我所知，怀孕的人是你不是我；您的好心情又回来了，父亲大人；呵，我只是尽我所能，我感到，有些事正在逃离我的手掌心，而有些事正扬言着要逃离，我所要做的就是把这些事分辨出来，看看哪些还值得我为之争取，又有哪些我该不带遗憾痛苦地放手；或者带着遗憾痛苦；最大的痛苦，我的孩子，不是此刻感受到的，而是之后到来的，到那时真是会半点法子也没有了；不是说时间能治愈一切吗；我们活不了那么久，无法见证它是否真的有效，西普里亚诺·阿尔格道，正在这一刻，他忽然发觉自己坐着的正是妻子突发心脏病倒地前所坐的那个陶钧。于是，他的道德感迫使他问自己，先前所说的痛苦是否包含着那次死亡，或者，在这件事上，时间是否真的充当了治愈者的角色，又或者，痛苦的产生不是因为死，而是因为生，因为生命，你的，我的，我们的，随便谁的。西普里亚诺·阿尔格塑着护士陶俑，玛尔塔忙于捏小丑，对于各自的接连尝试，两人谁都不满意，也许是因为，照葫芦画瓢要比什么都没有的自由创作难得多，至少西普里亚诺·阿尔格可能会这么说，毕竟是他带着那般的激情和率性创造了那边一男一女两尊塑像，为了不让它们失水皲裂以便能够保持直立、生动，它们的身上裹着湿布。玛尔塔和西普里亚诺·阿尔格面临着重重困难，此刻他们正在捏塑的土块中的一部分来自于之前他们弃用又重新揉捏的塑像，世界上所有事物都是如此，比如语言，它不是事物，它只是尽其所能地指示某种事物，而指示本身又重塑了事物，即使能极尽规范地予以使用——假设这能够实现——也不可避免。语言被使用几百万次，也被抛弃过同样多的次数，然后我们，卑微地，带着双腿间的尾巴，就像狗子复得羞得夹着尾巴那样，又不得不再次将它们找寻，就好比历经敲打踩踏的黏土，它们被揉捏、咀嚼、吞咽、反刍，是的，永恒轮回[1]确实存在，但不是以那种形式，是以这种形式。玛尔塔塑的小丑也许还过得去，弄臣的样子也与真实的弄臣相差无几，但那个护士看上去则过于简单，太直板，太规整，以至于无法凸显出她的胸部来，就像是还紧紧抓着一块湿布的两个角把自己包裹了起来似的。创作的第一周即将结束，西普里亚诺·阿尔格也即将开始毁灭的一周，把卖不掉的陶器从中心的仓库里运出来，再将它们当作无用的垃圾一般丢弃，然而就在这时，两位陶工既自由又守着规矩的双手，终于开辟了一条通路，通向正确的形状、精确的线条以及和谐的整体。时刻的到来不会早亦不会晚，它们循着的是自己的钟点，并非依着我们的来，当它们预备要发生的与我们盼望它们发生的正巧重合的时候，并不必为此而感激。陶工会忙于那项毫无意义的工作——那些因为不被需要而装上货车的玩意儿，现在又因全无用处被卸下货车，而在这半天里，玛尔塔会独自待在陶坊里，同那半打基本完工的陶俑一起，而此刻她正忙于做最后的修饰，打磨陶俑上某些不太突起的棱角，又把模塑过程中不经意弄坏的弧度修圆，将高度修成一致，巩固底座，计算每个陶俑对应各自模具的最佳接合线。木匠还没有把模架送来，石膏也在厚防水纸做的大袋子里等候多时，但是大量制作陶俑的日子已经迫近了。

毁灭周的第一天，比起肢体的辛劳带来的疲惫而言，西普里亚诺·阿尔格更多的是感到因屈辱而产生的愤怒，当他回到家时，便向女儿叙述起自己一天的荒唐经历起来，说为了找到一处僻静的地方丢弃车里的那堆破烂，自己就像是个无头苍蝇一样在荒郊野外四处乱转，就像是要找地拉屎一样——裤子都提在手里了，他说，我

---

① 亦作“永恒循环”“永恒重现”“永恒回归”等，由尼采提出，他将历史描写为一系列永不停止的重复循环。

就是这么觉得的，有两回有人经过都问我在做什么，那是在私人领地上，面对着一辆载满陶器的货车，我只好胡诌了个理由，说想要去到那边的公路上，原以为要从这条路走，没想到弄错了，实在不好意思，呃，顺道问一声，您如果看中车上哪样东西，我很乐意送给您，他们中的一人什么都不要，还用厌恶的口气说在他家里就是牲口家禽也不用这样的东西，但另一人看中了一只汤碗，就拿了去；那么到最后您把那些东西都丢哪儿了；小河附近；哪里；我本想，能找到个天然的坑洞之类的是最好不过的，但即便如此，将来也还是有可能会被经过的人发现，暴露在光天化日之下，他们便马上能识别出来这批货以及它们的制造者，难道我们受的侮辱和羞耻还不够，非要再来这么一下吗；我不觉得有什么侮辱和羞耻的；你从一开始就站到我的位置上看，也许就会感觉到了；也许吧，那您后来找到什么地方了吗；一个理想的洞穴；还真有理想的洞穴啊，玛尔塔问道；取决于要在里头放什么，但这个洞嘛，是个大洞，大概呈圆形，有三米深，有个坡，要下去很方便，里头还有树啊灌木之类的，从外面看就像是田野里的一个绿岛，到了冬天还会蓄满水，到现在底部还有一个小潭；离河边大概有一百米，玛尔塔说；你也知道这个洞吗，父亲问道；知道，我十岁的时候就发现它了，的确是个理想的洞穴，每次我进去那里都感觉像是在穿越一扇通往另一个世界的门；我像你那么大的时候也进去过；我爷爷那么大的时候也进去过；我爷爷也是；一切东西最后都会消失的，爸爸，这么多年过去了，那个洞就只是个洞而已，对一些爱做梦的孩子而言也是一扇魔法之门，可现在，有了这些废陶器，就成了不伦不类的东西；并没有那么多的瓶瓶罐罐，用不了多久，荆棘藤蔓就会把它们全遮盖起来，甚至都不会有人注意到它们；所以您就把所有东西都丢那里了；是的；至少它们还在村庄附近，要是哪天这儿的某个小男孩——如果他们还常常光顾这个理想洞穴的话——回到家的时候手里拿着一个破碎的碟子，大人就会问他从哪儿捡的，然后就会看到所有人都一窝蜂地跑去那里找寻现在遭人嫌弃的东西；人就是这样的，如果真那样我也不会觉得奇怪。西普里亚诺·阿尔格喝完女儿在他回家时端到他面前的咖啡，问道，木匠那儿有消息了吗；还没有；看来我得去催一下了；我想是的，最好是这样。陶工起身，我要洗澡了，他说，刚走了两步，随即又停下，怎么了，女儿问；这个，这个是什么，说着指向一个盖着绣花餐巾的盘子；是一个蛋糕；你做蛋糕了；不是我做的，别人拿来的，是个礼物；谁啊；您猜一下；我可没心情猜谜；这一个很容易就能猜出来。西普里亚诺·阿尔格耸了耸肩，表示自己对这事并无兴趣，又说了声要去洗澡了，却没有动，没有迈出将要带他走出厨房的步子，他的头脑里正有两个陶工在展开辩论，一个说，生活中每一个场合我们都有义务表现得自然，如果说有人好心好意送来盖着绣花餐巾的蛋糕，那么最应当也最正常的反应就是询问是谁送的，之后如果被要求猜一猜，我们要是装作没听见，那不免太令人起疑，这种小游戏无论是在家里还是在外头都是再普通不过，要是猜对了，不会有人马上产生某些联想的，何况有送蛋糕动机的人一共能有几个，多数情况下也就是一个，这是其中一个陶工的陈词，但是另一个回应说不愿意当马戏团里上演的假戏法时的托儿，就是因为清楚地知道是谁送的蛋糕，才不把名字说出来，而且也因为——至少在某些情况下——结论最糟糕的地方不在于它可能会有多仓促，而是在于，结论就是结论。怎么，您不想猜猜吗，玛尔塔笑着坚持道，而西普里亚诺·阿尔格呢，没被女儿惹恼，却被自己惹恼了，但他还是清醒地认识到，要逃离这个自己给自己挖的洞，唯一办法就是承认失败然后背过身去，夹杂着一些其他的词语，硬生生地说出一个名字，是那个寡妇，那个邻居，伊佐拉·埃斯图迪奥沙，为了答谢水罐的事吧。玛尔塔轻轻地摇了摇头表示否认，人家不叫伊佐拉·埃斯图迪奥沙，她纠正道，她的名字是伊佐拉·马德鲁加；啊，好吧，西普里亚诺·阿尔格说着，心想这下不用再向她询问，您的本姓是什么，但他随即又想起来自己坐在窑炉旁的石凳上时所做的决定，复得可以作证，他决定为发生在自己和这个姓埃斯图迪奥沙的寡妇之间的一切画上一个句号，你可别忘了，你亲口说的那句话，“结束了”，没有人会通过收回两天前说过的话来给自己的感情生活安上一个如此生硬的结局，这样的思考给西普里亚诺·阿尔格带来的直接效果就是，他有了一种漠不关心、高高在上的神情，带着这份确信，他才可以去揭开那块餐巾而不至于双手颤抖，样子不错，他说。也正是这个时候，玛尔塔觉得该添上一句了——某种意义上说，这是一份告别礼物。陶工伸过去的手慢慢变低，餐巾轻轻地落在圆形花冠造型的蛋糕上，告别，他问道；是的，玛尔塔回答，假使不能在这里找到工作的话；工作；您一直在重复我的话，爸爸；我可不是回声，我没在重复你的话。玛尔塔没有接话，而是继续说自己的，我们喝了咖啡，我想要切一小块蛋糕但是她不让，就在这里坐了一个多钟头，我们聊了天，她跟我说了一些她的事，她的婚姻，没有时间来弄清楚这段婚姻是幸福还是正在变得不幸，这是她的话，不是我的，总之，要是找不到活干她就要回老家去了，那里还有她的家人；这个地方哪里还有活做，西普里亚诺·阿尔格幽幽地说道；她也是这么觉得的，所以这个蛋糕算是告别礼的前半部分；那我希望后半部分送来的时候我不在家里；为什么，玛尔塔不解。西普里亚诺·阿尔格没有作答，他离开厨房，到卧室去了。他快速地脱下衣服，瞥了一眼衣柜镜子上照出的自己的躯体就去冲澡了。在喷头喷洒出的淡水里，还有一丝咸水混在了里面。

11

对于“滑稽”一词的定义，所有字典的解释都保持着一种令人安心的高度一致，都是指某事物具有引来嘲笑、讥讽、挖苦，或者带有喜剧的性质。在字典里，“滑稽”似乎是没有特定语境的，而当需要解释什么是“滑稽”时，便将其简单地描述为伴随着某个事实的一种状态或者特质，而这一点，其实正是在明确警告我们不要将事件与语境分离，不将语境考虑一番，便不好对一个事件做出判断。这个西普里亚诺·阿尔格实在可以说是滑稽至极，他不把那些盆盆罐罐一股脑儿从上往下丢进坑洞去，反倒费九牛二虎之力一趟趟上坡下坡地把它们抱在臂弯里搬下去，免得它们摔个稀烂，可他在向女儿讲述这段灾难般不堪回首的搬运之旅的时候，语气中却分明充满着轻蔑和诋毁。然而滑稽是没有限度的。如果真有一天，就如同玛尔塔所说的，村里的一个小男孩从瓦砾堆中带了一个破盘子回家，我们可以确定，盘子上的碎口子一定是在中心的仓库里的时候就有的，或者，是由从中心到坑洞一路上不可避免的颠簸撞击造成的。我们只需看看，每一次西普里亚诺·阿尔格是如何小心翼翼地走下斜坡，如何不厌其烦地把各式各样的陶器一件件放到地上，又是如何细致地把它们分门别类，把能套叠在一起的器具一件一件套叠好，这番可笑的场景我们若是亲眼目睹，就能够毫不含糊地说，这儿没碎过一个盘子，没掉过一个茶杯柄，没磕过一个茶壶嘴。那些陶器规整地堆叠在一角，围绕着一棵棵树干，像蛇一般盘踞在低矮的植被之间，就好像哪部伟人巨著中记载了必须这样摆放，直到时间终结，直到陶器的残骸复活，即便这种复活几乎无望。有人一定会说西普里亚诺·阿尔格的所作所为是彻头彻尾的滑稽，但是在这件事上，我们最好别忘了视角的至关重要性，这里说的是马萨尔·加修，休假那天他又回到家，履行了通常被认为是家庭团结的基本义务，不仅帮助岳父卸运陶器，而且没有显示出一丝的惊讶或不解，没有任何直接的或拐弯抹角的提问，也没有一个饱含讥讽或同情的眼神，他只是安安静静地跟在他的榜样后头，甚至还能够自发主动地把陶器放平稳码整齐，把摞得过高而摇摇欲坠的陶器取下几个来。所以说如果发生下面这件事，我们一定不会感到惊讶，如果玛尔塔在与父亲说话的过程中屡次使用到那个带着诋毁和不幸的词语，她自己的丈夫——多亏他亲眼见证了坑洞里发生的一切，才能有如此无可辩驳的权威——一定会纠正她，不是瓦砾堆。而她呢，我们知道她是那种要把任何事都弄个清楚明白的人，如果她坚持说，是的，就是瓦砾堆，除了人体残骸，那些用来填坑的碎石岩屑废材料，从来都叫这个名，那么马萨尔一定会用他严肃的声音说，不是瓦砾堆，我在那里。如果再问他这事滑不滑稽，他一定还会回答，一点也不。

当他们进屋时，有两个从各自的意义上说都很重要的消息等着他们。木匠终于把模子送来了，玛尔塔却在她那本书上看到说，如果用注浆法，一副模子的理想使用次数是四十次，那也就是说，西普里亚诺·阿尔格接话道，我们至少需要三十副，每两百个陶俑用五副，前前后后要花去太多工夫，而且我们还不能保证，在经验不足的情况下能不能用模子做出像样的东西来；您预计什么时候能把陶器从中心全部清运出来，玛尔塔问；我想第二周用不了一整周，两三天应该足够；这周就是第二周，马萨尔说；是的，四周中的第二周，但是是搬运的第一周，第三周是用来生产的第二周，玛尔塔解释道；这一周是，那一周不是，实在让人晕头转向，怪不得你和你父亲会手忙脚乱；我们各有各的原因，比如我，我怀孕了，而我自己还没能完全接受这个事实；那爸爸呢；他要是愿意说他自己会说的；真正让我觉得手忙脚乱的是要做一千两百个陶俑而我却不知道自己能不能做出来，西普里亚诺·阿尔格打断道。他们站在陶坊里，摆在工作台上的是六个微不足道的陶俑，因为代表的形象不同，有几个看起来比另外几个更为怪异一些，却都是一样令人心酸的无用。为了能让丈夫能看到，玛尔塔把覆盖在陶俑上的湿布揭掉了，但几乎又后悔这么做，就好像那几个蠢钝的人偶并不值得之前所付出的心血——一次次地做了毁毁了又重做，一次次想做成这样那样又做不成，一次次的试验和修改，并不是只有那些伟大的艺术作品的诞生才会经历这样的折磨和困惑，哪怕只是简单的一个躯干或者几个细小的陶土部件，也不会轻易臣服于塑造它们的手指、质疑它们的目光，以及想要它们成为应该成为的样子的那种迫切愿望。在别的时候我会跟他们请假，好帮你们做些事情，马萨尔说。尽管这句话是完整的，这很明显，但话里还有话，即使不明说，西普里亚诺·阿尔格也不难听懂。马萨尔想说的，虽然没有真的说出来但也确实明摆在那里的话是，他正处在升职的关键时刻，常驻保安的职位近在眼前，如果在这个当口请假，他的上司一定不会高兴，就好像升职公示对他来讲只不过是普普通通的一个小插曲，无足轻重。不管还有无其余的言外之意，但这一层意思，是再明显不过的了。问题的核心仍在于，对陶坊的未来、陶坊里的活计，以及不论好坏依靠这些活计活到今天的陶坊的工作者们的忧虑，马萨尔的话中无意隐藏了这点。那六个陶俑就好比六个讽刺而固执的问号，每一个都想问一问西普里亚诺·阿尔格，他是不是还一如之前那样对自己的力量充满信心，还有，亲爱的先生，当您的女儿女婿搬去中心生活之后，凭您一己之力能让陶坊坚持运作多久，您之前曾那么天真地认为可以继续正常地开展业务接受订单——如果到时还不断有订单的话——还是说，您真会蠢到相信，从今往后，您与采购部门的主管的关系，生意上也好私底下也罢，会一直这么好下去，或者就如爱斯基摩人问的那个令人难堪、充满怀疑论调的尖锐问题那样——你真的觉得他们会一直要我吗。就是这个时候，西普里亚诺·阿尔格想起了伊佐拉·埃斯图迪奥沙的告别礼，想起了雇她当陶坊的工人帮他干活，坐在货车副驾驶的位置陪他一起去中心，想起了各种各样的更为亲密放松的场景，同坐一桌吃饭，同坐石凳上聊天，给复得喂食，从黑桑树上摘果子，把叠好的床单铺开，这些想法对于一个连蛋糕都不想尝一口的人来说，无疑是太多、太大胆了。当然马萨尔的话是无须回答的，他的话无非是陈述了一个对所有人而言都显而易见的事实，这与他说“我很想帮助你们，但是不行”纯粹是一回事，然而西普里亚诺·阿尔格认为，在马萨尔说完后的那段沉默时间里，自己应该把脑子里闪现的一部分想法表达出来，不是那些亲密的想法——那些是被牢牢地锁在他可怜的老男人的自尊这个保险箱里的——而是在某种程度上这个家里的每个人都有的想法，不管他们愿不愿意承认。那个想法用不了几个字就能概括，那就是，明天还会有什么在等着我们。他说，我们就好比是行走在黑暗里，下一步既有可能前进也有可能摔倒，第一份订单的成品开售后我们就能知道会有什么等着我们了，之后我们就可以算算他们还会用我们多久，是长，是短，还是再也用不着我们，就好像是拿一朵雏菊把花瓣一片接一片地摘下来，看看最后的答案到底是什么；生活与这相比也没有太大的区别，玛尔塔说；是啊，但以前需要数年的过程现在只要几周甚至几天就能完成，未来一下子变短了，我要是没记错，这样的话我以前就说过。西普里亚诺·阿尔格略作停顿，耸了耸肩膀接着道，看来被我说中了；现在面前只有两条路，玛尔塔果断又略带急切地说，我们要么继续像之前那样，把该做的活做好，别的什么都不要多想，要么就停下手中的一切，告诉中心我们放弃订单，然后等着；等什么，马萨尔问道；等着他们给你升职，等着我们搬去中心，等着爸爸决定到底是留下还是跟我们一起走，我们唯一不能做的就是继续几星期来的这种犹豫纠结的状态；也就是说，西普里亚诺·阿尔格道，只有老爹死，大家才能喝得上这口汤；我原谅您刚刚所说的话，玛尔塔回答道，因为我知道您脑子里想的是什么；不要吵架，马萨尔请求道，我在我自己家里已经受够这些争吵了；没事，你别担心，西普里亚诺·阿尔格道，尽管有些人看到这场面会认为是在争吵，但在你妻子和我之间，从来不可能有真正红脸的时候；是啊，可有时候我真的气得想打您，玛尔塔笑着威胁道，而且今后会更加如此，你们两个以后要小心了，我可听人家说，女人怀孕后会变得情绪不稳，她们会喜怒无常，会躁狂，会耍性子，会用眼泪攻势，会发脾气，所以你们要准备好随时接招；我肯定对你百依百顺的，马萨尔说，又转向西普里亚诺·阿尔格，说道，爸爸呢；我都百依百顺多少年了，从她出生起就开始了；终于，女人掌握了一切权力，颤抖吧，男人们，颤抖吧，害怕吧，玛尔塔呼喊道。然而陶工的语气没能像女儿那样欣喜，而是严肃而平缓，仿佛这些话原本是想法，慢慢长大成熟后变成了句子，再由人一字一字收割起来，不，他的话不是从想法成熟而来，而是在那一刻在他脑中萌发，就像地表突然冒出的根须，活照常干，我会尽我所能实现我们的承诺，不叫苦也不抱怨，等马萨尔升职了我会酌情考虑的；酌情考虑，玛尔塔问，什么叫酌情考虑；陶坊看样子也是开不下去了，我会关掉它，不再做中心的供应商；很好，那接下来您要靠什么过日子，在哪里过，怎么过，和谁过，玛尔塔紧追不舍；我会跟我的女儿女婿一起搬去中心生活，如果他们还愿意让我跟去的话。这番出自西普里亚诺·阿尔格之口的明确而令人意外的话，在女儿和女婿身上造成的效果却不一样。马萨尔喊道，您终于答应了，他使劲拥抱了岳父，继续说道，您无法想象这话给我带来了多大的喜悦，这么久以来这事一直就像一根刺那样困扰着我。玛尔塔则先是怀疑地看着父亲，像是完全无法相信自己听到的那样，但随即她的脸上就显露出理解的神情，之前的迷惑不解是因为脑海里正搜索着一些谚语俗语、经典画面之类的，太多了，一下子不能想全，比如，破釜沉舟、背水一战、一刀两断、快刀斩乱麻、斩草除根、一不做二不休、破罐子破摔、吃不到葡萄说葡萄酸、一鸟在手好过二鸟在林，诸如此类，而所有这些都为了表达一个意思——我不想要我得不到的，我得不到的我不想要。玛尔塔走近父亲，慢慢地、轻柔地，伸手抚摸他的脸庞，近乎母亲一般，如果这真是您想要的，那最好就是这样了，她这样低语道，除了这几句简单的话，她没有再表示出任何欣慰的迹象，但确信父亲会明白，这并非出于冷漠，而是出于尊敬。西普里亚诺·阿尔格把手放到女儿肩上，把她拢向自己，吻在她的额头上，轻声地说出她想听的或者想要从他眼中看到的那两个字，谢谢。马萨尔并没有询问谢什么，很久以前他就知道，这对父女之间的领地对这个家庭而言，不仅特别，还很神圣，不可接近。马萨尔感受到的不是嫉妒，而是一种知道自己被排除在外的落寞，然而并非是这片领地之外，这片领地永远无法属于他，这里指的是另外一个地方，一个让他能够找到并最终认出他自己的父母双亲的地方——如果他们曾在那里，或者他能够跟他们一起在那里的话。他并没有太过惊奇地意识到，既然现在他的岳父已经决定搬到中心和他们一起住，那么他自己父母把房子卖了再搬去中心和他们一起住这个念头，就不得不打消，不管他们会有多不乐意，会如何抱怨，首先这是中心的硬性规定，住宅的内部结构决定了人口多的家庭不适合入住，其次是因为，这两家人的关系向来不太好，今后要是挤在同一个狭小的空间里，不难想象，他们的生活定会变得如同地狱一般。尽管某些情况会让人不同意这种说法，但马萨尔确实不是一个坏儿子，他的情感与欲望与家人的不相一致并不是他一个人的错，然而，这就更加证明，人类的灵魂是一口被矛盾污染了的井，不必与带他来到这个人世的人生活在同一屋檐下，这让他感到高兴。现在，玛尔塔已经怀孕，但愿玄妙诡谲的命运不要给他们带来古话说的那种结果——今日为子，明朝为父，种瓜得瓜，种豆得豆。这是有道理的，然而，不管怎样，每当子女在自己父母身上不能、不愿或者不知如何获得自我认同感的时候，他们的天性就会用这样或者那样的方式，不可避免地驱使其寻求父母的替代对象，不论动机好坏，也不论有无道理。事实上，尽管生活有着诸多不完美，但它总是热爱平衡的，就好像每一片乌云都镶有一道金边，有凹必有凸，有聚总有散，话语、举止和眼神这分不开的三胞胎，时时刻刻都要学对方说的话。正是上述的种种观察，通过一些我们认为不该也不能详细说明，却对其存在以及内在交际价值深信不疑的途径，在马萨尔·加修的脑子里种下一个想法，带着作为子女应有的热忱，这种想法立即传达到了岳父那里。剩下的陶器可以一次运完，他说；你是不知道还剩多少，还有好几车呢，西普里亚诺·阿尔格表示反对；我说的不是小货车，是大卡车，一个大卡车就能把剩下的全部装下；我们要上哪儿去找这样的宝贝，玛尔塔问；我们去租；要很多钱，怕是付不起，陶工这样说道，但心中重新燃起的希望使得他的嗓音也颤抖了起来；一天就能做完这项工作，我们可以把各自的钱都凑一块儿，我们的和您的，我有信心我们可以做到，而且，我是内部保安，也许还能给我打个折，值得一试；只有我自己搬货卸货，恐怕无法完成，我这把老胳膊老腿的；不是您一个人，我跟您一块儿搬，马萨尔说；这可不行，他们会认出你的，这样对你不好；应该不会有事，我只去过一次采购部，如果再戴副墨镜，戴顶帽子，不会有人认得出；这个主意好，非常好，玛尔塔说，这样我们就可以集中精力制作陶俑了；我就是这么想的，马萨尔说；我也是，西普里亚诺·阿尔格也承认道。他们静默不言，相视而笑，直到陶工问，什么时候；就明天，马萨尔答，利用我的假期，否则下次得到十天以后，那就太迟了；明天，西普里亚诺·阿尔格重复道，那也就是说，我们马上就能开始全力工作了；没错，马萨尔说，而且还能腾出将近两周的时间；你救了我，陶工道，随后又问，我们要怎么做，据我所知村子附近是没有大卡车出租的；我们去城里租，明天一早我们就动身，好多争取一些时间来货比三家，找个最便宜的价格；我知道你这样打算很好，玛尔塔说，但我还是认为你应该与你父母亲一同吃了午饭再去，上次你回来的时候就没有去，这次再不去，他们可就真不高兴了。马萨尔皱眉道，我不想去，而且，他转向岳父，问道，您几点要到仓库那边；四点；所以啊，跟我父母吃中饭，再去城里，这么一大段路，到了还得租卡车，四点还得到仓库，时间来不及；那你就跟他们说早点开饭；早开饭也来不及，何况我就是不想去，等下次回来再去；那么至少打个电话给你母亲；电话我会打，但到时她要是问起我们什么时候搬家你可不要惊讶。西普里亚诺·阿尔格任由女儿女婿为着去加修家吃中饭的事争辩，自己走到放着六个陶俑的长桌旁去了。他小心翼翼地揭开湿布，端详着它们，一个接着一个，陶俑尺寸很小，一掌多高，不可避免地会受到湿布压力的影响，只要在头上、脸上还有身上的有些地方再加上些许的修补润色就可以，玛尔塔会负责把它们恢复原样，之后便不再遮盖，以便在进炉之前能够晾干。一阵愉悦的战栗涌过西普里亚诺·阿尔格疼痛的躯体，他感觉就像要开始一项在自己陶工生涯中最为困难、精细的任务，一场冒险般的烧制中，一件极具美学价值的艺术品就要诞生，它出自一位不介意在这个简陋陶坊的危险环境中屈尊劳作的伟大艺术家之手，然而，不仅是艺术品，还有艺术家，都将无法接受因温度变化而带来的毁灭性的结局，哪怕只有一度之差，不管是多一度还是少一度。如果不说得那么华丽，那么他的任务实际就是要将那半打微不足道的小泥人送入窑炉，然后每样复制两百个，有人说，我们每个人出生的时候，命运就已经被上天安排好了，而很明显，只有一小部分人是为制作泥亚当泥夏娃或者为了更多的面包和鱼才来到这个世界的。玛尔塔和马萨尔已经离开了陶坊，她去准备晚饭，他则是去与复得增进一下关系。复得呢，尽管还是不愿意不带任何抗议地接受家里出现一个穿制服的人的事实，但如果这个人一到家的时候就把制服换下，穿上一件便服，不管时髦还是过时，新还是旧，干净还是脏，都无所谓，只要不是制服，那么，它对此事实还是愿意采取一种默认的姿态的。西普里亚诺·阿尔格此刻正独自待在陶坊里，他心不在焉地测试着一个模架的牢固性，又搬开一袋石膏，虽并无此必要，然后又像不是出自本人意愿，而是受某种力量驱使一般，他走到了塑好的两个陶俑前，男人和女人。短短几秒之内，男人就变成了一团黏土。如果不是想到玛尔塔明天一定会问起，为什么，为什么是这个男人而不是女人，为什么只毁一个而不是两个都毁，那么这个女人或许还有希望幸存下来，但现在，女人也被揉进了男人里，两块黏土重新成了一块。

12

整出剧的第一幕已经落幕，道具均已撤去，演员们正从末场戏的奋力表演中歇息过来。中心的仓库里，来自阿尔格陶坊的陶器已经不留一件，只剩下货架上散落的红色灰土，物质的结合并不是永恒的，时间那看不见的大手不断地摩挲，能将花岗岩大理石轻易摧毁，更何况这成分并不稳定的陶土和用它胡乱烧制出来的陶器了。马萨尔·加修并没有被采购部的人认出来，这得归功于他的贝雷帽和墨镜，当然还有他的络腮胡，那是他有意不刮的，这样可以伪装得更好，毕竟想要辨认出一名中心内部保安的话，一副刮得干干净净的脸颊是必不可少的。当部门副主管看到他之前不止嘲笑过一次的小货车今天居然鸟枪换炮的时候，他的表情是惊讶的，这也是人之常情，但让人感到意外的——至少可以这么说——是当西普里亚诺·阿尔格告知他说自己已经在那里要把库存陶器全部运走时他眼里还有脸上显露无遗的怒气，全部吗，他问；全部，陶工答，我开了辆卡车来，还带了个帮手。假如这个心地明显不良的副主管在这个我们一直在跟进的故事里还能有足够戏分的话，我们定会找时间好好问问他，当时他流露出的情感背后到底隐藏着什么，问问他那不合逻辑的恼怒究竟是为哪般，是根本不想掩饰还是根本就无法掩饰。比如，他很可能会骗我们，称自己已经习惯西普里亚诺·阿尔格日常的到访，尽管出于对事实的尊重他还不能起誓说两人是朋友，但不知怎的就是对他产生了某种好感，尤其是当这个可怜人处于如此倒霉的境地之时。这当然是假话，因为，如果我们进一步深究便会发现，副主管的恼怒暴露出的是他的沮丧，因为不能再获得那种幸灾乐祸的恶毒的快感而沮丧，即便他自己无法从中得到任何实惠。这个坏透了的男人甚至以时间太久妨碍其他供应商卸货为借口，阻止卡车装货，然而西普里亚诺·阿尔格负隅顽抗，问道如果把卡车还回去那租钱谁负责出，又要求把投诉本拿来，随后又做出最后的也是绝望的一击，抗议道，如果不能跟部门主管对话就不走了。随便一本应用心理学的基础手册里有关行为的那个章节都会写着，有着令人讨厌的性格的人，也往往是个懦夫，所以，当害怕被顶头上司当众斥责的恐惧让他在一瞬之间改变了态度时，我们不必感到惊讶。于是，他说了几句粗话以掩饰内心的耻辱之后，便退到仓库深处了，直到卡车装完驶离地下的时候才再次出现。不论是字面意思还是比喻义，西普里亚诺·阿尔格和马萨尔·加修两人谁也没有大唱胜利之歌，两人已经累得不想再把剩余的气力用在欢呼雀跃上，年长的那个只是说道，下次我们去送其他货品时，他一定会为难我们的，他会用放大镜检查那些陶俑，然后再成打成打地退货；年轻的那个答道，也许会这样，但也不一定，掌管这件事的是部门主管，不是他，这点我们可以放心，爸爸，至于其他的事，就等到时候再操心。生活就是这样，一个人灰心丧气之时，另一个就该振作起来，鼓起两个人的勇气。两人把小货车停在附近的街角，它会一直停在那里，直到两人从河边的坑洞里卸完最后一件陶器回来为止，随后他们会把大卡车开回车库，两人均是一副精疲力竭、半死不活的样子，一人是因为中心光滑平坦的走廊让他失去了锻炼肢体的机会，另一人则是因为众所周知的年龄劣势，到家的时候，天色已经暗了下来。复得会跑下坡来迎接他们，跳跃吠叫，玛尔塔则会在门口等着。她一定会问，怎么样，全部解决了吗，然后他们会回答，嗯，都解决了，接着三人一定会思考，或者感觉到——如果说感觉和思考之间是有区别和矛盾之处的话——刚刚结束的这一出，正是接下来迫不及待要上演的那一出，第一、第二、第三幕，不管是戏剧还是生活，总是同一场戏的一部分。诚然，一些道具会从舞台上撤下，但要用来制作新的道具的黏土却依然是昨天的那些黏土，而到了明天，边厢中的演员们从睡梦中醒来，会把右脚踏在之前左脚留下的脚印前，然后左脚又踏到右脚的脚印前，无论他们做什么，都不会偏离原来的道路。尽管马萨尔已经疲惫不堪，但他与玛尔塔还是会重复那些爱的举动，呻吟和气息，还有那些话语，就如同他们的初次。西普里亚诺·阿尔格会酣然入眠，一夜无梦。明天一早，他会送女婿去上班，一如往常。也许在回程途中会想起来去河边的坑洞那里转一转，没有任何特别的理由，也不是好奇使然，他很清楚自己在那里丢弃了些什么，但尽管如此，他还是会凑到坑洞边缘，往地下张望几眼，然后他会问自己，要不要砍一些树枝下来把陶器遮掩好，就好像他不希望再有别人知道这里面是什么，只想让它们好好地隐藏在这里，直到重新被需要的那一天，要把我们亲手做出的东西同我们分开是多么不易的一件事啊，哪怕我们已经亲手将之毁灭，不管是物还是梦。

我去清理窑炉，西普里亚诺·阿尔格到家的时候说。以往的经验让复得觉得自己的主人又要坐到那个石凳上去沉思了，这个可怜人头顶正阴云笼罩，他的生活已经翻了个转，在这样的情形下，正是该轮到狗上场了，它们坐到我们跟前，眼睛仿佛在询问，你需要什么帮助吗，当然，乍看之下，为痛苦、焦虑以及其他人类的苦恼提供疗愈，似乎超出了这样一只动物的认知范围，然而这也许只是因为我们自己也无法认识到人性背后的东西，就好像世界上的苦恼，只有当能够用人类的标准来衡量时，才是实在的存在，或者说得更简单一些，就好像只有人类的苦恼才存在。西普里亚诺·阿尔格并没有坐到石凳上，而是绕了过去，接连拔出三个分别位于上、中、下不同高度的青铜大螺栓，打开了铰链处已经严重吱嘎作响的炉门。初来乍到时复得对此地还有好奇心，现在的它对窑炉已经兴致索然。那是一个又老旧又粗陋的砖石建筑，有一扇高而窄的门，也不知是派什么用场，也没人住在里头，建筑的上面部分有三根烟囱一样的东西，但一定不是烟囱，因为里头从来就没有传出过食物的阵阵香味。而现在这扇门居然出乎意料地打开了，主人也进去了，那副若无其事满不在乎的样子，就像走进自己房子一样，跟那边一样的房子。作为一条狗的原则和防范措施，当生活中出现令其吃惊的事情时，它是会吠叫的，因为它无法预先知道，好事会不会变成坏事，坏事会不会仍旧是坏事，所以复得不停地吠叫，先是出于看到主人渐渐消失于昏暗窑炉时的不安，后来又是出于看到主人完好无损地出来、脸上的表情还变了时的喜悦，这些是爱的小奇迹，关心他人在做的事也称得上是一种爱。当西普里亚诺·阿尔格拿着扫帚再次进入窑炉的时候，复得已不再担心，说到底，主人就像日月一样，当他消失的时候，我们应当耐心等待，等待时间流逝，是长是短对于一条狗而言是没有意义的，一小时或一星期，一个月或一年，这样的时间长短它无法分辨，在它眼里，只有在和不在的区别。在清理窑炉的时候，复得并没有意图进入，只是为了躲避扫帚扫出的碎土块破陶粒砸自己一脑袋，它走到一旁，直直躺下，头搁在爪子之间。它看似眼神迷离，几乎睡着，但从它时不时悄悄地睁眼又闭眼的样子里，就算是对狗的习性再不了解的人也能看出来，复得只是在等。清扫工作完毕，西普里亚诺·阿尔格离开窑炉，向陶坊走去。还能看见主人的时候，复得并没有动，随后它慢慢地站起来，伸长了脖子往前走，一直走到了窑炉入口处便张望起来。那是个有点奇怪的屋子，里面空空如也，有个拱形的顶，没有家具也没有装饰，只有灰白色的石块铺着。但最令复得的鼻子印象深刻的，是里面吸起来极其干燥的空气，还有充斥着整个炉膛的强烈的刺鼻味道，那是经历了无尽的煅烧后留下的最终气味，不要对无尽和最终这两个词之间存在的显而易见的矛盾感到惊讶，因为我们并不是在讨论人类的感觉，而是在用人类所能理解的方式去想象一条狗在第一次进入一个空荡荡的窑炉中时可能有的感受。也许与人们自然联想到的不太一样，复得这次并没有在这块新地界上撒尿标记自己的领土。诚然，本能驱使它要这么做，它确实也几乎要把一条腿抬起，但它控制住了自己，在最后那一瞬间停了下来，或许是因为害怕周遭充斥着的矿物所特有的那片寂静，或许是这个地方过于粗陋，亦或许是墙壁和地面那一层发白有如幻觉的颜色，或者更简单，仅仅是因为想到，这片地方是火舌的王国，烈焰的宝座，是每一次陶土梦想变作钻石的坩埚，这般神圣的地方如果被自己的尿液玷污，主人定会大发雷霆。就这样，复得毛发竖起，尾巴夹在腿间，一副被赶走的模样，离开了窑炉。外面却不见任何一个主人，房子院子都好似被遗弃了，而那棵黑桑树，因为太阳照射角度的关系，投射下一片形状奇怪的树荫，就像是来自另一棵完全不同的树。与人们普遍想象的不同，不管受到人类多少照顾和善待，狗的日子都并不好过，其一，时至今日，狗仍旧没能同它生存的这个世界产生足够的理解，其二，由于与它们共享诸如房子、食物，有时甚至是床的人类充满矛盾和不稳定的行为，理解世界的难度总在不断加剧。男主人消失了，女主人也没踪影，复得只好把满腹愁绪和尿液排遣给那个除冥想之外别无他用的石凳。正是在这个时候，西普里亚诺·阿尔格和玛尔塔从陶坊里出来了。复得跑向他们，就是在这样的时刻，复得觉得自己终于好像理解了一切，但这样的印象并没有持续，也从来不会持续，只听男主人朝它大吼了一声，出去。女主人也警觉地叫道，听话。谁能弄明白这些人呢，但过一会儿复得就会注意到，两位主人正一人端着一块小板子，每块小板子上均立着三个陶俑，试想，如果这时两人没能及时招架住我的热情，会导致怎样的灾难。两位杂技演员朝长长的干燥架走去，那里已经空了几个星期，以前曾放满了盘子、杯子、碟子、罐子、锅子、水壶、碗钵，还有花园里和房间里用得着的瓶瓶罐罐、各式装饰。这六个陶俑将要经历一番露天干燥，它们的顶上有黑桑树的树荫遮蔽，但从树叶和枝丫间洒落下的阳光偶尔也照射着它们，它们将是一份全新工作的先行官，成百成百地引领着一模一样的陶俑，密密麻麻地排列在长架上，一千两百个陶俑，照之前的计算就是，六乘以两百，但他们算错了，胜利的喜悦使他们大意，这两个陶工，尽管有着三代的经验，但似乎已经忘记，留有余地是必不可少的，这就好像剪刀会吃布，裁剪的时候一定要多留出一道边的余地一样，有的陶俑可能会掉落摔碎，有的会扭曲变形，有的会收缩得太多，有的又太少，有的做得不好遇热就会碎裂，有的因为热空气循环不畅而烧制得不理想，而除了以上这些与这项和炼金术密切相关的工作中的客观不确定性相关的问题，还要加上一条——严格的查验，我们可以想见，中心一定会让每个陶俑接受严格的查验，更不必说先前提到的那个想要挟嫌报复的副主管了。西普里亚诺·阿尔格在清扫炉膛的时候，才想起来这两个威胁，一个确定的，一个潜在的，这就是联想的好处，那些念头一个牵扯出另一个，接连不断，诀窍就在于不能在中途丢了那根线头，在于懂得，地上的一块碎片并不仅仅是这块碎片的现在，而且还是它曾经不是碎片的过去，还是它不知要成为何物的将来。

传说远古时有位神决定用他先前创造出的泥土塑一个人，为了让它能有呼吸和生命，就朝着它的鼻孔里吹了口气。有些顽固、消极的精怪不敢大声宣扬，而是窃窃私语，说在那场至高无上的创造之后，那位神再也没有重拾陶艺，用这种拐弯抹角的方式指责他不再劳作。这件事因其超凡性而严肃无比，以至于我们不能简单对待，而必须以一种深思熟虑、绝对公正、十分客观的态度去对待。历史事实是，从那个值得纪念的日子起，泥塑不再是造物主的专属活动，而变成了造物主所创造生灵的一项初级技能，而被主创造的生灵，自不必说，是没有吹一口气就赋予泥像以生命的本事的。于是，火焰担负起了各项附带操作的全部重任，比如颜色、光泽，甚至是声音，好让它们从火炉里出来的时候，看上去可以尽可能地接近一个活物。当然仅仅是从外表上判断。火确实神通广大，这一点无人能否定，但火并不全能，它有它的局限，甚至有些是严重的缺陷，比如，它有如饕餮，将所经之物吞噬只剩灰烬。言归正传，现在我们说说陶坊和它的运作，众所周知，如果把仍旧潮湿的陶土放入陶窑中，那么这句话还没说完它便会炸裂，想要让火焰依照我们的意志行事，一个首要且不可改变的条件就是，放入炉膛的坯体必须尽可能的干燥。而到这里我们就不得不惭愧地说回往鼻孔里吹气这件事上去了，也不得不承认，我们是多么的不公和轻率，居然听信了那个异端想法，认为那位神冷漠地背弃了自己的作品。是的，就是如此，在此之后，再也没人见过那位神，但他却把或许是他自己最好的部分留给了我们，那一口气，那阵柔风，微风，轻风，和风，已经缓缓地进入了刚才西普里亚诺·阿尔格和他的女儿小心翼翼地放在干燥架上的这六个陶俑的鼻中。那位神，是陶工也是作家，他还懂得如何以曲写直，人生从来就不会是一条直线，而是一条弯弯曲曲的线，虽然曲折，但是在神的指引下，一定会走到幸福的目的地，他不是自己在这里亲口吹气，而是派人代替他完成各项工作，一切都是为了让这些陶俑依然脆弱的生命在明天熊熊烈焰盲目而残酷的拥抱中不至于灰飞烟灭。当然，这里所说的明天只是一种说法，因为，如果说一口气真就足以赋予泥人呼吸和生命的话，那么必须要许许多多口气，才能吹活这些弄臣、小丑、大胡子亚述人、清朝官吏、爱斯基摩人和护士，现在在这里的这些，以及随后要密密麻麻地排队上架的那些，水分一点一点地从它们身上蒸发，少了这一步，它们就不会有现在的样子，然后它们才能够安全进入炉膛，最终变成它们应该有的样子。复得后腿站立，前爪搭在架子边缘，凑近看排列在它眼前的六个陶俑。它嗅了一下，两下，然后很快便失去了兴趣，但仍旧没能来得及躲过主人在它头上拍的那热辣辣的一记，也又一次听见了先前听见的那两个字，出去，它要如何才能解释，我不会对陶俑造成任何不利，我只是想要看得更清楚一些，再闻上一闻，你就为这点微不足道的事打我，实在有失公允，你似乎不知道，狗不仅只靠脸上的双眼来了解外部世界，还有鼻子，鼻子就像是额外的一只眼睛，能看到一切它所能闻到的事物。好在至少这一次她没有朝它喊，听话，总是有人能理解别人的动机，即便是那些天生愚钝，或是词汇匮乏、不知如何或无法用语言向他人解释的人的动机——没必要打它的，爸爸，它只是好奇罢了，玛尔塔说道。也许西普里亚诺·阿尔格自己也没有想要打它，只是受本能驱使，与大部分人所料想的不同，人类仍旧没有丧失掉本能，并且一时半会儿也不会丧失。本能与智能紧邻着，却要比智能快无穷倍，因此智能一次次地被嘲弄，在很多场合都遭到唾弃，这件事上正是如此，陶工害怕看到自己付出了这么多心血的作品被毁坏时做出的反应，与母狮看到自己的幼兽陷入险境时的反应如出一辙。并不是所有的创造者都会弃自己的作品于不顾，不管那作品是幼兽还是陶俑。他们并不是都会一走了之然后在原地留下断断续续若有似无的微风，就好像我们不必成长，不必进入炉膛，不必知道自己是谁一样。西普里亚诺·阿尔格呼唤那狗，过来，复得，到这里来，实际上没有谁能够理解这两种生物，他们打它们，它们却蹭打它们的人，他们刚打了它们，它们又去亲吻打了它们的那只手，这一切也许正是我们，我们狗和我们人，自远古起为了相互理解而产生的问题的一个后果。复得已经忘了自己挨的揍，但它的主人没有忘，主人有记忆，明天或者一小时之后会忘记，但眼下还不会，这种情况下的记忆就好比短时间内太阳照射在视网膜上，在浅表留下一个灼烧的印迹，很轻，微不足道，但不适仍会持续一段时间。最好还是呼唤那狗，跟它说，复得，过来，然后复得便会过去，它总是会过去，然后会舔舐抚摸它的那只手，因为这是狗的亲吻方式，随后灼烧的印迹就会褪去，视觉又恢复正常，然后就像何事都不曾发生过一样。

西普里亚诺·阿尔格去查看还有多少余柴，发现只剩少许。多年来他一直怀着这样一个念头，有一天，那个烧柴的旧窑炉会倒下，另一个崭新的窑炉，一个现代的，用气当燃料、能够达到超高温度、可以快速加热的，以及拥有极佳烧制效果的窑炉，会在原来的地方矗立起来。然而，在他的内心深处，知道这一天永远不会到来，首先是因为这样一座窑炉耗资太大，他无力负担，其次还有另外一些不那么物质化的因素，比如他知道，这座窑炉是在祖父的手里建成，父亲又将之修缮，如果到他这里要拆掉，自己一定会伤心。还有另一个原因，是他不太愿意启齿的，可以概括成五个字——我已经老了，但客观地讲，这是在暗指高温计、管道、安全指示灯、燃烧器的使用，说穿了就是新的技术和新的问题。所以，除了继续用老式方法给窑炉补充燃料——柴火、柴火、更多的柴火——以外，别无他法，这也可能是整个陶器制作过程中最艰难的部分了吧。老式蒸汽机车上烧火工人的工作就是不停地朝炉床里投放燃煤，而陶工，至少是这个陶工，这个请不起帮工的西普里亚诺·阿尔格，就如同烧火工人一样，一个钟头接连一个钟头地朝炉膛里添加这种古老的燃料，细枝被火舌瞬间围绕吞没，粗干被烈焰一寸一寸地啃噬舔卷直到仅剩灰烬，而松果和锯末则是最好的，它们燃烧得更慢，从而提供更多的热量。西普里亚诺·阿尔格会从村子周边地区觅得燃料供给，他会向护林人和农民订上几车木柴，又向工业区的锯木厂和木匠铺买上几袋锯末，锯末最好是出自硬质木材，比如橡木、核桃木、栗木之类，所有这些奔走他都将独自完成，尤其现在女儿的肚子越来越大，他甚至都没有想过叫女儿帮忙，叫她陪他去，帮助他把袋子抬上车，他只会带上复得，以此证明他们之间已经前嫌尽释，看来似乎西普里亚诺·阿尔格记忆里的灼伤印迹还没能完全褪去。柴棚里的柴火用来烧制那六个用作模具的陶俑将绰绰有余，但西普里亚诺·阿尔格却迟疑，他觉得这事荒唐又疯狂，是不可原谅的浪费，是方法手段和目的结果之间的巨大不均，换句话说，为了烧制这区区六个小陶俑，竟然要用到这样大一个窑炉，而它的容量原本可以堆到天花板上。他说给玛尔塔听，玛尔塔也觉得有理，半小时后她找到了解决办法，这本书上写了如何解决这种问题，甚至还给出了一幅图好让人更明白，她说。玛尔塔的曾祖父，在那个遥远的年代，在他还初为陶工之时，很可能就曾使用过那个在当时就已颇为陈旧的穴烧工艺，然而随着第一个窑炉的建成，这项粗糙的工艺渐渐被废弃甚至遗忘，也就没能留传给西普里亚诺·阿尔格。所幸还有书。也许我们会将它们束之高阁或封于箱底，会把它们交给灰尘虫蠹，弃于幽暗地室，也许我们好几年都不瞥它们一眼，不碰它们一下，可它们并不介意，只是静静地等待，把自己封藏，好保存住里面的一切，而那个时刻总会到来，终有一天我们会问，那本教怎么烧陶的书去哪儿了，于是，那本书终于被传唤，出现在玛尔塔的手里。此时玛尔塔的父亲正在窑炉旁挖着一个小坑，深、宽各半米，大小正够放那几个陶俑，随后在坑底铺一层小树枝并点燃，火焰向上蹿去，舔舐着坑壁，把表面的潮气逼尽，之后篝火燃烧殆尽，只剩炙热的灰烬和几簇炭火，就是在这之上，玛尔塔将手中的书翻到那一页，递给父亲，小心地将那六个用作试验品的陶俑——清朝官吏、爱斯基摩人、大胡子亚述人、小丑、弄臣、护士逐一放入坑穴之中，炽热的空气还在翻滚，炙烤着陶俑灰色的表面和厚实的内部，在轻风吹拂下，几乎所有的水分都已蒸发殆尽，此刻，穴口上方，因缺少应有的格栅，西普里亚诺·阿尔格正在按照书上所教的方法，不疏也不密地放置着细铁棍，来承托住掉落下来的炭火。发现这本宝书的父女是如此的欣喜，以至于两人都没有注意到，他们开始这项工作之时已是傍晚，这也就意味着，两人必须连夜给穴窑添火，直到灰烬填满整个坑穴、烧制完成。西普里亚诺·阿尔格对女儿说道，你去睡觉，我来看火，而她回答，把全世界的金子都给我我也不会错过这件事。两人坐在石凳上凝视着火焰，西普里亚诺·阿尔格不时站起身，往穴窑里添柴，木柴和细小的树枝可以让炭火从铁棍间隙掉落，转眼已是晚饭时间，玛尔塔回到屋里准备做一顿简餐，随后两人便借着摇曳在窑炉边墙的火光结束了晚餐。复得也分得了一些他们的食物，之后它便躺到玛尔塔脚边，目不转睛地盯着火光，在它的生命里，曾经与别的火堆相距咫尺，但没有一个火堆是这个样子，也许它想表达的并非此意，火堆，不论大小，看上去都一样，无非就是燃着的木柴，火星，烧焦的圆木和灰烬，复得想的是，之前从没有过像现在这样，趴在两个它一直深爱着的人脚边，旁边是一个适合严肃思考的石凳，正如此后复得将从自己的亲身经历中证实的那样。要积攒半立方米的炭火需要一点时间，尤其是当木柴并不是十分干燥的时候——证据就是，木柴还未烧着的那端正在嗞嗞地冒着汁液。如果可以望到穴窑里面，看火焰攀爬到陶俑的腰部，那一定会很有趣，然而我们还是能够想象里面的景象，掉落的炭块上残留着火焰，短暂却炽热，在洞中闪烁摇曳。夜渐凉，玛尔塔回屋取来被子，父女俩披在身后取暖。他们身前不需要盖东西，这一幕与人类很久以前的经历类似，曾经在寒冬的夜晚我们到火堆旁取暖，后背冻得刺骨，脸和手脚却被烤得滚烫。尤其是腿，因为腿离火堆最近。明天繁重的工作就要开始了，西普里亚诺·阿尔格说；我会帮忙，玛尔塔说；你肯定要帮忙，不然也没有别的办法，尽管我心里十分难受；一直以来我都帮您的；可现在你怀孕了；才一个月而已，跟以前没有任何不同，我感觉很好；我担心不能持续到最后；我们一定可以渡过难关的；要再找个帮手才行；爸爸您自己都说了，没有人愿意来陶坊做工，况且，找人的话我们还得花时间教人家，结果却还不知道会怎样；确实，西普里亚诺·阿尔格应道，忽然有些出神。他想到了伊佐拉·埃斯图迪奥沙，或者，伊佐拉·马德鲁加，以后似乎该这么叫，她正在找工作，要是找不到，就要离开村子，然而这个想法并未将他困扰，事实上，他不能也不愿去想，那个姓马德鲁加的女人在他的陶坊里干活，整天地埋在陶土堆里，她所向他展示过的唯一的与陶器有关的才能，便是她把水罐环抱在胸前，但这项才能对制作陶器毫无用处，毕竟她的工作并不是怀抱陶器。如果要抱，任何人都会，他这样想着，但他清楚，这并非事实。玛尔塔开口道，我们可以做的，就是叫个人来打理家务琐事，这样我就能自由随心地在陶坊干活；女用，用人，保姆，随便叫什么，我们都没钱请啊，西普里亚诺·阿尔格唐突地打断道；一个正需要工作，而且还不介意暂时钱少些的人就可以，玛尔塔坚持不懈。父亲厌烦地将被子从肩膀处掀掉，仿佛感觉很热似的，如果你现在所想的正是我猜想的那样，那么我觉得这场对话最好到此为止；不知道是我先想到了然后爸爸才会想到呢，还是其实爸爸在我想到之前早就想到了呢，玛尔塔说；拜托不要玩文字游戏，你在行，我可不是，这点你没有随我；必须有些东西是自己的才行，不管怎样，您所谓的玩文字游戏，只是让意思变得更加显而易见的一种方法而已；那你还是把它们盖起来吧，我没兴趣见。玛尔塔重新把被子拉过来，盖到父亲的肩头，说，已经盖起来了，要是哪天谁又把它掀开了，我向您保证一定不会是我干的。西普里亚诺·阿尔格又把被子掀掉，我不冷，他说，然后又去添了一次柴。他添柴时的一丝不苟触动了玛尔塔，他似乎是想要排遣掉脑中那些扰人的念头，才会在一件无足轻重的事上全神贯注。不能再提这件事了，她暗暗对自己说，尤其是现在，在他已经说了愿意同我们一起搬去中心之后，此外，如果他们真能相处得好，好到想要住到一起，我们就要面临一个难题，甚至可以说是无法解决的难题，跟女儿女婿一起去中心是一回事，带上自己的妻子去是另一回事，那样就不是一个家庭了，而是两个，我很肯定到时候他们不会接受我们的，马萨尔已经跟我说过，公寓很小，所以他们不得不留在这里生活，两个才相识的人，能相安无事多久，我现在并非在玩文字游戏，我现在玩的是别人的感受，是我自己父亲的感受，我有什么权利，你有什么权利，玛尔塔，你把自己放到他的位置上试试，你做不到，你当然不能，所以干脆就闭嘴，有人说，每个人都是一座孤岛，说得不对，每个人都是一片沉默，这才对，一片沉默，每个人都有属于自己的沉默，每个拥有沉默的人才是他自己。西普里亚诺·阿尔格回到石凳上，他自己把被子拉至齐肩，尽管他的衣服上还留有火堆的温热，玛尔塔来到他跟前说道，爸爸，我的爸爸；什么事；没什么，不用理睬我。坑穴快填满的时候，已近两点。我们已经不需要再待着了，西普里亚诺·阿尔格说，到了早上，等陶俑都冷却了，我们就把它们取出来，看看会是什么样。复得跟着他们走到屋门前，之后又回到火堆旁躺下。在一层细灰之下，余烬仍在跳动，闪烁着微弱的光。直到火堆尽熄，复得才合眼睡去。

13

西普里亚诺·阿尔格梦见自己在他的新窑炉里。终于说服了女儿女婿，他觉得很高兴。陶坊生意忽然大好，这就要求必须彻底改进生产工艺，革新制作工具和方法，第一件事，就是要立即把旧窑炉替换掉，那是手工时代的遗存，即便是作为露天博物馆内的一片废墟，也实在不值得保留。让我们停止一切的多愁善感，那只会阻碍我们，叫我们停滞不前，西普里亚诺·阿尔格曾带着一种少有的激昂说过，进步从来都是滚滚向前不可阻挡，我们必须紧紧跟随，那些担忧未来巨变，只知坐在路边、为着比不上现在好的过去掉泪的人，实在可悲可叹。这番话从他嘴里说出，如此词顺理正，颠扑不破，那两个年轻人再不情愿，也已被说服。不管怎么说，都必须承认，一新一旧两个窑炉之间，技术层面上基本不存在差别，第一个窑炉里面有的东西，第二个窑炉里也有，只不过一个是老式的样子，一个是现在新式的样子，唯一的不同在于尺寸，新窑炉的容量是旧的两倍大，另外，也许不太容易注意到，新窑炉内部的长宽高比例与旧的也有所不同，看上去还有些反常。既然说了这是一个梦，这反常自然也没什么奇怪。奇怪的是——不管梦的逻辑让做梦的人可以拥有多大的自由和夸张去做自己的梦——那里面有一个石凳，那是个跟沉思之凳一模一样的石凳，西普里亚诺·阿尔格只能看到凳子的靠背，因为，那凳子是朝着后壁放的，离壁不过五掌的距离，着实古怪。应该是建造者们把它放在这里，做午饭时休息之用，之后又忘记带走，西普里亚诺·阿尔格这样想，但他知道应该不是这么回事，那些建造者们——这是确凿的历史事实，他们总喜欢在露天的地方吃饭，即使是在沙漠工作也是如此，尤其是当他们在一个像这里一样有着怡人的乡野风光、一旁有着大黑桑树荫蔽的干燥架、中午的清风徐徐吹送的地方。随便你是从哪里来的，你都得出去跟外头那个待在一起，西普里亚诺·阿尔格说，问题是怎么把你从这里搬出去，抱着太沉，拖出去的话又会把地板弄坏，我实在不明白，他们把你放到一个窑炉里来做什么，而且还把你这样安放，谁要是坐上去，鼻子就该碰着墙壁了。为了向他自己证明自己说得没错，西普里亚诺·阿尔格缓缓移向凳子一端与墙壁中间，坐了下来。他必须承认，他的鼻子完全没有要跟墙壁的耐火砖碰到一起的危险，而他的膝盖，虽然更靠前一些，却也不必担心会与墙壁摩擦到。他的手的确可以毫不费力地触碰到墙壁。正当西普里亚诺·阿尔格的指尖就要碰上的那一刻，外头一个声音传来，你不必给窑炉点火。这个突如其来的命令来自马萨尔，同时他的影子也在后墙上一闪而过。西普里亚诺·阿尔格觉得，女婿这样称呼他，实在是粗鲁不敬，我可从来没有给过他这种自信，他想。他动了动，想要转过身去问为什么不必给窑炉点火，以及为什么不用尊称“您”而用“你”做称呼，但他却无法转头，这在梦里很常见，我们想要跑，却发现两腿不听使唤，通常是腿，但这次是脖子不肯转动。影子已经不在了，问影子也是问不出什么来的，休想它会长出条舌头来一五一十说给你听，但马萨尔那句话的余音却还在窑炉的天花板和地板之间、在墙壁和墙壁之间震荡回旋。在一切又复归平静之前，西普里亚诺·阿尔格想要弄清究竟是个怎样神秘的缘由才不必给窑炉点火，如果他女婿的声音真是这样说的，可现在，那句话仿佛又变成了另外的样子，变得更加难以捉摸，他仿佛说的是，不必牺牲您自己，如大家所见，这回他用的是尊称，就好像，马萨尔觉得，岳父决定在向火焰奉出自己亲手做出的作品之前，用自己的身体去亲试火焰的威力。他疯了，陶工喃喃道，我这女婿一定是疯了，竟然想些这样的事，我进到这个窑炉里，只不过是因为——句子说到这里就不得不止住了，其实西普里亚诺·阿尔格自己也不知道为什么会在那里，这也不奇怪，我们醒着的时候就经常搞不清楚自己为什么在做这事或那事，又或者为什么做了这事或那事，更何况是在睡梦中。西普里亚诺·阿尔格觉得，最好也是最简单的解决办法，就是从石凳上站起来，然后去到外面问问女婿刚刚的胡言乱语究竟是怎么一回事，但他感到自己的躯体沉重如铅，或者还不是铅，因为铅块也不会重成这样，任凭使多大气力都搬不动，其实他是被绑到石凳的靠背上了，既没有绳子也没有链子，但就是被绑了起来。他再一次尝试把头转过去，然而脖子就是不听使唤，我就像是坐在石凳上眼望石墙的一座石雕，他想，当然他也知道并非完全如此，至少这面墙不是，他的眼睛还是能够识别材料质地的，这面墙不是用石头砌成，而是耐火砖。正是这个时候，马萨尔的影子又一次投射到砖墙上，我给您带来一个好消息，关于我们之前一直在焦虑的一件事，他的声音这样说道，我终于升职了，常驻保安，所以用不着继续生产陶器了，您去跟中心解释说我们把陶坊关了，他们会理解的，早晚也会关，所以您从那里头出来吧，卡车已经在门口，等着把家具都拉走，花在这窑炉上的钱就这么浪费了。西普里亚诺·阿尔格张嘴想要回应，但影子早已消失，陶工是想说，手艺人说的话与神的旨意之间的区别在于，后者得是白纸黑字地写下来，尽管我们都知道这么做会带来怎样灾难性的后果，陶工还想说，如果女婿真有那么着急大可先走。这么说有些粗鲁，违反了他自己几天前才许下的郑重承诺，那时他答应女儿和女婿，如果女婿得到升职，就搬去跟他们同住，因为如果他们都搬去中心，他也不可能继续在陶坊里工作了。西普里亚诺·阿尔格正在因自己不顾颜面答应去做本来永远不会去做的事而自责，这时，一个新影子出现在后墙上。在这样大小的窑炉里，能透过这狭窄的炉门照射进来的光已经十分微弱，伴着这微弱的光线，很容易将两个不同的影子混淆起来，但陶工很快就分清楚了，这个影子更暗，声音也更低沉，均非来自女婿，西普里亚诺·阿尔格先生，我是来告知您，我们刚刚取消了陶俑订单，采购部主管这样说道，我不知道并且也不想知道您为什么会在这里，假如您是想展现您的英雄气概，等着一面墙壁向您揭示人生的奥秘，那么在我看来，这实在是荒唐可笑，但如果您意不在此，而是，比方说，想牺牲您自己来祭拜火焰，那么现在您该知道，中心是不会为您的死承担任何责任的，无能的人弄不明白市场规则就去寻死，人们就来责怪我们，我们可受够了这些。西普里亚诺·阿尔格没有把头转向门口，尽管他十分确定自己能够做到，他知道梦已经结束，也知道自己只要想站就能够从石凳上站起来，没什么能够阻止他，但只是还有一个疑问困扰着他，当然这很荒谬，很愚蠢，但也不难理解，只要我们还记得他做的那个不得不搬去唾弃他的工作的中心的梦带给他的精神困惑，这个疑问——我们没有忘记，这就说到它了——与石凳有关。西普里亚诺·阿尔格心想是不是把一张石凳带到了床上，或者会不会身上沾满露水在另一张石凳上醒来，那张沉思之凳，人类的梦总是如此，有时候会把现实的东西化作幻影，有时候又让谵妄之言跟现实捉迷藏，所以我们总会坦承不知自己身处何方，梦境把我们拉向一边，现实又将我们从另一边推搡，真相就是，直线永远只存在于几何之中，而即便如此，也不过是个抽象概念。西普里亚诺·阿尔格睁开了眼睛。我在床上，他想着，心中略感宽慰，而就在这一刻他意识到，有关梦的记忆已经开始逃离，只有些许残破的片段还能拾起，他不知是否该为所剩的一星半点记忆而喜悦，还是该为失去太多而遗憾，这也是很多时候我们在做梦之后会遇到的事。仍是黑夜，但天空中预示着黎明的第一缕变化马上就要到来。西普里亚诺·阿尔格没有再次入睡。他想着很多事，想着自己的工作是否真的已经百无一用，想着自己的存在是否已经没有足够的、甚至一半的理由，对他们而言，我就是个累赘，他嗫嚅道，这时，一个梦的片段突然向他扑面而来，那个片段是如此清晰，仿佛被剪下来贴在了墙上一样，是采购部主管在对他说，如果您的意愿是把自己献给火焰做祭品，亲爱的先生，那就祝您好运，但我得提醒您，中心没有派代表到前供应商的葬礼上去献花这种癖好——如果说中心有某些癖好的话。西普里亚诺·阿尔格陷入了片刻的瞌睡，趁还没有人指出两者是有明显区别的之前，需要提一句，陷入瞌睡同睡着并不是同一回事，陶工只不过是梦到了些许曾经梦见过的事，如果采购部主管说的这番话同先前梦里那番话并非原模原样，那只是由于一个很简单的原因——并不是只有在清醒的生活里人们说出的话才会根据当时心情的变化而变化。然而，那番令人不悦、无缘无故的关于把自己祭献给火焰的话的确把西普里亚诺·阿尔格的思绪拉回到了那些留在坑穴里被火焰炙烤的陶俑上，然后，通过我们无法精确重建和描述的大脑路径和沟回，他又忽然认识到，空心陶俑与实心陶俑相比，不论是在制作所需的时间还是黏土的用量上，都具有明显的优势。明显的事实常常不经过一番欲擒故纵的把戏不愿主动现身，这种现象着实应该成为研究可见与不可见之间不同但绝非相反的性质的专家们——某个地方一定有这样的专家——深入分析的对象，去找出在事实对我们展露部分的最深处，是否存在——我们有强有力的理由怀疑是存在的——某种化学或物理的东西，它带着一种否定或灭绝的反常倾向，它会危险地朝着零的方向滑动，它有一个过于空虚的梦。不管怎样，西普里亚诺·阿尔格自觉还是比较满意。就在短短几分钟之前，他还觉得自己是女儿女婿的累赘，是障碍，负担，一无是处，总之是用来形容东西不再有用的词语，而就在刚刚，自己却产生了一个主意——这个主意的固有的好处早已得到证实，其他人不但早已经想到过这个主意，还早已付诸行动。人不是总能想到原创的主意，能想到至少切实可行的就已经够好了。西普里亚诺·阿尔格想要继续沉溺于床铺的舒适安宁，享受清晨的甜梦，此时的睡眠总是最能驱赶疲惫，也许因为此时的我们正半梦半醒，然而，这个主意让他兴奋难平，他又想起陶俑们还躺在余温尚存的窑灰里，还有，老实说吧，前面已经草率地写到他没有再次入睡，于是他像年少时那样，推开被子，轻巧敏捷地溜下床。他穿好衣裳，没发出一点动静，把靴子拿在手上出了房间，蹑手蹑脚地走到厨房。他不想把女儿吵醒，但仍旧吵醒了她，或者她其实已经醒了，只是在忙于一块一块地拼接着她自己的残梦，或者是在静静聆听着，时间是如何在自己的子宫里，一秒一秒、暗暗地工作着。她的声音在安静的屋子里更显干净而清亮，爸爸，您这么早要去哪里；我睡不着，去看看那边烧制得怎么样，你就留在这里，不用起身。玛尔塔只说了句，好吧。她了解他，知道父亲想要独自面对拨开灰烬看到陶俑的那个肃穆的时刻，就好像一个孩子，在静谧深沉的夜里，因害怕和兴奋而颤抖着，摸索着穿过漆黑的走廊，去找寻藏在鞋子里的那些盼望已久的玩具和礼物。西普里亚诺·阿尔格穿好鞋子，打开厨房的门走了出去。

黑桑树浓密的枝叶仍然紧抓住黑夜不放，不让它这么早就离开，第一缕晨光至少还有半个小时才会到来。他望向狗舍，又望了望四周，却不见那狗。他低低地吹了声口哨，却仍不见复得踪影。陶工的心情从略带困惑的惊讶变成了明明白白的担忧，我不相信它就这么走了，他喃喃道。他本可以呼唤狗的名字，但他没有，因为不想惊动女儿。它一定走去那边了，一定是循着什么夜行动物的气味去了。他自我宽慰道，然而事实却是，当他穿过通向窑炉的那片院子的时候，想得更多的不是心心念念的陶俑，而是复得。就在他离坑穴几步开外的地方，他看见了那狗从石凳底下钻了出来，你可把我吓了一跳，你这淘气鬼，我叫你时你为何不来，他责备着它。但复得并不作答，反而伸起懒腰来，好让团缩到一起的肌肉各归其位，它先是用力地抻了抻前爪，低下头和脊柱，然后做了一个——我们只能假定以它的思维方式看来——重要的调整并平衡身体的动作，把下半身向后向下伸展，就像它想要将身子与腿完全分离似的。所有人都会告诉我们说，动物在很久很久以前就不说话了，但没有人能够证明，它们不在继续偷偷地思考。就比如说这个复得，尽管天幕上才开始洒落些许微弱的光，但已经可以从复得的脸上看出它的所思所想，它的脸上明明白白地写着，什么蠢问题，就当听不见，它其实就是想说，西普里亚诺·阿尔格，你已经有了这么多的生活经验，尽管并不丰富多彩，但仍不至于需要别人向你解释一条狗的职责是什么，众所周知，人类哨兵只在收到明确指令时才会正儿八经地去看守一个地方，但狗却不同，狗不需要有人对它说，去那儿看着火，我们可以确定，只要篝火还没有完全熄灭，它们的眼睛就始终是圆睁着的。然而，说句公道话，人类的思维慢归慢，但也不会总是得不出正确的结论，就好像此刻在西普里亚诺·阿尔格的脑袋里就突然闪过一道光芒，瞬间好似让他读懂了那句话并大声地将之念了出来，这句话也正是复得所应得的——我在热乎的被窝里睡觉的时候，是你在这里乖乖地守着啊，虽然你这么看着也帮不上一丁点儿忙，但重要的是你表现出了你的态度。西普里亚诺·阿尔格结束他的赞美后，复得跑去一边抬起腿，尽情释放起自己的膀胱来，随后又摇着尾巴走过去，在坑穴近处躺下，等待着陶俑出穴的那一刻。此时，厨房的灯亮了，玛尔塔已经起身。陶工转过头去，他心里并不清楚自己是更愿意独自一人面对这个时刻还是更希望有女儿的陪伴，但一分钟之后他明白了，女儿早就决定让他担任主角直到最后一刻。仿佛是黑暗的穹顶被一道光亮的边缘推挤开去，晨光的边界缓缓西移。忽地一阵微风起伏，卷起坑穴表面的尘土，就像一场小型沙尘暴。西普里亚诺·阿尔格蹲下身，把铁棍移到一边，用的还是那把挖坑的小铲，开始铲灰，灰烬当中还混着没烧掉的小煤块。轻到几乎无法衡量的白色微粒沾上他的手指，有些极轻无比的，被他的呼吸带上来，钻到他的鼻孔里，他不得不喷着鼻息，就像复得有时候会做的那样。随着铲子越发铲到坑穴底部，灰烬也变得更热，但不足以烫伤他，它们只是温暖，就像人的皮肤那样，并且也一样的柔软、光滑。西普里亚诺·阿尔格放下铲子，把两只手插到灰里，他触摸到了黏土煅烧过后的那种薄而明显的粗糙。接着，他用拇指、食指和中指抓住陶俑那还未露出的头部，就好像接生那般，一把将它拉了上来。是护士。他抖落它身上的灰，又吹了吹它的脸，看上去就好像是在赐予它某种形式的生命，把他自己肺里的气息给它，把他自己的心跳给它。于是，余下的陶俑一个接着一个，大胡子亚述人、清朝官吏、弄臣、爱斯基摩人、小丑都从坑穴里被取了出来，摆到了护士旁边，灰尘都清理得差不多，唯独没有那一口生命之气的额外好处。没有人问陶工为什么会有这种区别对待，然而，一眼就能看出，那是因为性别不同，除非那一吹仅仅是因为护士是头一个从那个坑里出来的，自打有这个世界以来，事情就总是这样，创造者们一旦过了新鲜劲，就开始厌倦创造。当然，也不应忘了，西普里亚诺·阿尔格在做护士的时候，为了做好它的胸部，花了多大的工夫，若要说吹这口气的真正原因——尽管模糊而不准确——在于克服黏土延展性的不配合而完成作品所付出的巨大努力，也并不太过于鲁莽。管他呢。西普里亚诺·阿尔格重新把土填回洞里，又压了压实，好让碎土全都回到它们本来的所在，不留一把在外面。随后他拿起三个陶俑，向家里走去。复得抬起脑袋，好奇地在他身旁轻轻跳跃起来。黑桑树的树影已经挥别黑夜，天空开始露出清晨的第一缕蓝，很快太阳就要从一条从这里并不能望见的地平线上升起了。

怎么样，父亲进屋时玛尔塔这样问道；看起来还不错，但要洗去上面沾着的灰。玛尔塔倒了些水在一个小陶盆里，在这里洗吧，她说。头一个进到水里，头一个洗净尘土，说这是因果关系也好，机缘巧合也罢，这个护士将来或许会有一些理由去抱怨，但这理由绝不会是缺乏关注。怎么样，玛尔塔问道；还不错，父亲简短地重复道。确实还不错，烧得很均匀，一种好看的红色，没有瑕疵，找不到一丝裂纹，其余的陶俑也一样完美，除了那个大胡子亚述人，背上留下了一块黑色印迹，所幸并不大，是空气意外进入的结果。没关系，不影响，玛尔塔说，趁着我现在去做早饭，您先坐下歇会儿吧，天蒙蒙亮您就起身了；是啊，我醒了之后就再没睡着；那些陶俑等得及到天亮的；可我等不及；有心事的人夜里就睡不着吧；睡着了，但就是一夜乱梦，梦到的都是烦心事；您起这么早就是为了不做梦吗，玛尔塔问道；有些梦还是尽早逃离的好，父亲回答；比如昨晚的梦吗；是啊，昨晚的梦就是；愿意跟我说说吗；不必了；在这个家里，一个人的烦恼就是所有人的烦恼；但不是一个人的梦；

关于烦恼的梦就是；反正跟你是讲不通的；要是这样的话，您就别浪费时间了，告诉我吧；我梦见马萨尔升职了，订单取消了；订单不太可能取消吧；我也这么想，但焦虑就像樱桃那样，一个缠着一个，只要摇两下，篮子就满了，而马萨尔指不定这几天什么时候就升职了；是啊；这个梦是想警告我们赶快把活干完；梦哪里会警告人呢；但做梦的人就是感知到了；您今早起来怎么就满嘴格言警句呢，我亲爱的父亲；每个年龄都有每个年龄的缺点，就是这个缺点，最近在我身上越发严重；没事，我喜欢您的格言警句，从里头能学着东西；即使就像现在这样玩着文字游戏也没关系吗，西普里亚诺·阿尔格问道；我认为文字生来就该用来做游戏，反正做别的它们也不会，而且，并不像人们所说的那样，其实世上不存在没有意义的字；好一句格言警句；家族遗传；玛尔塔把早餐摆到桌上，咖啡、牛奶、炒鸡蛋、烤面包加黄油，还有一些水果。她坐到父亲对面，看着他吃。那你呢，西普里亚诺·阿尔格问；我没胃口，她答；以你现在的状态来说，这可不是好现象；据说孕期没胃口十分正常；但你得好好吃饭才行，逻辑上来说，你现在是为两个人吃饭；或者三个，如果怀的是双胞胎的话；我是严肃地在跟你说这事；您放心，之后我还要经历晨吐，还有不知道多少的不便等着我呢。两人陷入沉默。狗在桌子底下蜷着，假装没有闻见食物的气味，但这只是顺从而已，它知道轮到自己还得过几个小时。您马上开始干活吗，玛尔塔问；一吃完就开始，西普里亚诺·阿尔格答道。又是沉默。爸爸，玛尔塔说，要是今天马萨尔打电话回家说升职了怎么办；你这么想有什么原因吗；没有，就是假设；好极了，那我们就假设电话这会儿就响了，你站起来，走过去接，是马萨尔告诉我们他已经被提拔为常驻保安；要是这样的话爸爸会怎么做呢；那就把早饭吃完，然后把陶俑拿到陶坊去，开始做模子；就像什么都没发生；就像什么都没发生；您觉得这是个明智的做法吗，难道您不认为更合逻辑的做法是停掉手中的活，然后翻过这一篇吗；亲爱的丫头，对年轻人而言，不明智、不合逻辑很可能是一项义务，但对于老人来说，却是一项绝对要予以尊重的权利；关于我的那部分我会记下来；即使你跟马萨尔不得不提前搬去中心，我也会留在这里直到把订单上的工作完成，然后我再去中心跟你们住，就像我之前承诺的那样；这实在是太疯狂了，爸爸；疯狂，不明智，不合逻辑，你对我的评价就这么低；疯狂是说您想要独自完成这些工作，您觉得我看到这一切之后会作何感想，您来告诉我；那你来告诉我，让我把这工作半途而废我会作何感想，你不明白，到了我这个岁数，就不会再有太多东西可以让我牵挂了；您有我，马上又要有您的孙儿了；抱歉，这不够；等您跟我们一起生活的时候就一定会够的；但愿如此，但至少得让我完成这最后的工作；爸爸，您别闹了，您又哪里会知道您最后的工作是什么，又是在何时。西普里亚诺·阿尔格从桌旁起身。您忽然没有胃口了吗，女儿看着盘中剩下的食物问；我咽不下，喉咙发紧；神经紧张的缘故；应该是吧，神经紧张。那狗也已经站起来，准备好跟着主人走。啊，西普里亚诺·阿尔格忽然说，我忘了说，复得整晚都在石凳底下守着火；看来人从狗的身上也能学到东西呢；是啊，尤其要学的是，对于必须要做的事就不要有过多的讨论了，简单的本能自然有它的优势；您是想说，是本能在驱使您完成工作，在我们人类身上，或者其他的什么东西身上，存在着一个像本能一样的行为因素，是吗，玛尔塔问；我只知道，理智只给了我一个建议；什么建议；不要犯傻，世界不会因为我没有完成那些陶俑而毁灭；就是嘛，几个小小的陶俑对世界而言算得了什么呢；我猜如果刚刚我们说的不是陶俑，而是第九或者第五交响乐，你就不会这么不以为意了吧，只可惜，女儿，你的父亲不是做音乐家的料；如果您真以为我刚刚是不以为意的态度，那我可就伤心了；当然没有，对不起。西普里亚诺·阿尔格向外走去，走到门口又停下，不管怎样，必须承认，理智也能给人带来一些有用的想法，昨夜里我醒着的时候想到，如果我们把陶俑做成中空的，会省不少时间和材料，干得快，烧制起来也快，还省黏土；理智万岁；我不知道，但是你瞧，鸟类也把巢筑成中空的，但它们又不会到处去炫耀。

14

自从那天起，西普里亚诺·阿尔格除了吃饭睡觉，其余的时候都在工作。由于缺乏技术经验，他先是弄错了做模子所需石膏和水的比例，而当他把制作均匀注浆所需的黏土、水、黏土悬浮剂的用量也弄错的时候，一切就更糟了，然后又把注浆倾倒得过快，导致模子里出现许多气泡。头三天全部用在了做了废废了又做的循环上，用在了对失误的绝望上，用在了诅咒自己笨拙上，用在了因每一次小心翼翼的操作获得成功而喜悦的颤抖上。玛尔塔去帮他忙，但他跟她说求她让他一个人安静点，安静这个说法其实完全不符合那个旧作坊里的正在发生的状况——石膏硬得太快，水加得太晚，黏土不够干，注浆太厚无法过筛，他如果把话说成让他一个人安静点打这场仗，可能会更加符合实情。到了第四天早上，就好像是淘气狡猾爱作弄人的精灵鬼怪——也就是他所用到的各种材料——后悔如此残忍地对待这个在新艺术中探索的老头子似的，西普里亚诺·阿尔格开始找到了柔软的感觉，而在此之前只有粗糙，他感受到了一种顺从，这让他充满感激，秘诀已经把自己的面纱揭去。参考手册摊开在石凳上，黏糊糊的，布满指印，每隔五分钟他就要翻一下，有时会把书上写的理解错，有时忽现的灵感又会照亮整面书页。如果说西普里亚诺·阿尔格摇摆在至苦和极乐之间，那也并不夸张，天一亮他就起床，三口两口吃完早饭，接着在陶坊里一直待到日中，吃过午饭，又干活到日暮，中间只留很短的间歇快速地吃顿晚饭，其简单程度与前两餐并无太大差别。女儿抗议道，再这样下去您会病倒的，干得这么多吃得这么少；我很好，他答，活到今天从没感觉这样好过。确实如此，但又并非如此。到了晚上，等洗去工作中的汗水和尘埃，终于能躺下的时候，他感觉到了关节吱嘎作响，浑身酸痛。再也做不到像以前那样了，他对自己说，然而，在他的意识深处，有个声音在唱着反调，你从来没有做到过，西普里亚诺，你从来没有做到过。他像一块石头般沉沉睡去，没有梦，一动不动，看上去就像没有呼吸，仿佛他那没有穷尽的疲惫将全部重量都压在了这个世界之上。有时候，玛尔塔会像一位无意间预感到了不安未来的焦虑母亲，在半夜起来去查看父亲。她会悄悄地进屋，慢慢地走近床边，稍稍俯身聆听，然后又同样小心翼翼地离开。那个大个子男人，苍白头发，瘦削脸颊，她的父亲，也像是一个儿子，谁要是无法理解这一点，定是对人生知之甚少。人际关系的网络，尤其是家庭关系，又特别是亲密的家庭关系，远比乍看起来要复杂，我们谈论父母，谈论子女，我们以为自己很清楚口中所说的，我们丝毫没有自问，个中的喜爱，或者冷漠，亦或者仇恨，其背后的深刻原因。玛尔塔走出房间，心想，他睡着呢，这句话不过是表达对事实的确认，然而，就在这四个字里，却能解读出在某个特定时刻一颗人类心脏里所能包含的全部的爱。为了启蒙无知，不妨说，在情感的问题上，浮华的部分越多，真实的部分就越少。

第四天恰好是要去中心接马萨尔回来的日子，如果不称其为周假，那就是旬假，也就是十天一次假。玛尔塔对父亲说她去接，以免打断他的工作，但西普里亚诺·阿尔格回答她说不要，这种事甚至连想都不要想，他说，路上的强盗是变少了，但总归有风险；如果我去有风险，您去照样有风险；第一，我是男人，第二，我没怀孕；这些体面的理由也就能说服您自己；还有第三个，最重要的一个；是什么；你回来之前我都没法工作，所以都一样，而且出门转转还能清空一下头脑，这正是我现在所需要的，我这会儿只能想到模子、模具、注浆；我也需要清空一下，所以说我们两个一起去接马萨尔，让复得看家；如果你愿意这样，可以；行啦，我跟您开玩笑呢，惯常是爸爸您去接马萨尔，我在家里，惯常万岁；我是说真的，我们一起去；说真的，您去。两人都笑了，而对于中心问题的辩论，即惯常做法的客观原因和主观原因，则被搁到一旁了。那天下午，到了去接萨马尔的时候，西普里亚诺·阿尔格为了不浪费时间，连衣服也没换就出发了。马上就要驶离村子时，他意识到，自己从伊佐拉·马德鲁加居住的那条路前经过的时候并没有转头，而我们所说的转头，既可以理解成转过来，也可以理解成转过去，因为，在过去的几天里，西普里亚诺·阿尔格有时候会转头看看能否撞见她，有时候又会把头别向另一边，故意见不着她。他脑中忽然有个念头，就是问问自己到底如何解释这种莫名其妙的冷淡，然而拦路一块顽石让他分了神，这念头也就随之消失了。去往城市的路途顺利无阻，只是遇上了一次警察随机盘查过往车辆司机的证件，耽搁了一会儿。在等待警察盘查其他车辆的空当，西普里亚诺·阿尔格仔细观察了一下，发现棚户区的界线似乎已经朝公路的方向移动了一点点，不出几日他们就又会把它推回到后面去的，他想。

马萨尔已经在等。对不起，我迟到了，岳父说，应该早点从家里出来的，路上还让警察查了证件。玛尔塔怎么样，马萨尔问，昨天我没打成电话；我觉得她还不错；但你还是应该自己问她，她近来只吃一点点，没有胃口，她说女人怀孕都这样，可能是这样的吧，这些事我的确不懂，但如果我是你，我不会就此信服；我会问她的，您别担心，有可能是因为刚怀孕她才会这样；我们知道些什么，面对这种事情的时候我们就像个迷路小孩一样，你得带她去看医生。马萨尔没有作声。陶工也不再说话。但两人心里很可能在想着同一件事，那就是，中心的医院会给她任何别的地方都没有的诊疗，至少传言是这么说的，尽管，作为中心员工的妻子，居住在中心并不是她能获得妥善医治的必要条件。过了一会儿，西普里亚诺·阿尔格说，什么时候你想的话我就把玛尔塔带来。他们驶出了城，可以开得更快些了。马萨尔问道，工作怎么样；还刚起头，我们已经烧制了几个陶俑，现在我正在对付那些模具；进行得怎么样；我们自己把自己戏弄了一番，我们以为黏土就是黏土，能做成这个就能做成那个，可随后我们发现事实并非如此，不得不从头学起。他顿了一下，接着又说道，但是我挺高兴的，有点像在尝试又一次新生，好吧，稍微有点夸张；明天我帮您，马萨尔说，我几乎什么都不懂，但总能在什么地方搭把手；不用，你去陪你老婆，出去，到外面转一圈；转一圈恐怕不行，明天我们得去我父母家里吃中饭，他们还不知道玛尔塔怀孕的事，很快他们就会开始注意到的，您一定能料想到他们到时会说些什么；你说得对，应该要公平，西普里亚诺·阿尔格说。又是一阵沉默。天气不错，马萨尔说；希望这样的好天气能坚持两三周，陶工说，陶俑装窑之前要尽量干燥。又是沉默，这次的时间很长。警察已经收起了障碍，道路已经畅通。西普里亚诺·阿尔格有两次都欲言又止，第三次他终于开口，你升职的事有消息了吗，他问；暂时还没有，马萨尔回答；你觉得他们会变卦吗；不会，只是手续的问题，中心的官僚机构跟外头其他地方的都一样，就喜欢吹毛求疵；就像警察查驾照、保单还有健康证明那样；差不多就是那样；我们似乎不知道如何用另一种方式生活；也许也不存在别的生活方式；也许再找别的生活方式已经来不及了。进入村庄之前两人都没再说话。马萨尔让丈人在经过父母家门口的时候停一下，我去告诉他们明天中午我们过来吃饭，一会儿就出来。确实没有等多久，然而，又像上次那样，马萨尔回到车里的时候脸色并不好看，这次又有什么事，西普里亚诺·阿尔格问；反正无论我跟他们说什么都能说成这副样子；不要小题大做，小伙子，家庭生活从来都不是像有人说的那样一派风和日丽，总是时雨时晴，要是每一天都能凑合着过，就已是大幸；我进屋的时候只有我妈在，我爸还没回家，我把要说的都说了，之后为了活跃气氛，我又拿出庄重而喜悦的表情跟她说明天会给他们一个大惊喜；然后呢；您猜我妈是怎么回答的；我的预言天赋还达不到这个程度；她问我大惊喜是不是指他们可以跟我一起搬到中心去住；那你呢，你怎么说的；我说不是，我说不用把惊喜留到明天了，我现在就说，我说，玛尔塔有喜了，我们就要有孩子了；她一定很开心吧；嗯，不停地拥抱我亲吻我；那你抱怨什么；跟他们在一起时头顶上总感觉有一团乌云笼罩，现在他们又一心想要搬去中心；你应该很清楚我不介意把位子让给他们的吧；不行，这个问题已经没有商量余地，不是说我拿父母来换您，而是我父母他们互相有依靠，而您却要自己一个人过；这个世界上一个人过的不止我一个；我可以向您保证，对玛尔塔来说，就是您一个；我不知道该说什么了；有些事情是什么样就是什么样，用不着我们解释。面对这番基本智慧的坚定陈词，陶工再一次感到无言以对。这突如其来的沉默还有另一个缘由，那就是，那一刻货车正巧开到了伊佐拉·马德鲁加所在的那条街上，这一次，西普里亚诺·阿尔格的内心却无法像出村时那样不为所动。当他们抵达陶坊时，马萨尔喜出望外地受到了复得的迎接，仿佛他身上所穿的并不是中心的保安制服，而是他所有衣裳里最为朴素平常的一身。这个心思敏感的小伙子，前一刻还沉浸在同母亲那番不愉快的对话所带来的沮丧里，这一刻就被那只动物洋溢出的热情所感动，它过去拥抱他，那样子就像他是它在这个世界上最爱的人。这些都是独一无二的时刻，无须记起马萨尔的一生挚爱是他的妻子，而她正在他身旁，笑容温柔地等待着属于自己的那个拥抱，但正如有时候，仅仅是把手搭到肩膀上这样一个动作就会让我们眼泪决堤那样，一条狗没有私心的喜悦同样也能让我们有短暂的片刻来与这个世界带给我们的苦痛、悲伤与失望和解。人的情感，不管积极还是消极，其存在早已被充分证实，而复得知之甚少，而狗的情感，几乎没有确定性，充满无数的未知，马萨尔了解得就更少了，所以说，总有一天有人要向我们解释，到底是什么鬼使神差的原因——对于当事双方来说这原因并不难理解——让这两个甚至不属于同一物种的生物拥抱在一起。由于模具制造在陶坊里还是一件新鲜事，西普里亚诺·阿尔格免不了会告诉女婿这几天他都做了些什么，但是他那拒绝女儿帮助的自尊却开始不安起来。他担忧女婿会发现他的某些错误，一些笨拙的修补，或者其他任何数不清的迹象，昭昭宣告他在这四面灰墙之内所遭受的精神上的极度苦痛。尽管马萨尔忙于同玛尔塔在一起而根本没工夫注意到黏土、硅酸钠、熟石膏、模架和模子，但陶工还是决定，晚饭后不工作，而是与他们共度黄昏，好让他有机会用足够精准的理论就某一领域展开一场讨论——有关该领域的实践，其失败程度和灾难结果，他比谁都清楚。马萨尔告知玛尔塔第二天要去和他的父母吃午饭，但对于他和母亲的那番痛苦对话只字未提，这使得他的岳父以为这些话要留到私底下说，是小两口关起门来在卧室里谈的，而不是三个人老生常谈般的细碎叨念，除非，谨慎如马萨尔，他只是想要避免再一次陷入是否搬去中心的棘手辩论中，而对于这个辩论，我们见识过太多的如何开始，也见识过太多的如何结束。

第二天一早，当马萨尔走进陶坊的时候，西普里亚诺·阿尔格已经在干活了，早上好，他说，您的学徒报到。玛尔塔跟他一起进来，但没有要求帮忙干活，尽管她敢肯定这次她的父亲一定不会把她打发走。陶坊就像是一个战场，在这个战场上，一个人连续作战了四天，跟自己作战，也跟周遭的一切作战。这里稍微乱了点儿，西普里亚诺·阿尔格带着歉意说道，一点也不像以前，那时我们做陶器，我们有自己的一套固定流程和标准；只是时间问题，玛尔塔说，随着时间的推移，手和器具会互相适应，等到它们各自适应了之后，器具不会阻碍手，手也不会阻碍器具；到了晚上我就会感觉手臂要掉下来似的，我只想着应该把这一团糟整理一番；要不是我被禁止踏足这里，我会十分乐意整理，玛尔塔说；我没有禁止你，父亲抗议；原话确实不是这样的；是我不想让你累着，等到需要涂色的时候就会让你干活了，到时候你是坐着工作，不会很辛苦；那我们就等着瞧，看看真到那时您会不会忘记跟我说颜料的气味对小孩不好；你看见了，跟这个女人是没办法对话的，西普里亚诺·阿尔格对马萨尔说，像是在求助；您认识她可比我认识她要早得多，您就忍着吧，不过话说回来，这个地方的确需要好好收拾一番了；我可不可以有个主意，玛尔塔问，两位先生请允许我有个主意；你已经有主意了，要是不让你说，你自己也会憋不住，全说出来的，父亲咕哝；什么主意，马萨尔问；今天上午就不要弄黏土了，我们把这里好好打扫一下，既然我亲爱的爸爸不希望我干活累着，那我就发号施令。西普里亚诺·阿尔格和马萨尔面面相觑，想知道两人谁会先开口，看到谁都没有要先开口的意思，最后只好同时道，好吧。在马萨尔和玛尔塔必须离开去吃中饭之前，陶坊以及陶坊里的一切变得那样的干净整洁，一个以黏土为基本材料的作坊能够达到的干净整洁程度莫过于此。实际上，如果我们混合了水和黏土，或者水和石膏，或者水和水泥，我们可以绞尽脑汁去想出一个不那么普通、不那么乏味、不那么平常的词语，可偏偏，迟早，我们还是会回到那个词，那个能表达所有我们想表达的词，烂泥。很多有名的神仙，只喜欢用烂泥来创作，但时至今日已经无法弄清楚的是，他们对烂泥的偏好对烂泥而言是福还是祸。

玛尔塔为父亲准备好午饭，只需热一下就好，和马萨尔一起出门的时候她这样说道。小货车微弱的引擎声渐渐变小，很快就彻底消失，家里和陶坊里一片安静，在未来的一个多小时的时间里，西普里亚诺·阿尔格将独自一人。他从这些天来的神经兴奋中恢复了过来，很快就意识到自己早已饥肠辘辘。他先给复得喂了食，随后才走进厨房，揭开锅盖闻了闻。味道很香，还没有凉。无须再等待。当他吃完，坐到休息椅上的时候，他感受到了安宁。众所周知，一个人精神上的愉悦多少和肉体的饱暖有所关联，然而，此刻西普里亚诺·阿尔格感觉平静，周身体验到一种迷幻飘然的满足，并不只是因为他吃了一顿饱饭。要把原因按主次顺序排列一下的话，最主要是由于他在塑模技术中所取得的不可否认的进步；其次是，他满怀希望，认为从此以后这个问题便不会再大大地困扰他或者至少不会那么难以驾驭；再次，玛尔塔和马萨尔两口子的关系十分和谐，任谁都能看得出来；最后，但并非是最不重要的一点，是陶坊的干净整洁。西普里亚诺·阿尔格的眼皮慢慢地合上，又抬起，再合上，又更费力地抬起，第三次的挣扎更是徒劳。就这样，灵与胃都处于完满状态，西普里亚诺·阿尔格终于允许自己睡去。屋外，黑桑树的树荫下，复得也睡得正香。他们本可以一直这样睡到马萨尔和玛尔塔回来，可忽然间狗却吠叫起来。听叫声并不像是受到了威胁或是惊吓，而只是普通的警示叫声，是出于责任的一种有人来了的表示，尽管我认识到来的这个人，但我还是得叫一叫，因为这就是他们希望我做的事。然而并不是复得的叫声吵醒了西普里亚诺·阿尔格，而是一个声音，一个在屋外叫唤着玛尔塔的女人的声音，隔了一会儿又响起，玛尔塔，你在家吗。陶工没有从椅子上起身，只是坐起来，一副准备好逃跑的样子。狗已不再吠叫。厨房的门开着，女人过来了，越走越近，眼看着就要出现，如果这次的碰面并不是因为单纯的偶然，不是普通的巧合，如果是宿命册里早有预料和记载的，那么就算是一场地震也无法阻止它的发生。复得摇晃着尾巴第一个进来，后头跟着伊佐拉·马德鲁加。噢，她轻呼，一脸惊诧。西普里亚诺·阿尔格费劲地起身，他知道自己一定是一副可怜样，这都怪他那低矮的椅子和突然瘫软无力的双腿。他说，午安。她说，午安，早安，我不确定现在是几点。他说，已经过了正午。她说，我以为还没到。他说，玛尔塔不在，但是您请进。她说，不打扰您了，我再找别的时间来，也不是什么要紧事。他说，她跟马萨尔一起去公婆家吃午饭了，但应该不会太久。她说，我只是过来告诉玛尔塔我找到工作了。他说，在哪里。她说，就这儿，村里，挺幸运的。他说，做什么工作。她说，在一家店里，站柜台的，也可能更差一点。他说，你喜欢这个工作吗。她说，生活中我们并不能总做那些喜欢做的事，于我而言，最主要的，就是留在这里。这一句西普里亚诺·阿尔格没有回应，他不发一语，他被这些问题搞得很困惑，这些问题，几乎没有经过思考，直接就从自己嘴里冒了出来，谁都知道，如果一个人提问题，那一定是因为想知道，而之所以想知道，一定又有某方面的原因。现在，西普里亚诺·阿尔格需要从他混乱的情感中弄明白的最主要的问题，是自己问这些问题的原因，从字面上看，当然我们也没办法不从字面上看，这些问题透露出他对这个女人的生活以及将来的兴趣，这种兴趣超出了一般意义上的好邻里所该有的程度，不仅如此，正如我们所知，这完全不可调和地背离了西普里亚诺·阿尔格在这些章节中所做的有关伊佐拉——起先是伊佐拉·埃斯图迪奥沙，现在是伊佐拉·马德鲁加——的决定和思考。这个问题十分严肃，需要长时间的、不被打断的思考，然而，故事有序的逻辑和条理——尽管有时可以不予遵守，但适当的时候也应该违反——不允许我们再将伊佐拉·马德鲁加和西普里亚诺·阿尔格置于如此痛苦的境地，这二人就这样拘谨地站着，面对面，沉默不语，剩下一条狗在那里望着他们而不知所以，墙上的挂钟嘀嗒作响，它应该是在问自己，这二人如果不是要把握时间，那么究竟要这时间有何用。因此，必须要做点什么。是的，做点什么，但并不是任何事。我们能够也应该不遵从这个故事有序的逻辑和条理，但我们永远不能不遵从一个人的性格特征和本质，也就是说，一个人的个性，其存在方式，其自身固有的、明显的自然天性。一个角色可以有很多矛盾之处，但绝不能不统一，而我们坚持此观点毫不动摇是因为——可能跟字典上说的不一样——不统一和矛盾并非近义。一个人或角色在内在统一的边界内可以否定自己，而不统一——远超过统一性——是一个不变的行为特征，它抵制矛盾，消除矛盾，无法与矛盾共存。从这个角度看——尽管这样可能会坠入悖论之网——我们不能排除这样一个假设，即，矛盾实际上是不统一性的一个最为统一的对立面。唉，这些推论对于那些不满足于概念浅显而公认的本质的人而言，也许还能引起他们一星半点的兴趣，但它们引得我们更远地偏离了西普里亚诺·阿尔格和伊佐拉·马德鲁加所处的困境，把他俩单独留在那儿了，他和她，别无他人。而复得呢，当它意识到这里不会有更进一步的事情发生时，决定离开这里并回到黑桑树树荫底下的小窝里继续它那被打断的清梦。所以，是时候为这个僵局开辟一条出路了，比如，让伊佐拉·马德鲁加——虽是女人，但这两人之中更为果决的人是她——说几句话，看看会发生什么，好了，那我回去了，通常说这些就够了，说些别的什么也同样有效，只要能打破寂静，然后轻微地挪动一下身体，做出意欲离去的样子，至少在这件事上是灵丹妙药。然而，遗憾的是，我们的陶工西普里亚诺，除了问了一个过后会令他懊悔得拿拳头直敲自己的脑袋的问题以外，什么都没想到。他这个问题是否妥当，说出来诸位自行判断。我们的水罐怎么样了，是否还好用，他问道。西普里亚诺·阿尔格之后会为自己说出的不可原谅的蠢话而向自己的脑袋挥拳以自惩，但我们希望，等他那自惩的火气退去之后，他能够记起，伊佐拉·马德鲁加没有发出一声唐突无礼的大笑，也没有发出一声讽刺挖苦的嗤笑，她甚至连嘲弄的微笑也不曾流露分毫，哪怕在这样的场合似乎需要这样的笑，相反，她神情严肃，双臂环抱在胸前，就好像仍旧抱着那个水罐一样，那个被西普里亚诺·阿尔格一时大意说漏了嘴冠以“我们”之名而不自知的那个水罐，也许稍后等到夜里无眠之时，这个词将会向他质询他将它说出口时的真实意图，水罐是“我们”的是否是因为某天这个水罐从他的手上被递到她的手上，是否是因为他指的是当时那个情境，又或者我们就是我们，我们两个人的我们，仅仅就是我们，没有别的意思。西普里亚诺将不予回应，而是会像其他时候一样嘟囔道，多蠢啊，但他是不自觉地这么做，语气自然是强烈的，然而却不真的是在给自己定罪。而直到伊佐拉·马德鲁加喃喃着说了一句改天见并转身离去，直到她像一道轻影般消失在那个门口，直到复得一直将她送到通向公路的那个坡顶，回到厨房，歪着脑袋，摇着尾巴，竖着耳朵，脸上写满问号，西普里亚诺·阿尔格才意识到，对于他的提问，她没有回答一个字，没说是，也没说不是，只是做了那个双臂紧抱的动作，也许是为了在身体里找到自己，也许是为了护住自己的躯体，也许是为了护住自己不逃离躯体。西普里亚诺·阿尔格打量着四周，困惑不解，仿佛迷失了一般，手心潮湿，心脏狂跳，焦虑不安得如同刚从一场危险中逃脱出来，还没完全感受到其严重程度。这时是他的拳头第一次敲向自己的脑袋。

玛尔塔和马萨尔吃完午饭回来，在陶坊找到了他，当时他正往模具里倒石膏浆，我们不在的时候您还好吗，玛尔塔问；我并没有想念你们，如果你是指这个意思的话，我喂了狗，自己吃了午饭，休息了一会儿，然后就又在这里了，你父母家里那边怎么样，一切都好吗；就那样，马萨尔说，我之前已经跟他们说了玛尔塔的事了，所以也没有多欢天喜地，不过就是些在这种场合里常见的拥抱和亲吻，也没说别的什么事；也无妨，西普里亚诺·阿尔格这样说着，继续往模子里倒着石膏浆。他的手在微微颤抖。我先去换件衣服，马上过来帮忙，马萨尔说。玛尔塔没有跟着她的丈夫一起出去。过了一会儿，西普里亚诺·阿尔格问道，你想要做什么，眼睛并没有看向她。没有，我什么都不做，我只是在看你干活。又过了一会儿，轮到玛尔塔发问了，您身体舒服吗；当然，舒服着呢；我觉得您怪怪的，有点不一样；那是你的眼睛看出来的；一般来讲，我的眼睛跟我的意见是一致的；那你真是好运气，我从不知道有谁跟我的意见是一致的，父亲生硬地回道。马萨尔很快就会回来的。玛尔塔接着又问，我们不在的时候发生什么事了吗。父亲把篮子放到地上，用抹布擦了擦手，直直地看着女儿道，伊佐拉来过，那个叫伊佐拉·埃斯图迪奥沙或者伊佐拉·马德鲁加，或者别的什么名字的，反正她来找过你；伊佐拉来这里了吗；我刚刚说过了；不是谁都能有您的分析能力的，她来做什么；她来告诉你，她找到工作了；哪里；这里；我好高兴，太高兴了，一会儿我就去她家。西普里亚诺·阿尔格已经开始对付另一副模具。爸爸，玛尔塔开口道，但被他制止了，如果还是同一件事，请你不要继续讲下去，我已经把该带的话带到，别的没什么好说的了；种子也会被掩埋，但最后还是会长出生命，不好意思，还是同一件事情。西普里亚诺·阿尔格默不作声。女儿出去了，女婿还没回来，他的拳头又一次向脑袋挥去。

15

在许多有关人类起源的神话中，都不乏用黏土造人的故事，对此我们在前文中已有提及，谁要是略感兴趣，也可以在无所不知的年鉴和几乎无所不知的百科全书中探究一二。总的说来，不同宗教的信徒所掌握的情况不尽相同，因为他们是通过各自所属的教会机构获取的诸如人类起源这样的重要信息。然而，不管怎样，总有一个版本的故事里，至少有一个，用黏土创造的作品只有经由窑炉烧制才算大功告成。即便需经过一再尝试。这位我们已经记不起名字的独树一帜的创造者可能并不了解，又或许是没有足够的信心去相信，对着鼻孔吹气会有神奇的效力，这是别的创造者之前曾使用过或之后将使用的方法，是的，比如在我们这个时代，西普里亚诺·阿尔格也做了同样的事，尽管他只是想给护士的面孔擦去尘灰，除了这样朴素至极的意图，别无他意。让我们说回那位需要将泥人送入窑炉的创造者，从我们下文给出的描述中，你会看到前文提及过的那些失败尝试是这位创造者缺乏正确的烧制温度的知识所造成的。他首先用黏土捏出一个人形，是男是女并不重要，把它放进窑炉，点上火。在等待了他觉得适合的时间后，他把泥人拿出来，天啊，他的心一沉。人偶被烧得乌黑，完全不是他想象中的样子。然而，或许是因为还只是刚开始尝试，他不忍毁掉这个因自己的愚笨而失败的作品。他轻击人偶的头以赋予其生命，然后又将之送走。接着他又捏了一个放进炉里，这次他非常小心，不让炉火烧得太旺。他做到了，是的，但又过于小心，人偶被烧得白得不能再白。这仍不是他想要的。尽管再次失败，他仍没有失去耐心，他一定这样想道，可怜的家伙，这不是它的错。然后，同样地，在赋予人偶生命后，他又将它送走。这样一来，世上就有了一个黑人和一个白人，但这位笨手笨脚的创造者仍未能创造出他心目中的人偶来。他再次开工，又一个人偶被送入炉中，尽管仍没有高温计，问题应该也容易解决得多了，而诀窍就在于要把炉子烧得不太冷也不太热，将火候控制得不大也不小，只要遵守这个规则，事情终归会顺利进行。但并没有。这个新的小人确实不是黑色，也确实不是白色，但是，上帝啊，它是黄色的。换作其他任何人，可能早已放弃，会放一场洪水了结了黑小人和白小人，然后再拧断黄小人的脖子，人们甚至会认为这样才是对创造者脑中闪念的合乎逻辑的总结，如果连我自己都不知如何造好一个人，那么明天我又如何能要求他去为他自己的错误负责。一连几天，我们这位业余的陶工无法再鼓起勇气去制作任何东西，但之后，就像人们所说的，创作的欲望再次像小虫一样啃噬他的心，数小时之后，第四个小人捏塑完毕，等待进窑。假如那时候在我们这位创造者之上另有一位创造者，那么这位小创造者很有可能向那位大创造者发出一声祷告，恳求，哀乞，或诸如此类的东西，求您别让我搞砸了。终于，他用充满焦虑的双手将泥偶放进炉膛，仔细拿捏他觉得合适的木柴数量，不要那些发青的和太干的，挑出一根不太好烧的，又添上一根能燃起快乐的小火苗的，一边估算着大致的时间和火候，并重复着刚刚的祈祷，求您别让我搞砸了。于是他点燃了木柴。我们，现在的人们，也时常有这样的焦虑体验，比如经历一场困难的考试，恋人爽约，苦等孩子回家，寻不着工作等，所以我们能够想象，这位创造者在他等待第四次尝试的结果时会有多煎熬，若不是靠近窑炉，他流出的汗水一定是冰冷的，十指指甲几近被咬秃，每分钟都像十年一样漫长，在其创造万物的历史上，创造者自己头一次感受到了在永恒的生命中等待着我们的痛苦，痛苦是因为永恒，而不是因为生命。但这些都是值得的，当我们的创造者打开窑炉的门，看见里面的东西时，他跪倒在地，惊奇不已。这一次，里面的小人儿不是黑色、白色或黄色，而是红色，是的，红得堪比朝日和夕阳，堪比火山爆发时喷出的岩浆，堪比那赋予它红色的火焰，堪比已经在它血管流淌着的血液，这个人偶正是他所想要的，因此不必再敲击它的脑袋，而只消说，过来，然后这个人偶就会自己从炉子里走出来。不清楚后世历史的人一定会说，尽管一再犯错，屡屡焦灼，或者，多亏了这些富有借鉴和教育意义的尝试，故事才有了圆满的结局。与在这个世界，或者其他所有世界上的万事万物一样，上述那种判断取决于观察者的视角。那些遭到创造者摈弃的人，那些尽管有着可嘉的善行却仍被他送走的人，那些黑色、白色和黄色的小人，他们成倍扩张，数量日趋庞大，覆盖了可谓整个地球。然而这些红皮肤的小人，这些让创造者煞费苦心饱尝焦虑的小人，如今却沦为一种无力的证明，即胜利只是失败的一种具有迷惑性的前奏罢了。这位用窑炉造人的创造者进行的第四次也是最后的尝试，这次显然为他带来决定性的胜利尝试，最终却让他一败涂地。西普里亚诺·阿尔格也是那无所不知的年鉴和几乎无所不知的百科全书的忠实读者，当他还是小男孩时便读过这个故事，尽管他这一生忘记了很多事，但不知怎么，对于这个故事，他始终没有忘记，这是一个印第安传说，说得更准确一些，也就是所谓红皮肤人的传说，久远的神话创作者们用以证明其种族优于其他任何种族，包括那些他们在当时都不知道其真实存在的种族。最后这一点必定会引来争议，有人徒劳无益地指出，既然他们不知道其他种族的存在，他们就无法想象其他种族的肤色是黑色、白色、黄色还是彩色。真是大错特错。持有这样观点的人，只能说明其根本不知晓，我们这里是在讨论陶工这样的人群——猎人也在其列——在将陶土转变为盘子或陶俑的艰辛工作中，他们应该已经懂得，在窑炉里任何事都有可能发生，悲伤或光荣，完美或不堪，崇高或怪诞。一次又一次，一代又一代，有多少次，他们从窑炉中拿出扭曲的、裂开的、烧焦的、未烧制或半烧制过的部件，全都已经成了废品。的确，在窑炉中发生的这一切和在烤箱中发生的并没有太大差别。用面粉、酵母和水做成的面团不过就是另一种黏土，然后，和黏土一样，从烤炉中出来的时候，面团也可能是没有烤熟，或是烤焦。里面的状况也许都一样，西普里亚诺·阿尔格道，但是，出了烤炉，此刻我可以保证，为了成为面包师，我愿付出一切。

晨昏更迭，日夜交替。无论是在书本里还是生活中，人类的劳动要比诸神的所用时间更长也更为繁重，红皮人的创造者就是一个例子，这位创造者不过就是创造了四种人类形象，然而凭借着这个微不足道的成就——尽管对此感兴趣的公众寥寥无几——却能成为词条在年鉴中青史留名。而再来看看西普里亚诺·阿尔格，自然不会有文字来记载他的生平以作褒奖，他不得不埋首于黏土堆中，而他仅在这第一阶段所干的活计就是那位创造者的一百五十倍之多，也就是，六百个来自不同地域、拥有着不同个性和社会背景的陶俑，其中，因其工作性质，弄臣、小丑和护士较为容易刻画，但要刻画清朝官吏和大胡子亚述人则不简单，尽管在百科全书中能查到翔实的资料，但真要去弄清楚他们在生活中所做的事是不太可能的。至于爱斯基摩人，有人推测他们应该会继续从事打猎捕鱼的工作。当然，西普里亚诺·阿尔格并不关心这些。大小一致的陶俑从模子里被取了出来，服饰的差别因相同的颜色而变得不那么明显，他必须全神贯注以免将它们搞混。他是如此地投入，以至于有时会忘了，模具是有使用寿命的，每个模具大概只能用四十次，之后做出来的形状就会模糊，就会失去活力和清晰感，就好像这个小人越来越疲倦，仿佛正被拉回到赤裸的原始状态，不只是成为人形后的赤裸，而是回到黏土还没有开始成为某个想法的实体表达之前的那种绝对赤裸。起初，为了不浪费时间，他将不合格的陶俑扔到角落里，但之后，出于一种奇怪和难以名状的同情和愧疚感，他又将它们，其中大多数因摔落和撞击而变得残缺不整，收集起来仔细地码在陶坊里的一个架子上。他本可以对它们进行再利用，重新赋予它们第二次生命，他也可以将它们无情地摧毁，就像他当初摧毁他最开始制作的一对男女陶俑一样，那些黏土仍在这里，干燥，破裂，不成形状，但他没有这样做，而是把这些怪物从垃圾堆中拯救了出来，悉心保护，仿佛比起成功他更爱这些他无力避免的失败。他不会将这些陶俑送入窑炉，那只会浪费木柴，但他会把它们一直放在那里直到它们干裂、瓦解，直至连碎片都散开、掉落，并且，如果时间足够长，直到它们化作的灰再次成为黏土。玛尔塔一定会问他，留这些废品有什么用，他则只会简单答道，我喜欢它们，然而他不会和玛尔塔那样，把它们称为废品，因为如果他这么做，就意味着是将它们驱逐出因它们的诞生而来的那个世界，就是否认它们也是他的作品，使它们在终极而绝对的孤儿宿命中沉沦。外面那些完成了的，每日被搬到干燥架上、晾在黑桑树树荫底下的几百个陶俑，也是他的作品，呕心沥血的作品，但是它们的数量太多又难分彼此，所以唯一需要的就是确保它们不在最后关头受损。对待复得，别无他法，只有将它拴起来才能防止它跳上架子，在那里搞出陶坊历史上前所未有的一场浩劫。还记得最开始的那六个陶俑，另外的那些，那几个样品，曾被放在这里晾干，然后复得就想要通过直接接触的方式来看看这几个家伙到底是什么来头，它猎奇的直觉被那几个家伙岿然不动的傲慢态度勾起。但西普里亚诺·阿尔格立刻朝它大喊，一巴掌打消了复得的好奇心，在没有造成任何损害的情况下它退却了，但我们必须承认，如果期望这样一个动物能抵挡住来自像小丑、清朝官吏、弄臣、护士、爱斯基摩人和大胡子亚述人这样一群人的挑衅眼神而不为所动，那是有失公道的。它仅被剥夺了一个小时的自由。玛尔塔被复得受惩罚时那痛苦的、几近受伤的样子打动，她向父亲提议说教育也要有一些用处才行，即便是教育狗，关键是要改变方式，玛尔塔道；你要怎么改变；首先必须给它解开链子；然后呢；然后如果它还想上那个架子，我们就再把它拴起来；然后呢；我们就这样把它一直拴一直拴，直到它学乖为止；这也许有用，但别欺骗你自己说它学到了教训，因为你在边上时它不敢去架子上，但当你一走，没人看着它时，要想让它脑袋里祖先遗传下来的本性规矩起来，恐怕你的教育方法一个都派不上用场；它的祖先才不会仅仅只是去闻闻陶俑，而是直接踩着它们找吃的；好吧，我只是想要你明白如果它跑到架子上会怎样，我们很可能损失很多；可能会损失很多，也可能只损失一点，这些另说，如果确实发生了损失，我会负责重新制作被破坏掉的陶俑，那可能是我说服你让我帮忙的唯一方法了；不要和我说这个，你只管继续你的教育实验好了。玛尔塔走出陶坊，不发一言地解开了复得项圈上的绳子。她朝房子那边走了几步，似乎想到了什么，停下。复得看着她，趴了下来。玛尔塔往前走了几步，又停下，之后径直走进了厨房，把门就那样开着。复得没有动。玛尔塔关上了门。复得等了一会儿，然后起身，慢慢朝着架子走过去。玛尔塔仍没有打开门。这时复得回头看了看房子，犹豫了一下，又看了看，然后把爪子搭在了正把大胡子亚述人晾干的架子上。玛尔塔打开门走了出来。复得迅速移开了爪子，站在那里等着。它没有理由逃跑，良知告诉它，自己并没做什么错事。玛尔塔一把抓过它的项圈，二话不说地用绳子拴住了它。然后她回到厨房，关上了门。她估摸着这狗会思考刚刚发生的事，好吧，也许是思考也许是其他什么，总之是它在这种状况下通常会做的事。两分钟后，她再次把绳子解开，最好不给这家伙时间去忘记，事情的因果关系必须牢牢刻在它的记忆里。这次复得等了更久才把爪子伸向了架子，但终归还是这么做了，尽管情节比上次轻微了些许。没过多久它又被拴了起来。经过了四次反复，它似乎开始明白主人对它的期望，但它仍旧继续把爪子往架子上伸，就好像要确认这恰恰是它不应该做的一样。在这个拴上又解开、解开又拴上的过程中，玛尔塔始终不发一言，她走进走出厨房，把房门关了又开，对于复得的每个动作，她都用她自己的动作予以回应，复得每次只要是将爪子伸到架子上，她就把它拴起来，只有在他们当中的一个采取了不同行为之后，才有可能打破这一系列连续反复行为的循环。第八次将厨房的门关起来后，复得又朝架子走了过去，但走到那里时，它没有伸出爪子去触碰那些大胡子亚述人，它立在那里，望着屋子，等待着，好像在向女主人发出挑战，看看她能否比自己更大胆，好像在说，我的这个天才举动定会为我带来胜利，而你将一败涂地，我倒要看看，现在你会作何回应。玛尔塔对自己的成果十分满意，我赢了，我就知道我能做到，她嘟哝着。她走到狗身旁，轻抚它的额头，温柔地说道，好狗子，乖狗子，她父亲来到了陶坊的门边见证了这个令人愉悦的成果，说道，好吧，就是不知道它能否一直这样；我敢向您打包票，它肯定不会再跑到架子上去，玛尔塔说。人类的词汇，被收入到狗那只有咆哮和吠叫的词汇表里的极少，而只是由于这个原因，因为听不懂，复得才没有对它主人那不负责任、自鸣得意的满足炫耀表示抗议，因为任何对这种事情有点了解的并且能够对所发生的这些做出公正评价的人都会说，玛尔塔，狗的主人，不管她如何确信自己的胜利，都不是这场斗争的赢家，真正的赢家是狗，尽管我们也应当承认，那些仅从事物表象判断的人们对此可能持有截然相反的观点。那就让大家去吹嘘胜利属于他们自己好了，哪怕是有幸逃过一劫的大胡子亚述人和他的伙伴们。而对于复得，我们不能任由自己留给它一个莫须有的窝囊废的名声。说它赢得了胜利的终极证据就是，从那天起，它成为了看守陶俑的最警觉的卫士。您应该听一听，当一阵疾风突然将那六个护士吹倒时，它呼唤主人的吠叫声。

第一窑的容量是三百个陶俑，或者更准确地说，是三百五十个，如果将破损量计算在内的话。再多就放不下了。正赶上马萨尔的休息日，也正因此是马萨尔辛劳的一天。他十分耐心并且心甘情愿地协助他的岳父整理架子上的陶俑并且负责添柴，干这样的活需要身强体壮，一方面搬柴和添柴均需要体力，另一方面长时间劳作同样耗费精力，对于像这样一个老旧的窑炉，按照最新技术来看可谓是最简陋的，需要相当长的时间才能达到最佳的烧制温度，而一旦达到那个温度，又必须尽可能地使其保持稳定。马萨尔会一直工作到深夜，直到陶坊里的丈人完成一项他坚持要完成的任务之后来接替他。玛尔塔把夜宵先拿去给父亲，随后又带去给马萨尔，然后与他一同坐在那条沉思之凳上一起吃。两人都没有胃口，却各有各的缘由。你没在吃，一定累坏了吧，她说；嗯，确实挺累的，太久没干体力活，所以会感觉更累一些，他说；做这些陶俑是我的主意；嗯，我知道；是我想出来的，但最近几天我一直在被懊悔所折磨，我一直在问自己，为了做这些东西，我们付出那么多是否真的值得，如果不是，一切就成了可悲的徒劳；对于你父亲而言，现在最重要的事情就是他正在做的工作，不论它是不是有用，如果你夺走他的工作，不管是什么工作，那么在某种程度上你就是在夺走他生存的意义，而且如果你和他说他的工作是没有意义的，即使证据就在眼前，他可能也不会相信，因为他只是无法相信；中心停止收购我们的陶器时，他承受住了这个打击；那是因为你马上想出了做陶俑的主意；是的，但我有一种感觉，苦日子才刚刚开始，现在还不是最坏的；我升到常驻保安的日子应该不远了，对于你父亲这可是个坏消息；他说过他会和我们去中心同住的；他是这样说过，就好像我们也说过我们终有一天会死去，这是所有生物的宿命，但我们的意识里有一部分却拒绝接受这一点，假装这和我们没关系，你父亲就是这样，他说过会来和我们一起住，但内心深处，他自己并不相信；他似乎在等待一条在最后时刻出现的分岔路来把他引向另一条道路；他应该明白，在中心看来只存在唯一的一条路，这条路始于中心也终于中心，我在那里工作，我知道我在说什么；很多人说，在中心的生活是个永不停歇的奇迹。马萨尔没有马上回答。他喂了一点点肉给狗，它早在一旁等候多时，随后他才开口道，是啊，就好像在今晚这一刻我喂复得的这块肉，对它来说也像一个奇迹一样。他抚摸着复得的背，两次，三次，第一次是出于简单、平常的喜爱，之后两次是带着焦灼的坚持，好像必须一刻不能耽搁地去安抚它，但其实他才是那个需要冷静下来以便打消那个此前深藏在记忆中现在又突然冒出来的念头的人——中心不允许养狗。是这样，他们不允许在中心养狗或养猫，那里只有养在笼子里的鸟和养在水族箱里的鱼，而自从发明了虚拟水族箱，即便是这些也变得越发少见，虚拟鱼缸里没有闻起来和真鱼一样味道的鱼，也无须换水。十个不同种类的五十条鱼的样本在其中优雅地游弋，而且，为了不让它们死去，必须像饲养活物一样对其悉心照料和喂养，必须检查水质，尽管其实并没有水，还要检查温度，然而也并非都是像这些非干不可的活计，比如可以用各种各样的岩石和植物来装饰水族箱底部，也可以设置一系列的音效，这样的话，当这位拥有这样宝物的幸福的主人在观赏这些了无生气亦无骨头的鱼时，围绕着他的将是丰富的音效，比如加勒比海岸，比如热带雨林和海上风暴。他们不想让狗出现在中心，马萨尔再次想到，而且他注意到，他的这个担忧正在驱赶他另外的担忧，我要和她谈这个问题，我不能和她谈，开始时他认为应该谈，之后又认为应该留待迟些时候再谈，留到不得不谈、别无选择的时候。于是他决定什么都不说，但是，变幻无常的意志在他脑海中的虚拟水族箱里起伏，不到一分钟之后他已经在和玛尔塔谈这个问题了——我刚刚想到，我们不能带着复得到中心去，他们不允许养狗，这会是个大问题，可怜的家伙，要把它这样抛弃掉；也许有解决的办法，玛尔塔说；显然你已经想过这个问题了，马萨尔惊讶道；是的，我想过，很久之前；那么你的办法是什么；我想到伊佐拉不会介意照料复得，事实上，我认为她会非常乐意，而且他们也已经相互认识了；伊佐拉；是的，你记得的，水罐伊佐拉，给我们蛋糕的，我们上次和你父母吃午饭时来这里找我的；听起来是个好主意；是的，我想这样对复得最好；但你父亲会同意吗；他心里的一半会抗议说，当然不行，一个单身女人可不是狗的好伴侣，肯定有其他人不介意收养它，我猜他会发明诸如此类的理论，但我们也知道他心里另一半不是这样想；这一对有情人怎么样了，马萨尔问道；可怜的伊佐拉，可怜的爸爸；为什么说他们可怜；因为很明显她是爱他的，但她不能跨越他竖起的樊篱；那他呢；噢，对他来说又是心里那两半对抗的故事，其中一半也许除了这事别的都不想；另一半呢；另一半已经六十四岁了，另一半怕得很；人可真复杂啊；是啊，但如果不复杂我们也就不算是人了。复得已经不在那儿了，它突然意识到他的老主人没有人做伴，独自在陶坊里操劳赶制三百个陶俑，那是第一次要发出的六百个陶俑中的第二批，复得看到了这一切，这给它带来了极为混乱的感觉，它看到了但是却并不理解，这所有的工作，所有的努力，所有的汗水，我现在不是在说将要赚到的钱，钱很少，只够糊口，当然不会很多，正如玛尔塔之前说过的，如果不是，一切就成了可悲的徒劳。正如之前所看到的，现在可以确定，由于玛尔塔和马萨尔之间漫长、深刻的谈话，我们给那条石凳庄重而沉闷的命名，沉思之凳，可谓名副其实，但必须，也是时候再去窑炉那里，给炉子添些柴了，尽管你很小心，马萨尔，别忘了劳累会让人卸下防备，增加反应时间，我们不想重复在那个走霉运的日子发生的事，啸鸣的火舌冲你喷来，给你的手烙上永远的印记。而玛尔塔说的意思也差不多——我去洗碗然后睡觉，你自己小心，马萨尔。

第二天，和平常一样，西普里亚诺·阿尔格一大早用小货车载着马萨尔回中心。出发时他对马萨尔说，我真不知道怎么感谢你的帮助；马萨尔回答道，我尽力而为，我只是希望一切都能顺利；噢，我确定下一批陶俑的问题会少一些，我已经研究出一些捷径来简化工序，这就是吸取经验的好处，我估计下三百个陶俑会在一星期内摆上干燥架；如果十天内能够准备好进窑烧制的话就叫上我；谢谢，你知道吗，如果不是这次发生在陶坊的倒霉的危机，我们本可以成为好搭档，你可以不在中心当保安，一心一意在陶坊工作；或许吧，但现在说有些迟了，况且，如果我们那样做了，我们可能会一起失业，但我现在还有份工作；说的是。过了一会儿，他们上了通往城市的公路，经过长时间的沉默之后，西普里亚诺·阿尔格说，我曾有过一个想法，我想听听你怎么看；什么想法；嗯，我想在这第一批三百个陶俑上色之后，立刻就把它们运到中心去，那样的话中心就会看到我们是很认真对待这份工作的，而且他们可以比预定时间提前出售，这对他们来说比我们更能获益，我们不必为结果等那么长时间，而且如果一切都照我们希望的那样进行的话，我们就能比较轻松地进入下个阶段，而且不用再这么赶，你觉得怎么样；我觉得是个好主意，马萨尔说，他突然想到，他对玛尔塔把狗交给拿水罐的女人照看的主意也说了同样的话；在把你送到之后，我要去和采购部主管谈谈，我很确定他会同意的，西普里亚诺·阿尔格说。希望是这样，马萨尔答道，他意识到他又重复了不久之前自己说过的话，话语总是这样，我们不断重复它们，但不知为何，我们有时能够意识到，而有时却不能。他们进城之后，马萨尔问道，现在谁来给陶俑上色；玛尔塔坚持要她来做，她说我不能边做弥撒边敲钟，她原话不是这么说，但意思一样；爸爸，油彩是有毒的；是有毒；以玛尔塔现在的状态恐怕不太方便；我会负责刷内层，而且我会使用喷枪，我知道这会让油彩喷到空气里，但这样要快得多；之后呢；之后会用到笔刷，笔刷不会造成危害；您至少应该买个面罩；面罩太贵了，西普里亚诺·阿尔格嘟哝着，就好像他对自己的话感到羞耻一样；如果我们有足够的钱雇用一辆卡车把其余的陶器从中心运出来，就也能买得起面罩；我们没想过，西普里亚诺·阿尔格说，说完又有些后悔地更正自己，我没想过。他们开到了大道上，径直走就到中心了，虽然距离还很远，但已经能够看到那边贴着的宣传标语——“您是我们最好的顾客，但是，请别告诉您的邻居”。西普里亚诺·阿尔格未置一词，但马萨尔说出了他的想法，他们的快乐建立在我们的痛苦之上。货车停在了保安处大门的对面，马萨尔说，您和采购部主管谈完后再过来一下这里，我看能不能想办法弄到一副面罩；我说过的，我并不需要，况且玛尔塔也只用刷子上色；您和我一样了解她，您在陶坊会分心的，到那时候就晚了；我不知道我会在采购部待多久，我该来这里找人打听你，还是进去找你；不要进去，用不着进去，我会把面罩交给我门口的同事；好的；那么，十天后见；十天后见；帮我照顾好玛尔塔，爸爸；我会的，放心，我比你还要爱她；谁更爱她不好说，但我对她是另一种爱；马萨尔；怎么了；给我一个拥抱吧。马萨尔下车时眼睛是湿润的。西普里亚诺·阿尔格没有用拳头敲自己的脑袋，他只是带着悲伤的微笑自言自语道，看看一个大男人变成了什么样子，像个缺爱的孩子一样索要一个拥抱。他发动了汽车，在街区里转悠，这个街区由于中心的扩张也变大了，很快就没人能记得这里曾经的样子了，他想。十五分钟后，他沿着下坡把车驶入地下层，他感觉很陌生，仿佛回到了一个很久没去过的地方，而在那里却看不到任何客观的变化来解释这种陌生感。和门卫交代完他是来谈事情而不是为了卸货后，他把车停在了一边。这里等待的卡车已经排起了长龙，有几辆体型巨大。接待处还要等两个小时才会开门。西普里亚诺·阿尔格靠在座位上，试图睡一会儿。在开车进城之前，他往窑炉的窥视孔里看的最后一眼告诉他烧制已经完成，现在只需等待窑炉自己慢慢地、不慌不忙地冷却。为了入睡，他开始像数羊那样数陶俑，从弄臣开始，把它们挨个儿数了一遍，然后到了小丑，同样也把它们一一数遍，五十个这样的，五十个那样的，他不想数备用品，那是在有陶俑损坏的情况下用来做替补的，然后他想要继续数爱斯基摩人，但不知怎的，护士冒出来占据了视线，他试图把它们从脑海中赶走，在这样的思想斗争中，他睡着了。他已不是头一回在中心的地库里睡回笼觉，同样，也不是头一回被引擎的咆哮声吵醒。他下了车，向接待处走去，表明了自己的身份和来意，如果可能的话，我想和老板谈谈，事情很重要，他补充道。接待他的员工用疑惑的眼光打量着他，从破旧的小货车里钻出来的人，加上“陶坊”这个词，显然在他面前的不论是人还是事都不可能很重要，所以他回答说上司正忙，他在开会，整个上午都没空，并问陶工究竟为何而来。陶工从头解释了一遍，而且，为了打动这位传话人，他确保自己提到了和采购部主管打过的那通电话，最终只听员工说道，我去找一位副主管问一下。西普里亚诺·阿尔格一度担心会是那个曾无礼待他的卑鄙家伙，但出来见他的这位副主管却彬彬有礼，并且他也赞成西普里亚诺·阿尔格的主意，认为这个主意很妙，是的，确实是个非常好的主意，对你们有好处，对我们则更好，在你们生产下一批三百个陶俑并为再下一次的六百个做准备的时候——不论你们是像现在这样分成两个阶段完成还是一次完成——我们就可以观察顾客们的反映，对新产品的反映，或明确或含蓄的评价，甚至还有时间给我们去做调查问卷，主要看两个方面，其一，购买前的情况，也就是顾客的兴趣或偏好，对产品有没有发自内心的、真诚的渴望，其二，使用后的情况，也就是说，用户获得的愉悦感，受用户认可的用途，拥有产品的自豪感，可以从个人角度出发，也可以从群体角度出发，又或者是家庭、职业或其他角度，对我们而言，重中之重是搞清楚使用价值这个容易波动的、不稳定的、高度主观的因素是否过低于或过高于交换价值；如果过低或过高，你们会怎么做，西普里亚诺·阿尔格问道，他只是没话找话；副主管用居高临下的腔调回答道，亲爱的先生，我想您不会期望我在此时此地把蜜蜂的秘密透露给您；但就我所知的是，并不存在什么蜜蜂的秘密，那只是一种神秘的说法，一个不真实的神话，一个未完成的传说，一个可能存在但其实并不存在的故事；您说得有道理，蜜蜂的秘密并不存在，但我们知道秘密的内容。西普里亚诺·阿尔格仿佛受到了突如其来的攻击，顿时瑟缩起来。部门高级助理报以微笑，并礼貌地坚持说那是个好主意，一个绝妙的主意，他会等第一批货过来，之后再来联系他。西普里亚诺·阿尔格感觉到了威胁，并产生了不祥的预感，他钻进了货车，开出了地库。那个人最后的话在他脑子里挥之不去。蜜蜂的秘密并不存在，但我们知道秘密的内容，我们知道秘密的内容，我们知道秘密的内容。他看到了面罩脱落，并发现那下面还是一模一样的面罩，他意识到再下面仍然会是和脱落的面罩一样的东西，蜜蜂的秘密真的不存在，但他们知道秘密的内容。他不能对玛尔塔和马萨尔说出他的顾虑，他们不会明白，而且他们不明白是因为他们没和他一起过来经历这些，在柜台的另一侧，听一位部门副主管说明交换价值与使用价值的不同，或许蜜蜂的秘密就在于给予顾客足够的刺激与暗示，这样一来使用价值就会如他们所料的那样逐渐上升，不久之后，交换价值也会随之上升，如此强加于买方，狡猾的生产者逐渐将买方的内心防御暗中瓦解，这防御是人们自我人格意识的产物，它如果曾经真的完好地存在过的话，不管怎样也给过他至少是某些抵抗和自控的可能。西普里亚诺·阿尔格应当为这个费力并且混乱的解释负完全的责任，因为，尽管他就是如此区区一个陶工，既没有社会学的文凭也没有学习过经济学，但在他粗俗的头脑中，他仍然敢于追逐一个想法，但不得不承认，由于词汇量的不足和在使用术语方面明显缺乏精确性，他无法将那个想法充分地转化为科学的语言，让我们最终明白他试图用自己的语言表达什么。西普里亚诺·阿尔格会永远记住此刻他对于生活的迷惘，和他笨拙地试图弄清楚这一切的尝试，这一刻，在中心的采购部跑了一天、问了最简单的一些问题之后，他带着最为复杂和难以理解的答复回去了，那答复太过模糊晦涩以至于他在自己头脑的迷宫中迷失自我也是再自然不过的事情。至少他尝试了。值得赞扬的是，西普里亚诺·阿尔格永远都有资格说他做了一个陶工所能做的一切去尝试解开面带微笑的采购部副主管那谜一般的词语背后隐藏着的含义，而且尽管他很清楚自己没有做到，但至少可以向后来人说明，循着他走过的这条路，去不了任何一处地方。西普里亚诺·阿尔格无法平复内心的不安，他心想，这些事情都是给那些懂的人准备的。总之，我们说，他人总是做得太少，想得太多。

马萨尔留在门卫那里的包裹里装了两个面罩，而不是一个。里面有张纸条上写着，以防其中哪个的空气净化装置坏掉。纸条上还写着那个嘱托，请代我照顾好玛尔塔。已经快到午饭时间了。浪费了一个上午，西普里亚诺·阿尔格想，他记起那些模具、黏土、冷却中的窑炉，还有那里面一排排的陶俑都在等着他回去。然后，当西普里亚诺·阿尔格在大道上行驶到半途、在他背朝着中心的墙壁——墙壁上“您是我们最好的顾客，但是，请别告诉您的邻居”的标语讽刺而粗暴地展现了一幅关系图，细致描绘着城市中有意识的欺骗和无意识的合谋正如何操纵、吸收着城市本身——之时，他突然想到，不只是今天上午被浪费了，那个采购部副主管无礼的话语还毁掉了这个他曾学习、适应着生存的世界所剩无几的现实，从现在开始，一切只不过是表象，幻觉，缺乏意义，是没有回答的提问。我应该开车去撞墙，他想。他问自己为什么没有那样做，为什么他可能永远也不会那样做，他将原因列成了清单。尽管不尽恰当，但至少从原则上讲，一个人不去自杀的主要原因是，想要活着，西普里亚诺·阿尔格没有这样做的有力原因就是想要活着；紧随其后的原因就是他的女儿玛尔塔，这个原因与前一个原因紧密相连，二者仿佛同时出现；接着就是陶坊、窑炉，当然还有是他的女婿马萨尔，他是个好小伙并且深爱着玛尔塔；还有复得，尽管这样说会让很多人反感，并且客观上很难解释，为何就连一条狗都能让一个人珍惜生命。还有呢，还有呢，还有什么，西普里亚诺·阿尔格再也找不出别的原因，然而他总感觉还有另外一个原因，会是什么，不会是什么，突然，毫无征兆地，记忆将他亡妻的名字和容貌呈现到他的面前，茹斯塔·伊萨斯卡的名字和容貌，西普里亚诺·阿尔格寻找的是不把货车往墙上撞去的原因，并且他已经找到足够多——他自己、玛尔塔、陶坊、窑炉、马萨尔、复得，甚至是之前我们忘了提及的黑桑树，为什么，在这些原因的最后，那个没有预料到的，像一个影子、一个幻象般的存在而让他无所适从地略过的原因，竟然是一个已经不再属于这个世界的人，这很荒谬，当然她不是随便什么人，她是他与之成婚的妻子，是劳作的同伴，是他女儿的母亲，但是，尽管如此，无论一个人有多么巧舌如簧，要说对一个逝者的回忆可以成为一个活人决定继续活下去的理由也实属不易。一个钟爱箴言、格言、座右铭以及其他流行警句的人，一个觉得自己懂的比学到的多的少见的怪人，会说这里藏着一只尾巴还露在外头的猫。抱歉，我们要做一个不妥、无礼的比较，那就是，猫的尾巴在这里就是指已故的茹斯塔，而要找到猫的剩余部位就必须绕过拐角。西普里亚诺·阿尔格不会这样做。然而，等他回到村子后，他一定会把货车停在墓园大门那里——那天之后他再没去过，他一定会朝着妻子的坟墓走去。他也许会在那里思考几分钟，也许是说谢谢，也许是问，你为什么会出现，也许是要听听别人问，你为什么会出现，然后他会抬起头，环顾四周，就像在寻找某人一样。在这样的日头下，午饭时分，是不大可能的。

16

头五十个从窑炉中出来的是爱斯基摩人，它们离手边最近，就在入口处。这真是吉利的巧合，玛尔塔这样想道，用来练手最合适不过了，它们很容易上色，比它们还容易的就只有一身全白的护士了。当陶俑完全冷却下来后，它们就被拿到干燥架上，被面罩里的过滤器保护着的西普里亚诺·阿尔格拿着喷枪，有条不紊地将它们涂上亚光白的底色。他自顾自嘟囔着说根本用不着在嘴和鼻子上罩着这个东西，我只需确定我背后有风吹来，而且远离颜料就可以了，它们根本就接触不到我，但随后他想到，自己又在不领情了，这样很不公平，过去那么多天都是有利的天气，接下来几天就可能一丝风都没有。做完了自己活计的西普里亚诺·阿尔格开始为女儿的上色工作做准备，他把她要用的涂料、油彩罐子、笔刷、用作陶俑上色参照的彩色图稿都放置到位，又把她要坐的长凳都拿过来，可当他一看到女儿下第一笔时便说，这样不行，那些陶俑要是像这样摆成一排，你就得沿着架子不停地移动长凳，你会很累，马萨尔说；马萨尔说什么，玛尔塔问道；他说你千万要小心，不能太累；一遍遍地听同样的建议才让我感觉累呢；这是为你好；您看，如果我像这样在面前摆十二个陶俑，它们就都在我能够到的范围内，我只需挪动四次长凳，而且这样活动一下对我也好，我要提醒您，在干活的人眼前站着一个无所事事的人，没有比这更气人的啦，现在您就是这样；等过会儿我赶回的时候我一定不会忘记对你说同样的话；您已经说过了，而且，更糟的是，您还把我赶走了；我走了，没法和你说话；在您走之前有两件事，第一，如果还存在什么人您可以与之说话，一定是与我；第二呢；吻我一下。还在昨天，西普里亚诺·阿尔格才向女婿索要一个拥抱，现在又是玛尔塔向父亲索要一个吻，这个家庭正马上就要发生些什么，仿佛从现在的任何一刻开始，天空上随时就会出现彗星、北极光和骑扫把的女巫，复得会整晚朝着月亮吠个不停，即便没有月亮也如此，下一刻黑桑树就会枯萎凋零。当然，除非这只是过于感性的结果，玛尔塔的感性是因为她有了身孕，马萨尔的感性是因为玛尔塔有了身孕，西普里亚诺·阿尔格的感性则是因为一切我们已经了解的原因以及某些只有他自己知道的原因。无论如何，父亲吻了女儿，女儿吻了父亲，复得索求关注而他们也给了它一点关注，所以它也没有什么好抱怨的。西普里亚诺·阿尔格进入陶坊里开始第二批三百个陶俑的模塑工作，而玛尔塔，在黑桑树的树荫下，在复得认真的眼神的注视下——它这是在继续履行它守卫的职责——着手准备给爱斯基摩人上色。但她还无法上色，她忘了首先必须要给它们抛光，将那些锋利的边缘、小瑕疵或任何不完美的地方除去，然后拂去灰尘，而且，正如不幸之事从不单独发生、一处遗忘通常会提醒你其他的遗忘之事那样，她也无法按照之前设想的那样给陶俑上色，无法流畅地从一个颜色到下一个颜色，直到最后一刷子涂完。她记得操作手册上有一页专门提到只有当一个颜色完全干燥后才可以涂下一个颜色，这下好了，我真的需要一条流水线来操作了，她说，陶俑从我面前转过，第一次转过时上蓝色的，第二次上黄色，然后是紫色，然后是黑色、红色、绿色、白色，但愿上帝能够助你一臂之力，反正我呢，已经竭尽所能，这么说倒不是说，同样会如凡人那样忘事和疏漏的上帝会奖赏我的努力，而是由于我有自知之明地意识到，我们做不到更好的原因只是由于能力所限。纠结于“必须怎样”的问题无非是浪费时间，只要一谈到这个问题，人们的论据无非就是一些随意的词语组合，等着句法规则将它们排列起来，这样一来它们就会被赋予一种连它们自己也不确定是否有的意义。玛尔塔让复得留下看着那些陶俑，停止对于无可避免之事的争辩，走进厨房，把仅有的一些细砂纸取来，这些用不了多久了，她想，我得再买些。她要是去陶坊瞧上一眼，就会发现那边的工作进展也不顺利。西普里亚诺·阿尔格向马萨尔吹嘘说自己发明了一些能提高工作效率的捷径，但我们要说，从整体上看，那确实是捷径没错，但我们马上就会发现效率与质量不成匹配，产出的残次品数量和第一批相比多了太多。玛尔塔重新投入工作之后，第一批伤残的陶俑已经被摆到架子上，但西普里亚诺·阿尔格在计算了节省的时间和损失的陶俑后，决定继续他那多产的但同时既不应受谴责又不能完全被称之为捷径的工作方法。就这样一连过了几天。爱斯基摩人出炉了，小丑也出炉了，接下来是护士、清朝官吏和大胡子亚述人，最后弄臣也完成了，全都靠着窑炉墙边摆放。第二天，玛尔塔去村里买了两打砂纸。这是伊佐拉刚刚开始工作的店铺，玛尔塔是知道的，她在伊佐拉与她父亲那次令人心烦意乱的会面——当然在情感上是这样讲——之后不久便去看望过她。这两个女人并不经常见面，但她们之间有太多成为亲密朋友的理由。玛尔塔很小心地不让店主听到，她问伊佐拉工作是否已经走上轨道，伊佐拉回答说是的，已经稳定了，我会习惯的，她说。她说这话时没有表露出喜悦，但是很坚定，好像想要表明，接受这份工作与喜好并无关联，而是她的意志，只是意志。玛尔塔想起了伊佐拉之前和她说过的话，任何工作都可以，只要能继续在这里生活。在伊佐拉接下的问题中——她边问边把砂纸卷起来，按要求卷得松一些——玛尔塔听到了一些言外之意，虽然含混但也能辨认得出，家里人都还好吗；噢，很累，工作十分辛苦，但都还挺好的，马萨尔，可怜的家伙，休息日还得给窑炉烧火，他的背肯定疼坏了。砂纸卷好了，当她接过钱后找零的时候，伊佐拉没有抬头，问道，你父亲还好吗。玛尔塔只能说父亲挺好，一个不安的念头闪过她的脑海，我们如果搬走了，这个女人要怎么活下去。伊佐拉道过再见，她得去招呼别的顾客了，帮我问候他，她说。如果那时玛尔塔问了她，我们搬走后您要如何生活下去，她也许会像之前那样冷静地回答，我会习惯的。是啊，我们经常听到，我们也经常对自己说，我会习惯的，我们或别人在这样说的时候，似乎是在真正接受这个观点，因为确实也没有，至少迄今为止没有发现有别的办法，来用一种尽可能有尊严的方式去表达我们放弃了，从没有人问起我们这种习惯的代价是什么。玛尔塔几乎是含着眼泪离开了那家商店。她感到一种绝望的悔恨，仿佛在因欺骗了伊佐拉而自责，她想，她毫不知情，她甚至不知道，我们就要搬离这里了。

他们又一次忘了给复得喂食。复得想起了从前忍饥挨饿的日子，那时它对明天的所有期待就是可以满足它那渴望食物的胃，它没有抱怨，不过，它却忘了作为一个看守的职责，就在狗舍前面躺下了，因为古语有云，饿的时候躺着会比较容易忍耐，它一直耐心等待着，直到其中一位主人一拍脑袋喊道，噢该死，我们把狗忘了。这丝毫不奇怪，那段时间里，它的主人们几乎连自己都忘了。但也正是由于他们废寝忘食地沉浸在各自的工作中——尽管西普里亚诺·阿尔格一直告诉玛尔塔，你得休息，你得休息——当到了西普里亚诺·阿尔格又要去中心接他的女婿的时候，这三百个从窑炉中出来的陶俑已经被一一抛光、清洗、上色、晾干了，而另三百个未经烧制的无可挑剔的陶俑也被笔直地列成了一排，没有可见的缺陷，并在高温和微风的帮助下被一一晾干，等待装窑烧制。在一番忙碌过后，陶坊似乎陷入了沉睡，静谧无声。在黑桑树的树荫下，父女二人凝望着在架子上排列整齐的这六百个陶俑，在他们看来，这活干得不错。西普里亚诺·阿尔格说，我明天就不到陶坊干活了，这样马萨尔也多一个帮手；玛尔塔说，我认为我们应该休息几天然后再着手下一批的制作；西普里亚诺·阿尔格问，三天怎么样；玛尔塔回答，总比不休息的好；西普里亚诺·阿尔格问，你身体感觉怎么样；玛尔塔答，虽然累，但感觉还不错；西普里亚诺·阿尔格说，我感觉自己的身体也一样好；玛尔塔说，那一定是我们漂亮地完成工作的回报。这句话里没有任何的讽刺意味——尽管听着可能并非如此——有的只是疲惫，如果不是胡乱地去刻意夸大的话，这种疲惫感可以说是无限强烈的。不管话是怎么说的，这种疲惫感都不是身体上的，它来自于看到父亲痛苦失望和无法掩饰的悲哀，看到他情绪的起伏，看到他想要表现出自信与权威的可怜的尝试，看到他执迷不悟地重复着他的疑惑，却只能无助地站在一旁而做不了任何事。而那个女人，伊佐拉，伊佐拉·马德鲁加，那位水罐邻居，对于她问到的父亲还好吗这个问题，玛尔塔只回答了，父亲挺好，她是嗫嚅着提问的，提问时眼眉低垂，一边还数着找零，而那时她本应挽着她的手臂，陪她走到陶坊，找到正在工作的父亲然后说，他就在那儿，再把门关上，留他们单独在那里，直到话语来营救他们，可怜的人啊，因为沉默就只是沉默，仅此而已，没有人不知道，很多时候，即使是那些看似最善雄辩的沉默也会导致错误的解读，而这种解读所产生的结果往往是最为严重的，有时甚至是致命的。玛尔塔看着似乎已经入睡的父亲，思忖道，我们过于担忧，过于懦弱，以至于不敢冒那样的险，我们过于拘泥于那种叫作礼节的东西，拘泥于什么合适，什么不合适，无论是谁，如果发现我这样做了，都会立刻找到我说，就这样把一个女人扔到一个男人面前，是对他人身份彻底的不尊重，他们一定会这样说，这是不负责任的鲁莽行为，谁能知道将来会发生什么，幸福这样东西，不是今天被创造出来就一定还能持续到明天，说不定哪一天我们就会看到，曾经在一起的又分开了，其中一个又会说道，错在于你。玛尔塔不愿屈服于这种常识的论调，这是生活这场艰难的战役所致的怀疑论结果，只是因为害怕没有未来就把现在也放弃，这太荒谬了，她接着对自己说，而且并不是所有事都一定要发生在明天，有些事只会发生在后天；你说什么，父亲立刻问道；什么都没说，她答，为了不把您吵醒，我只是静悄悄地在这儿闭嘴坐着；我没有睡着；您看上去像是睡着了；你刚刚说有些事只会发生在后天；奇怪，我真的这样说了吗，玛尔塔问；我可不是在做梦；那就是我在做梦了，我一定是睡着了但马上又醒了，梦就是这样，没头没尾的，或者说，有头有尾，但头在一个地方，尾在另一个地方，这也就是梦境很难解释的原因。西普里亚诺·阿尔格起身，差不多快到去接马萨尔的时间了，但我在想或许先去一下采购部比较好，告诉他们头三百个已经做好，协商一下发货时间。听上去是个好主意，玛尔塔说。西普里亚诺·阿尔格去换衣服，他穿上一件干净衬衫，换了鞋，不到十分钟的时间，他已经准备上车。一会儿见，他说；一会儿见，爸爸，小心点开车；回来要更小心，我替你说了；是的，要更小心，因为回来是两个人；我总说什么来着，不能与你讨论也不能与你争吵，因为一切问题你都能回答。复得走过来询问主人这次可否同去，但西普里亚诺·阿尔格说不行，耐心等着，城市对于狗来说不是什么好地方。

这段路途，一遍又一遍地已经走过太多次，如果不是陶工心神不定地预感到会发生一些坏事情，本是没什么故事可讲的。他突然想起他听到女儿像是随便说出来的那句话，有些事只会发生在后天，这些话毫无缘由，也并不和什么押韵，连她自己都解释不清或不愿解释，我很怀疑她并没有睡着，但我不懂她为什么要说她在做梦，他想。然后他想到了更多，他任由自己的思绪沿着同一条路驰骋，那些话语像喋喋不休的祷告在他的头脑中回响，有些事只会发生在后天，有些事只会发生在明天，有些事只会发生在今天，然后他又将这几句话倒过来念，有些事只会发生在今天，有些事只会发生在明天，有些事只会发生在后天，他如此重复了太多遍，到最后，明天以及后天这两个词的含义和发音都已经消失，他的头脑中只剩下发生在今天。发生在今天，今天，今天，今天，就像有一盏警报灯在不停闪烁，今天什么，他突然问自己，想要摆脱头脑中那些令他握着方向盘的手颤抖不已的可笑的不安，今天我要开车去城里接马萨尔，我要去采购部，告诉他们第一批已经准备好发货，所有我做的这些都再正常不过并且符合逻辑，我没有理由担心，并且我开车也很小心，路上车也不多，最近也没有打劫的，至少我没听说过，一切都是一如既往的平常事，同样的路，同样的话，同样的姿势，同样的接待处，微笑的副主管或是无礼的副主管，或是主管自己在不开会的时候忽然想到要见我一下，然后货车的门打开，马萨尔上车，下午好，爸爸；下午好，马萨尔，这星期工作怎么样，我不知道你们是不是把十天叫作一星期，我实在是不知道该叫什么好；噢，和平常差不多，他会这么说；我们已经做好了第一批陶俑，并且我已经和采购部约定好了发货时间，我会这样说；玛尔塔怎么样，他会这么问；噢，有些累，不过很好，我会这样回答，我们不断重复同样的话，如果说我们死后到了另一个世界，有人愚蠢地问我们，你们还好吗；噢，死了，不过很好，我们要是这样回答的话，我一点都不会惊讶。为了摆脱掉那些困扰他的不祥之念，西普里亚诺·阿尔格试着将注意力集中到窗外的风景上，他这样做纯粹是出于绝望，因为他清楚地知道，压抑的塑料温室大棚在路的两侧延伸直到消失在地平线，看着这样的景色是找不到任何安慰的。他们就把这里，这样荒凉阴郁的地方，称之为“绿带”，他想，这些好像肮脏冰块一样的东西，将里面劳作的人融成汗水，在很多人看来，这些温室大棚都是机器，种菜的机器，这实在没有任何难度，就像是一张食谱配方，把原料混合到一起，设置好恒温计和湿度计，一按按钮，不一会儿就长出了一棵生菜。当然，西普里亚诺·阿尔格心情虽不愉快，但他也承认，正是因为有了这些温室大棚，餐桌上才能一年四季都见得着菜蔬，他只是受不了他们非要选择“绿带”这样一个名字，这个地方，除了大棚外面一些想要疯长的杂草，目光所及之处没什么东西是绿色的。如果那些塑料板是绿色的你会不会感觉开心一点，被硬扯到大脑下层的思绪问出这样一个生硬的问题，不安宁的思绪从不满足于大脑上层所想到或决定的，但西普里亚诺·阿尔格选择不去回应那个正中要害的问题，他假装自己不曾听见，或许因为所有正中要害的问题都会自动采取某种无关紧要的语气，就好像有人要求它们多难也要尽量掩饰自己。工业区越来越像一个不断扩张的管形建筑，就像是由怪人设计、疯子建造一般。它没能让他的情绪好转，但至少那种夹杂着不祥预感的焦虑现在安静了下来。他看到棚户区的边缘更加靠近马路了，就如同蚂蚁大军在雨后继续行进，他想到不久之后对卡车的抢劫又要卷土重来时不禁耸了耸肩，然后，像要奋力摆脱身后的阴影一般，他将车驶入了城市拥挤混乱的车流中。现在去接马萨尔还太早，他有充裕的时间去采购部。他没有要求见采购部主管，他已经很清楚自己来这里的目的只是要提醒他们自己的存在，一张来访卡是让他们不要忘记他，不要忘记三十公里外的一个窑炉正在辛勤烧制黏土，不要忘记一个女人正在上色而她父亲正在塑模，更不要忘记他们的眼睛都在注视着中心，不要和我说窑炉是没有眼睛的，它们有，如果没有的话，它们就不会知道自己正在做什么，所以它们有眼睛，只是和人的眼睛不一样。那天的那位副主管接待了他，那个亲切的、脸上挂着微笑的人，他们先前已经打过交道，今天是什么风把您吹来了，他问道；三百个陶俑已经准备好了，我来只是想问问什么时候我可以把它们送过来；您想什么时候都行，明天就可以；我不知道明天是否可以，明天我女婿会回家休假，他要帮我把下三百个陶俑放进窑炉；那就后天，总之要尽快，我想要立刻实施；您指的是我的陶俑；正是，您还记得我提到过做一份调查问卷吗；我记得，是的，要调查购买前后的状况；恭喜，您的记性很好；以我这个年纪还不坏；我们已经在很多案例中实施过那个想法，并且收效极好，关键在于把一定数量的陶俑按照不同的社会文化领域分配给一定数量的潜在买家，然后调查他们对于产品的意见，我这么说是为了能简单地把事情说清楚，我们问的具体问题要复杂得多，您应该能想到；我没有过这种经历，副主管先生，我没问过也没回答过这样的问题；我甚至在想，把您最开始的这批三百个陶俑用在问卷里，选择五十位顾客，给他们每人免费提供一套完整的六个陶俑，几天之内我就会知道他们关于产品的意见；免费吗，西普里亚诺·阿尔格问，您是说不会付我们钱了吗；怎么可能，我亲爱的先生，我们当然会付钱，这个实验费用由我们来负担，我们会确保覆盖每一项支出，我们不愿做任何损害您利益的事。西普里亚诺·阿尔格才略微松了一口气，脑中却又冒出一阵不安，那就是，如果调查问卷的结果很坏，如果大多数的顾客，或者全部顾客对所有的问题都给出了明确的答案，不，我不感兴趣。

他听到自己说，谢谢，这样说不只是出于礼貌，也是出于公平，毕竟并不是每天都有人过来说他们不愿做任何损害我们利益的事，用这样的好消息安慰我们。不安又开始侵蚀他的胃部，但现在他有问题却问不出口，他想离开那里，好像口袋里揣满了只有在茫茫大洋上才能打开的密封信笺，而那些信笺上记录、标绘、书写着的，是他的命运，今天，明天，后天。副主管之前问的是，今天什么风把您吹来了，之后他说，明天就可以，然后他决定，那就后天，话语确实就是这样，它们来来去去，去了又来，来了又走，但是为什么它们会在这里等着我，为什么它们同我一起从家出来而且一路上都没有放过我，不是明天，也不是后天，而是今天，此时此刻。突然之间，西普里亚诺·阿尔格对眼前的这个男人萌生了恨意，这位亲切、友善、几近慈爱的副主管，那天他们还能以平等的姿态就事论事，尽管两人有着明显的年龄和社会阶层差距，但不论哪个方面都没能阻碍两人建立在互相尊重基础上的关系，至少那时看上去如此。如果有人一刀戳穿你的肠子，那人至少应该是一副面目可憎的样子，面带仇恨与残忍、狂怒甚至毫无人性的冷血表情，这才配得上谋杀的恶行，但是，亲爱的上帝啊，请不要让他们在把你的内脏扯出来的时候还面带微笑，不要让他们鄙视你到如此地步，不要让他们用虚假的希望，我是说，比如，别担心，什么事都没有，缝上几针之后你又会完好如初，又或者，我衷心希望调查问卷的结果是乐观的，相信我，没有什么事情能比这更让我感到欣慰。西普里亚诺·阿尔格含糊地动了一下脑袋，那姿势不知是在表示赞成还是反对，可以肯定的是这动作毫无意义，之后他说，我得去接我女婿了。

他离开地库，绕着中心转了转，把货车停在了可以看见保安人员入口大门的地方。马萨尔比平常稍迟了些出来，上车的时候看上去有些紧张，下午好，爸爸，他说；西普里亚诺·阿尔格回答，下午好，这星期工作怎么样；跟平常差不多，马萨尔答；西普里亚诺·阿尔格说，我们已经完成了第一批陶俑，我已经和采购部约定了发货时间；玛尔塔还好吗；有些累，但是很好。一直到出了城，他们都没再说话。直到他们经过棚户区时马萨尔说，爸爸，他们刚刚通知我，说我已经升职了，从今天起我就是中心常驻保安了。西普里亚诺·阿尔格转过头看他，仿佛头一次见他，今天，不是后天，不是明天，今天，他的预感是对的。今天，什么，他问自己，隐藏在问卷问题中的威胁，或者，现在这个威胁，在蛰伏了这么久之后终于现身了。我们一直知道开车的这个人从不怀疑这个可怕的消息会有到来的一天，但今天他就好比遇上了两场火灾，突然不能决定先灭哪一场才好，这也是可以理解的。不过，让我们直截了当地透露一下——尽管这样做是在冒险扰乱事件的正常顺序——在接下来的几天里，关于和采购部副主管的那场令人不安的对话，西普里亚诺·阿尔格不会对他的女婿或女儿透露一个字，他最终是会说的，但要在很久之后，当一切都已经失去时。现在他只是和女婿说，恭喜，你一定非常开心，老套的说辞，几乎不含感情色彩，这些话早就应该说出口的，马萨尔不会说谢谢，他不确定他自己是不是像岳父看到的那样开心，也许少一些，也许多一些，他说，对您来说这不是个好消息，样子十分严肃。西普里亚诺·阿尔格明白他的意思，似笑非笑着瞥了他一眼，像是在嘲笑自己的顺从，他说道，即使最好的消息也不是对每个人都有利；您会看到，最后都会好的，马萨尔说；别担心，在我告诉你我会搬到中心去和你们同住的那天，一切就都已经决定好了，我说过的话不会收回；住在中心并不是被流放，马萨尔说；我不知道住在中心会怎样，只有等我去了那儿才会知道，而你，是的，你是已经知道的，而从你口中我从没听到过任何解释、讲述或是描绘，来让我真真切切地明白，你这样言之凿凿地说生活在中心并不是被流放这句话的根据到底是什么。爸爸您是到过中心的；几次而已，只是路过，就像知道想要买什么的顾客那样；我想对中心最好的解释就是把它想成是一座城中之城；我不知道这算不算最好的解释，无论如何这都不足以让我了解中心里面有些什么；中心里面有的东西在任何一个城市里也都有，店铺，人来人往，有路过的，购物的，交谈的，用餐的，娱乐的，工作的；你是说和我们现在生活的那个偏僻的小村庄一样；差不多，只是规模不一样而已；不会就那么简单；总会有些事就是那么简单；或许吧，但我觉得在中心情况不是这样。短暂的停顿之后，西普里亚诺·阿尔格说，说到规模，很奇怪，你知道的，但每次我从外面看着中心，我都有一种感觉，就是它比城市本身还要大，我是说，中心是在城市中没错，但它比城市还大，也就是说部分比整体还大，或许只是它比周围其他的建筑都高、比城里任何建筑都高的缘故，或许是因为，从一开始，它就一直在吞噬着街道、广场、整个街区。马萨尔没有马上回答他，他的岳父刚刚道出的这种含糊的感觉也是一直萦绕着他的困惑，每次在他结束休假后回到中心时，尤其是当他值夜班的时候，伴着昏暗的光线，沿着空寂的拱廊，在电梯里上上下下，他就像是在守卫一种虚无，好让虚无能够继续安然存在。在空旷的大教堂里，如果我们仰望穹顶，望向建筑的最高处，我们就会有一种感觉，觉得它比天空还要高。一阵沉默过后，马萨尔说，我想我明白你的意思了，然后就此打住，他不想让他的岳父再次陷入绝望的抗拒情绪而无法自拔。但西普里亚诺·阿尔格的注意力转移到了另一个地方，你什么时候搬走；越快越好，我已经看过了他们为我留出的公寓，比我们的房子要小，但可以理解，无论中心再怎么大，它的空间也不是无限的，所以必须控制供应量；你觉得住得下我们几口人吗，陶工问道，他希望女婿没有注意到话的最后流露出的可悲的讽刺语气；住得下，不要担心，那个公寓足够住下我们这样一家人，马萨尔重复，我们不必轮流睡觉什么的。西普里亚诺·阿尔格心想，我让他厌烦了，我不该问那种问题。一直到回家，他们都没再说什么。玛尔塔得知消息后，没有表露出任何感情。当你知道有些事迟早要发生，在某种程度上，它就好像已经发生了一样，期望不仅仅是抵消了惊喜这么简单，它还让感情变得迟钝，变得琐碎，人们在期待或担心什么事的时候，早已经历过对它的渴望与担忧了。在晚饭时，马萨尔补充了一条之前他忘记说的重要消息，这让玛尔塔困扰不已，你是说我们不能带任何自己的东西过去；你可以带一些，比如说家里的装饰品，但不能带家具，也不能带碗碟，杯盏也不行，刀叉也不行，毛巾也不可以，窗帘、床单都不行，公寓已经准备好了这些东西；所以我们并不是真的搬家，至少不是通常含义的搬家，西普里亚诺·阿尔格说；我们人是要搬的；所以我们要把所有东西都留在这个屋子了，玛尔塔说，我们没有别的选择。玛尔塔想了一会儿，之后不得不接受现实，我会经常回来，开开窗户给屋子透气，一个常年紧闭的房子就好像忘记浇水的植物，会死，会变干，枯萎。他们吃完了饭，玛尔塔收拾餐具之前，西普里亚诺·阿尔格说，我一直在考虑。女儿和女婿交换了一下眼神，好像在互相给对方传递一种警告。当他说他一直在考虑的时候，你永远不知道他要说出什么。我第一个想法是，陶坊要继续运转，马萨尔明天要来帮我烧窑；我要提醒您，我们说好要休息三天的，玛尔塔说；你从明天开始休息；那您呢；我很快就开始，只是需要等一阵子；所以这是您的第一个想法，那第二个和第三个想法呢，玛尔塔问；明早第一件事就是把窑炉收拾好，我是说那些陶俑还是要烧制的，但我们不点火，我迟些再做这个，然后你们要帮我把做好的陶俑装到货车上，我把它们送到中心去，你们在家享受没有我指指点点的二人世界；您和采购部是这样商量的吗，明天把陶俑送过去，马萨尔问，我感觉不应该是这样的，我觉得我们应该迟些把它们送过去，我们三个一起。还是这样比较好，西普里亚诺·阿尔格说，我们可以节省时间；您在这儿节省了时间，但要在别的地方浪费掉，下一批陶俑要推迟了；不会太久的，我从中心赶回来后会尽快给窑炉点火，不知道这会不会是最后一次；您这是什么意思，我们还有六百个陶俑要做呢，玛尔塔说；对此我并不确定；为什么；第一点，搬家，中心可不会干等着让常驻保安马萨尔·加修的岳父先完成一笔订单再说，虽然他们一定会说给我们时间，假如真有时间，我可以独自完成，第二点；第二点是什么，马萨尔问；人一生中总会有一些意料之外的事情发生，有时我们觉得我们知道事情会怎样发展，但我们选择无视它，其余时间我们根本猜不到事情会是怎样，但我们知道这就是人生；求您了，别像个预言家那样说话，玛尔塔说；好吧，预言家都是沉默的，我们就只看当下要发生的事情，我想说的是如果很快就要搬家的话，就没有时间解决剩下六百个陶俑的问题了；这个问题和中心商量一下就行，玛尔塔对她丈夫说，推迟三四星期不会有什么问题，和他们说说，毕竟，他们决定给你升职也花了很长时间，现在他们应该能帮我们，何况这也是为他们自己好，因为这样一来他们就能拿到全部的订货了；不，我不能去和他们商量，这不可能，马萨尔说，我们只有十天的时间来搬家，一个小时也不多，规定就是这样，到下次我休息的时候我必须要搬进新公寓去；你可以在这里休息，西普里亚诺·阿尔格说，在你乡下的家里；这样看上去可不好，刚升职当上常驻保安第一个假期就离中心那么远；十天并不是很久，玛尔塔说；如果我们要搬家具和其他这些东西的话，待十天确实不久，但我们全部要带的只有我们自己和我们穿的衣服，这些东西只需要半小时就能收拾好；那样的话，我们剩下的订单怎么办呢，玛尔塔问道；中心知道该怎么办，中心会告诉我们什么时间合适，陶工回答。在丈夫的帮助下，玛尔塔收拾好了桌子，然后走到门边去抖掉桌布上的碎屑，她在那里站了一会儿，望着外面，然后走了回来，说道，还有一个问题不能等到最后一刻才解决；什么问题，马萨尔问；那条狗，她回答；你是说复得，西普里亚诺·阿尔格说，玛尔塔继续说道，既然我们不打算杀掉它或者遗弃它，我们得给它找个家，把它托付给其他人照顾。你知道他们是不让养动物的，马萨尔解释道，看着他的岳父；连只乌龟都不行吗，连只金丝雀，甚至一只小鸽子都不行吗，西普里亚诺·阿尔格问道；您好像突然不关心狗的命运了，玛尔塔说；复得的命运；复得的命运，狗的命运，一回事情，重要的是我们要决定拿它怎么办；我有个提议；我也有个提议，西普里亚诺·阿尔格打断她，然后立刻起身走进他的房间。几分钟之后他回来了，一言不发地穿过厨房走了出去。他把狗叫过来，过来，他说，我们去散散步。他和狗走下坡去，到了路旁往左转，离开了村子，朝着田野大步走去。复得紧跟他主人的脚步，它一定是想起了那段不幸的流浪岁月，他们把它从后院赶了出来，连水都不让它喝一口。尽管没有什么能使它畏惧，尽管夜里的黑影也不会惊吓到它，但它现在也宁愿躺着，能蜷在厨房里的三人中的其中一人的脚边那就更好，说三人中的其中一人并非因为它不在乎，好像随便怎样都可以，而是因为它也愿意另外那二人能在它的视线和嗅觉范围里，还因为它想要换一个地方时随时都可以换而不破坏那一刻的和谐与幸福。他们走得并不很远。西普里亚诺·阿尔格刚刚坐过的石头就如同他的沉思之凳，也是出于这个原因，他才离开了家，如果他坐到那张真正的沉思之凳上，他女儿一定会从厨房门口望见他，很快她就会过来问他是否安好，这些关心当然值得感激，但人类的本性就是如此古怪，有些时候甚至连最诚挚和衷心的举动都会变成纠缠和打扰。现在无须去描述西普里亚诺·阿尔格的所思所想，因为他早已在其他场合想过了，而其内容我们也已经了解得足够多。而以前没有过的，就是他让两行痛楚的眼泪流过了脸颊，压抑了太久太久的眼泪，一直想要流出来，但是最终，全部积攒到了这个悲伤的时刻，在这个看不见月光的夜里，在这个他不愿承认孤寂的一刻。复得走过来，将主人的眼泪舔干，对我们来说这并不新奇，因为在寓言故事中，在有关狗的历史神话里这样的情节经常上演，最大的安慰莫过于此了，然而，无论这看上去有多么令人感动，感动到能够触动一颗通常情况下不为情感所动的心，也不应使我们忘记这个赤裸的现实，那就是，带着咸味的眼泪其实是大部分狗的美味琼浆。但这一点也不能否定复得的感情，如果我们问复得，是不是因为咸味才去舔主人的脸，它大概会回答说，我们不配吃面包，我们无法看清比自己鼻尖更远的地方。他们在那待了两个多小时，狗和主人，都沉浸在自己的思绪中，但不再是一个哭，另一个过来舔干眼泪，而是等待着，等待世界或许会恢复到一切正常，等所有事物都各归各位，而直到此刻，有些东西还不曾找到栖身之所。

17

第二天早晨，西普里亚诺·阿尔格按照约定将制作好的陶俑运往中心。其余的陶俑已经在窑炉里等待着轮到自己。西普里亚诺·阿尔格起得很早，他起的时候女儿和女婿还在睡梦中，当马萨尔和玛尔塔睡眼惺忪地出现在厨房门口时，早餐已经快准备好了。他们一起吃了早饭，其间说着用餐时常有的对话，还要加点咖啡吗，把面包递给我好吗，这儿还有果酱，早餐过后马萨尔去帮丈人完成剩下的活，随后又干了一件细活——将三百个陶俑装入此前装陶器的箱子里。玛尔塔告诉父亲，她要和马萨尔一同去他父母家，必须得告诉他父母即将搬家的事情，我们要看看他们会如何反应，但无论如何都不会留在那里吃午饭，等您从中心回来，我们大概也回到这里了，玛尔塔道。西普里亚诺·阿尔格说他要带着复得一起走，玛尔塔就问昨晚他说想到了一个差不多能解决狗的问题的办法时是不是想到了城里的某个人，他回答说不是，但值得考虑，那样的话复得就可以离他们近一些，什么时候想看它就可以去看。玛尔塔说，据她所知父亲在城里没有什么亲近的朋友可以值得这般信赖，她刻意强调了值得二字，可以让它在那人家里像人一样被尊重。西普里亚诺·阿尔格回答说他不记得哪次说过自己在城里有好友，他带着复得一起走是为了清理掉一些不愿有的念头。玛尔塔说如果他有这样的念头，应该和他的女儿分享，她就在他的身边，西普里亚诺·阿尔格回答说，和她说任何想法都只是多此一举，因为她太了解他的那些想法，甚至比他自己还了解，当然，虽然不至于像录在录音机里那样一字不差，但她了解那些更深层、更本质的想法。于是她说，依她拙见，事实正好相反，她对那些本质、深层的念头一无所知，还说他说的很多话在她听来不过是烟雾弹，在某种程度上这也无可厚非，因为很多时候话语的作用就在于此，但有时会更糟，那就是话全都被藏在肚里不说出来、筑成了一面厚重的沉默之墙的时候，面对这样的一面墙，人们往往是不知所措的。昨晚我一直在这等您，马萨尔已经睡了一个小时了，但我等啊等，我亲爱的父亲，您却在外面天知道哪个地方遛狗；我们走到田野里的什么地方去了；啊，是的，田野，大晚上的没有哪儿比田野更适合散步的了，在那里你甚至看不见自己的步子迈在什么地方；你应该睡觉的；我最后睡了，趁我还没有变成雕像；那就什么问题都没有了，不要再说这事了；不，不是什么问题都没有；为什么；因为您夺走了我那一刻最想要的东西；那是什么东西；看到您回来，没有别的，就是看到您回来；有一天你会明白的；我也希望是这样，但是不要再说了，拜托，我受够了。玛尔塔的眼里闪着泪光，别理会我，她说，看来，当我们，脆弱的女人们，当我们怀孕的时候，我们没有别的行为方式，一切都会表现得夸张。马萨尔从院子里喊道，装箱完毕，随时可以出发，西普里亚诺·阿尔格走出屋，上了货车又唤了复得。这条狗，从没想到自己会有如此好运，它像一道闪电般蹿到主人身边，坐下来，带着微笑，张着嘴，伸着舌头，因期待着即将开始的旅程而激动，在这件事上——如同在很多其他事情上一样——人类和狗是非常相像的，他们都把全部希望都押在可能即将到来的事情上，然后说，好吧，让我们看看接下来会发生什么。当货车消失在村庄最外头的几幢房屋后面的时候，马萨尔问她，你们吵架了吗；这是常事，如果我们不说话，我们会不开心，如果我们说话，我们又会拌嘴；要有耐心，谁都看得出来，你父亲现在觉得自己正生活在一个小岛上，而这个小岛每天都在缩小，现在他正开车拉着陶俑行驶在去往中心的路上，然后他会回来给窑炉点火，但他做这些的时候好像不知道为什么还要做下去一样，好像他在期待着某种无法克服的困难挡住他的去路，这样他终于可以说，好吧，这下完了；是的，我想你可能是对的；我不知道我对不对，我只是试着把自己放在他的位置，一个星期之内，我们此刻所见的这一切大多都会失去原有的意义，这房子还会是我们的，但我们已经不住在这房子里了；窑炉也再称不上是窑炉，因为不会再有人每天这么叫它；黑桑树还会继续结出桑葚，但不会再有人去摘；我虽不是在这个屋檐下出生长大，但即使对我来说离开这一切也都不容易，更别说你父亲；我们会经常回来的；是啊，正如他半是嘲讽地说过，回到我们乡下的家；玛尔塔问，还有别的解决办法吗，你不干保安，回来和我们一起在陶坊工作，做没人想要的陶器和陶俑；对于我来说，只有一种出路，就是在中心当常驻保安；你已经当上了；我当初以为这是我想要的；现在呢；现在我从你父亲身上学到了以前不知道的事情，你可能没有注意到，但我有责任提醒你，你嫁的这个男人比他看上去要老得多；这我早就知道了，我有幸见证了他衰老的过程，玛尔塔笑着说道。但她的脸马上又严肃了下来，是真的，一想到要离开这一切我的心就会痛。他们并肩坐在黑桑树底下的一个干燥架上，他们看着眼前的家，背后是陶坊，如果他们稍微转过一点头来，就能看见枝叶间掩映着的敞开的窑门，真是个美好的清晨，阳光明媚，但凉爽宜人，也许要变天。他们感觉不错，尽管有伤感，但感觉几近幸福。幸福有时会让自己用一种忧郁的方式展现出来，这也并不罕见，但是突然，马萨尔从干燥架上起身，喊道，我忘了，我爸妈，我们必须得去和我爸妈谈谈，我和你打赌，赌什么都行，他们一定会唠叨个不停，说他们才应该和我们一起住到中心去而不是你父亲；我在的话可能就不会了吧，出于礼貌，出于得体考虑；但愿如此，希望你是对的。

然而并没有。当西普里亚诺·阿尔格去中心送完陶俑回来，正穿过村庄朝着家里的方向开的时候，他看到女儿和女婿正在他前面走着。马萨尔的一只胳膊搂着她的肩，看上去像是在安慰她。西普里亚诺·阿尔格把车停下，上车，他说，他没有让复得到后座去，因为他知道他们想要在一起。玛尔塔想擦去脸上的泪水，马萨尔说，别难过，你知道他们就是这样，如果我早知道他们是这种反应，我不会带你一起去见他们；发生了什么事，西普里亚诺·阿尔格问道；和那天的情形一样，他们想要住在中心，说什么他们比别人都有资格，也该轮到他们享享福了，他们根本不管玛尔塔也在场，和那天一样闹得非常难堪，我要替他们道歉。这一次西普里亚诺·阿尔格没有再说他要让出自己的位置，那会像在伤口上撒盐，他只是问道，最后怎么收场的；噢，我告诉他们分给我的公寓只是为一对夫妻和一个孩子设计的，最多再允许一位家庭成员住进去，那我们只要腾出一个房间来做卧室，那个房间本来是打算用作储藏室的，但两个人绝对不行，因为住不下；他们怎么说；他们问如果我们有了更多孩子之后怎么办，我告诉他们实情，那就是，如果那样的话，中心就会让我们搬到更大的公寓去，他们就问为什么中心不能考虑到常驻保安的父母也想要在那住呢；你怎么说的；我告诉他们现在提这个要求已经迟了，必须得在截止日期之内，得符合规定，但或许，迟些时候，我们可以重新考虑一下现在的状况；所以，你把他们说服了；恐怕没有，但想到有一天还是可以住到中心去，他们还是稍微高兴了一点；但下次就不灵了；是的，因为他们不会放过这个机会，他们说没有早一些提出来不是他们的错；你的父母不是傻瓜；尤其是我母亲，因为她的意愿比我父亲更强烈，她一直都很难对付。玛尔塔停止了哭泣，你感觉怎么样，西普里亚诺·阿尔格问；又羞辱又惭愧，羞辱是因为当面听到针对我的争吵，而我又不能调解，还有惭愧；为什么；因为不管我们愿不愿意，他们有着和我们同样的权利，是我们在篡改规则他们才不能搬到中心去的；不是我们，是我，马萨尔打断说；是我不想要和我父母亲一起住，和你还有爸爸无关；但我们也是造成这种不公的帮凶；你看，我知道对一个外人来说我的态度看起来一定是应受到谴责的，但这个选择是我自由自愿的决定，是为了避免更坏的情形出现。我不想和我的父母亲一起生活，我当然也不愿意我的妻子和孩子也要忍受他们，爱让人团结，但不能团结每个人，这可能就是为什么一些人想在一起的原因恰好是另一些人想要分开的原因；那你怎么会这么确定这原因会让我们更倾向于在一起而不是分开呢，西普里亚诺·阿尔格问；只有一个原因让我庆幸我不是您的儿子，马萨尔说；让我猜猜；并不难猜；因为如果你是我儿子，你就不能娶玛尔塔了；正是，您猜对了。他们俩都笑了。玛尔塔说，这一幕让我希望我的孩子是个女儿；为什么，马萨尔问；因为她可怜的母亲不会坚强到能够孤立无援地承受住她父亲和祖父的自鸣得意。三个人又笑了起来，幸好，马萨尔的父母没在一旁听到这些，不然他们会认为阿尔格一家是在嘲笑他们的损失，他们的儿子被蒙蔽至如此地步，竟也跟着嘲笑起生养他的人来。他们开过了村庄里最后的几栋房子。复得看到陶坊的屋顶、黑桑树以及窑炉一侧墙的上半部分出现在山顶时发出了欣喜的吠叫。

有人说，游历对于精神的塑造极其重要，然而，一个人无须智力超群便可理解，精神，不管如何游历四方，都需要不时地回趟家，因为只有在家里它们才能获得并保持一种良好的自我感觉。玛尔塔说，我们在这里讨论家庭矛盾，讨论羞耻、屈辱、虚荣、单调且无意义的野心，我们都没有想想这个可怜的小动物，它都不知道再有十天就要离开我们了。我想到了，马萨尔说。西普里亚诺·阿尔格没有说话。他把右手从方向盘上拿开，就像是对待一个孩子那样，用手抚过复得的头。当货车在柴棚旁边停妥后，玛尔塔第一个下车，我来做午饭，她说。复得不等它这边的车门打开，就从前座中间钻出来，跃过马萨尔的腿直奔窑炉的方向去了，它的膀胱急需得到释放。马萨尔说，现在就我们两个，和我说说送货的情况；和平常一样，我交了发货单，卸了货，然后他们进行清点，接待我的人挨个儿检查了陶俑，每个都很好；没别的吗；你为什么这么问；自从昨天开始，我就感觉您一直在隐瞒着什么；但我把一切都告诉你了，我没隐瞒任何事情；不，我并不是说关于送货的事，只是一种感觉，从您到中心接我之后就开始有；你指什么；老实说，我不确定，我在等您说明白，比如，昨晚吃饭时您那番莫名其妙的评论。西普里亚诺·阿尔格没有说话，手指在方向盘上敲打，似乎想用敲击声是奇数还是偶数来决定要不要给予回应。最后，他说，你跟我来。他下了车，马萨尔跟在他后面，走到窑炉那里。他将手放在门把上，停了一下，说道，我即将告诉你的这些，你一个字都不要告诉玛尔塔；我保证；一个字都不行；我说了我保证。西普里亚诺·阿尔格打开了窑炉的门。白天的光线突然照射到排列好的陶俑身上，从漆黑一片到光线刺眼。西普里亚诺·阿尔格说，有可能，不，是很有可能，这三百个陶俑不会离开这里了；为什么，马萨尔问；采购部决定做一份调查问卷来评估顾客的感兴趣程度，我今天送过去的陶俑就是用来派这个用场的；一份关于几个陶俑的调查问卷吗，马萨尔问；那是其中一个采购部副主管告诉我的；对你很粗鲁的那个；不，另一个，看上去十分热情和友好的那个，他总是会像对你非常感兴趣那样同你讲话。马萨尔思考了一会儿说，这并不是多大的问题，对我们的影响也并不大，因为十天之后，我们就会在中心住了；你真的认为这不是多大的问题，对我们影响也不大吗，岳父问；如果调查问卷的结果是好的，那就还有时间做完这些陶俑并送货，至于订单剩下的部分，会因为一个不能改变的现实，也就是陶坊的关张而自动取消；如果调查结果不好呢；那么，从某种程度上，这也是不错的，因为这样一来你们两个，您和玛尔塔就不必再辛苦烧制陶俑和上色了。西普里亚诺·阿尔格缓缓关上了窑炉门道，你没考虑到问题的某些方面，当然，是无关紧要的方面；什么方面；你没考虑到你的劳动成果被拒绝时就像脸上挨了一耳光那样的羞辱，没考虑到如果这些不幸的事不是恰好赶上我们要搬到中心的话，我们的处境就会和当初他们停止购买陶器时一样，然后不会再有依靠几个可笑的陶俑来拯救我们的生活这种荒谬的希望；我们必须活在当下，当下是怎样就是怎样，而不是总去考虑将会怎样或者本应当怎样；真是令人赞叹的生存哲学；抱歉我想不出更好的话说；我也想不到，但我生来就有一种让我吃尽苦头的不治之症，那就是对事情将会怎样和本应当怎样的忧虑；这些忧虑又给您带来了什么好处呢，马萨尔问；你说得很对，根本没有好处，就像你说的，我们必须活在当下，而不去想本应当怎样，不去想如果那样就好了。生理上的燃眉之急得到缓解后，复得飞跑了一顿，然后摇着尾巴走了过来，这是平常它表达满足和热情的方式，但是，考虑到午饭时间将近，这可能是身体又一项迫切需求的信号罢了。西普里亚诺·阿尔格抚摸了它，轻轻扭了扭它的耳朵，我们得等玛尔塔叫我们，小伙子，如果一家里面的狗在主人之前吃饭可不像话，我们得尊重等级。然后他好像突然想到似的对马萨尔说，我今天就去给窑炉点火；您从中心回来的时候说您明天才点火的；嗯，我改主意了，在你们俩休息的时候，这也是我打发时间的方法，要是你们愿意，开着货车去兜兜风，我们搬家之后，你们可能就一点儿也不想离开新家了，尤其是不想来这里；我们会不会回来这里，什么时候回来，这些事以后再说，我想让您告诉我的是，您真的认为我是那种会和玛尔塔去兜风而留您一个人在这里给炉子添柴的人吗；我自己可以完成的；您自己当然可以，但是，此时此刻，如果您不介意，我希望在窑炉最后一次点火的时候也能发挥点积极的作用，如果这真是最后一次的话；如果你真想这样，那么我们就午饭后开始吧；就这么定了；但是千万记住，关于调查问卷的事一个字也不要说；放心。他们朝着房子走过去，狗紧跟在后面，离着还有几米的时候玛尔塔出现在厨房门口，我刚要叫你们，她说，午饭准备好了；我要先喂狗，这一路它一定饿坏了，父亲说；它的食物在那儿，玛尔塔说。西普里亚诺·阿尔格拿起盘子说，跟我来，复得，还好你不是人，不然你肯定要开始纳闷我们最近为什么给你这么多的关照和宠爱。复得的碗一如往常地都放在狗舍的旁边，西普里亚诺·阿尔格朝那边走去。他把盘里的食物全倒在碗里，站着看了一会儿狗吃东西。厨房里，马萨尔正说，我们今天吃过午饭就给窑炉点火；今天吗，玛尔塔惊讶地问；你父亲不想等到明天；不用着急吧，我们本来要放三天的假呢；他肯定有他的理由；嗯，他的那些理由，每次都是只有他自己知道。马萨尔觉得还是不再应声的好，言多必有失。不一会儿，西普里亚诺·阿尔格走进了厨房。玛尔塔已经把饭菜端到桌上了。过一会儿，父亲就会说，我们今天就给窑炉点火，玛尔塔就会答，我知道，马萨尔已经告诉我了。

这本书里已经用这样或那样的词汇表达过，所有逝去的日子都曾经是前一天，所有未曾到来的日子也终将成为前一天。成为前一天，哪怕只一个小时，都已是每个已经逝去的昨天和每个正在逝去的今天所无法实现的愿望。没有哪天能够如其所愿地永远是前一天。就在昨天，西普里亚诺·阿尔格和马萨尔还在奋力为炉膛添着柴，要是有不知情的人经过那个地方，很容易就会自以为是地想，他们又在那里了，他们一辈子就干这个了，而此刻，他们又坐在了两面都写有陶坊字样的小货车里，一路驶向城市，驶向中心，玛尔塔也跟着他们一起，她坐在副驾驶的位置，而这一次，驾驶员是她的丈夫。西普里亚诺·阿尔格独自坐在后座上，复得没有一起，而是留在家里看家护院。是早上，但还很早，太阳还没有出来，很快就会开到绿化带了，接着就会是工业区，接着是棚户区，接着是无人区，接着是城市边缘正在建造中的楼房，然后是城市，然后是大道，最后就是中心。条条大路通中心。一路上，将不会有一人开口说话。尽管平时喋喋不休，现在似乎却相对无言。其实，当他们中其中一人的所想早就为他人所想时，就可以理解为不值得开口，不值得浪费时间和口水去表达语句、词语和音节。如果，举个例子，马萨尔说，我们去中心看看以后将要住的公寓，玛尔塔会说，好巧，我也正在想这事，而西普里亚诺·阿尔格会提出异议，我可没想这事，我想的是我不进去，我就在外面等着你们，然而即便如此，无论他的声调听起来会是怎样的强硬，我们也不必太过在意，西普里亚诺·阿尔格已经六十四岁，他已经过了小孩子生闷气的年纪，而又远没到老小孩生闷气的年纪。西普里亚诺·阿尔格真正在想的是，他别无他法，只有跟女儿女婿一起进去，对他们的评论尽可能予以好脸色，如果他们问他看法那就说说看法，总之就是像小说和戏剧中所描写的那样，即使杯中是苦酿，也要一饮而尽。好在是清晨，马萨尔才能找到一处距离中心仅有数百米的地方把车停下，等入住中心后就不会这样了，常驻保安在内部停车场里拥有六平方米停车位。我们到了，马萨尔拉起手刹时并无必要地说道。从那里并不能看见中心，但当他们转过停车的那条街上的那个街角，中心就呈现在了他们面前。这里碰巧是中心的居民居住的那一端，那个部分，那个面，那个顶点。这景象对于这三个人来说都已非新鲜，然而，单纯只是看看和看的时候有人在说，那些窗户里，有两扇是我们的，是有着巨大的差异的，只有两扇吗，玛尔塔问；别不知足，有的公寓只有一扇窗，马萨尔说，更别说只能看到里面的那些公寓了；什么里面；当然是中心里面；你是说有的公寓的窗户是朝着中心内部的；事实上就有人喜欢那样的公寓，他们觉得那里的景色丰富多变，更叫人心旷神怡，而另一边却总是一样的屋顶和一样的天空；无论如何，住在那里的人只能看到与自己公寓所在高度一致的中心楼层，西普里亚诺·阿尔格掺和这一句并非真感兴趣，只是想表明自己并没有完全退出谈话，商业层的层高很高，空间很大很宽敞，我听说人们对那里的景致百看不厌，尤其是上了年纪的人；我怎么一直没见着窗户呀，玛尔塔唐突地打断道，好打住父亲对于上了年纪这个说法呼之欲出的评论；窗户被装饰掩盖了起来，马萨尔说。他们一直走到大门处，那里有保安人员的专用入口，西普里亚诺·阿尔格迟疑着朝后退缩了两步，仿佛有一根隐形的线拖拽着他。我紧张，玛尔塔低声说，好不让父亲发觉；等我们住下来后你会发现一切都变轻松了，只是习惯问题，马萨尔压低声音回答。玛尔塔向前走了一点，声音已经恢复正常，她问，我们的公寓在第几层；第三十四层；这么高啊；上面还有十四层呢；挂在窗外的笼子里的鸟儿一定以为自己自由了；窗户不能打开的；为什么；因为有空调；当然。他们到达门口。马萨尔走进去，向两名正在执勤的保安道了早安，边走边说，这是我的妻子和岳父，然后打开通向内部的里门。他们进了一部电梯。我们去拿钥匙，马萨尔说。电梯到三楼时他们出来了，沿着一条长而窄的灰墙走廊一直走，一扇扇门间隔一致地排列着。马萨尔打开其中一扇。这就是我所在的部门，他说。他问候了跟他值同一班的同事，又介绍了一遍，这是我的妻子和岳父，然后又加了一句，我们是来看房子的。他向一个柜子走去，柜子上面写着他的名字。他打开柜子，拿出一串钥匙，对玛尔塔说，就是这些。他们又进入一部电梯。有两种速度，马萨尔解释道，我们从慢速开始。他按下那个相应的按钮，又按下数字键二十，我们先到二十层去，这样你们可以有时间欣赏，他说。电梯朝着里面的部分全由玻璃做成。电梯缓缓经过不同的楼层，接连看到了拱廊、店铺、奢华的台阶、自动扶梯、会合点、咖啡店、饭馆、放置着桌椅的露台、电影院、歌剧院、迪斯科舞厅、巨大的电视屏幕、无数的装饰、电子游戏、气球、喷泉和其他的水流造型、平台、空中花园、海报、三角旗、广告牌、人体模特、试衣间、教堂的正面、沙滩的入口、宾果游戏厅、赌场、网球场、健身房、过山车、动物园、电车跑道、圆形画幕、小型瀑布，一切都准备就绪，一切都静默无声，然后是更多的店铺，更多的拱廊，更多的人体模特，更多的空中花园，还有很多也许没人能叫出名字的东西，就好像他们正在升入天堂。这个速度是用来干什么的，看风景吗，西普里亚诺·阿尔格问道。这个速度只是监视的补充手段，马萨尔说。这么多保安、探测仪、摄像头，还有其他的监视设备，难道还不够，西普里亚诺·阿尔格又问；每天都有成千上万的人经过这里，维持安全是很有必要的，马萨尔绷着脸回答，声音中带着一丝不悦；爸爸，玛尔塔说，拜托您就不要再折磨他了；别担心，马萨尔说，我们一直都是理解对方的，尽管有时看上去并不是。电梯继续缓缓上升。楼层上的灯光还很昏暗，几乎没有人，偶然间有某个出于工作需要或者有早起习惯的员工走过，还有一个小时才开门。在中心工作的居民无须匆忙，要到中心以外工作的居民不能从商业和休闲娱乐区走，而是直接从自己的公寓下到地下车库。电梯停下的时候，马萨尔按下了快速键，几秒钟的工夫就来到了三十四层。在穿越通往居住区的走廊时，马萨尔解释说，有专门给住户使用的电梯，今天不得不使用另外的电梯是因为要取钥匙。从现在开始，钥匙就由我们拿着了，是我们的了，他说。同玛尔塔和她父亲设想的不一样，将看得见外面风景的套间和看得见里面风景的套间分隔开的不只有一条走廊，而是有两条，在两条走廊之间，有另外一块套房区，但这块区域是其余的两倍宽，简单地说就是，中心的居住区是由四个纵向、平行的公寓序列构成的，就像蓄电池格子或者蜂巢格子那样排列，里面的区块背面相对，外面的区块通过走廊跟中央相连。玛尔塔道，这些人在家的时候永远看不见阳光；那些住在朝里的公寓里的也看不着，马萨尔答；但就像你说的，他们可以看到里面的风景和川流的人群，而这里的这些人实际上是被封闭起来了，生活在这些公寓里一定很不舒服，没有阳光，整天呼吸着不流通的空气；但也不乏更喜欢这些公寓的人，他们觉得这些公寓要舒适得多，有更好的设备，就给你举几个例子，所有的这些套间都有紫外线设备、空气交换机，还有无比精准的温度和湿度调节器，能够使家里的温度和湿度整日整夜、一年四季都保持恒定；幸亏我们没有分在这样的公寓里，不然我真活不了多久，玛尔塔说；常驻保安只能勉强分到一套普通的公寓，带窗户的那种；我怎么也不会想到，人生留给我的最好的运气和最大的眷顾，竟是做了中心常驻保安的岳父，西普里亚诺·阿尔格说。每套公寓就像酒店里的房间一样被编号，唯一不同的是先是楼层号，然后由一条小横杠连接着门号。马萨尔把钥匙插到锁里，打开门，然后退到一旁，请进，我们到家了，他大声说道，假装带着一股他自己并未感受到的热情。面对这个新家，所有人的脸上既看不到喜悦也看不到兴奋。玛尔塔在门口站立不动，随后又踟蹰着向前走了三步，向四周看了看。马萨尔和西普里亚诺·阿尔格在她身后跟着。玛尔塔站在那里犹豫不决，就好像不知道要做什么才好，片刻之后，她独自走向离自己最近的一扇门，朝里望了望然后走了进去。她与这个家的初次相见就是这样，很快她又从卧室来到厨房，又从厨房来到卫生间，又来到客厅，客厅同时也是餐厅，又来到一个隔间，这里就是给父亲住的。没有孩子住的地方，她想，随即又想，孩子还小的时候可以跟我们住，之后再说，也许他们会给我们安排另一套住房的。她回到门厅，马萨尔和西普里亚诺·阿尔格正在那里等候。你已经看过了吗，她问丈夫；看过了；你觉得怎么样；对我来说，唔，你应该已经注意到了这些家具都是新的，就像我之前告诉你的那样，一切都是新的；您呢，爸爸，您觉得怎么样；我不能对我没看过的东西发表意见；那您看看，我领着您。可以看出，她有些僵硬，有些紧张，这跟她平时的精神状态不太一样，她说明着每个房间的用途，就好像是在为了获得赞赏一般，这个是主卧室，这里是厨房，这里是卫生间，这个是客厅，同时也当餐厅用，这个舒适宽敞的房间就是我亲爱的父亲睡觉休息的地方，还没有给宝宝长大一点后待的地方，但肯定会有办法的。你不喜欢这套公寓吗，马萨尔问；我们得到的就是这套，谈是不是很喜欢，或者不太喜欢，或者很不喜欢，都没什么意义。马萨尔转向岳父想要寻求帮助，但并不说话，只是望着他。不得不承认，这个家一点都不差，西普里亚诺·阿尔格说，一切都很新，家具用的是很好的木材，很明显它们不会变成像我们家的那样，如今流行这样子的了，浅色调，也不像家里的那样，家里的就像是从窑炉里拿出来的似的，至于其他的，我们会习惯的，人们总会习惯。玛尔塔听着父亲的滔滔不绝，皱了皱眉，又勉强微笑了一下，接着就再次开始在家里转悠，这次，她把抽屉和橱柜开了又关，查看里面的东西。马萨尔朝岳父做了个谢谢的手势，接着又看了看手表，提醒道，马上该轮到我的班了。玛尔塔在里面应道，我很快就好，马上来。这些就是房子小的好处，你极尽小心地从内心深处吐出一声叹息，房子的那头马上就会有人发出责难，你刚叹气了，不要否认。而还有人抱怨保安、摄像头、探测器以及其他监视设备。新家认完了，从他们进门前和出门时脸上的神色对比来看，这一趟认家之旅还算值得，如果我们不去对他们心底的秘密一窥究竟的话。三人直接从三十四层下到底层，因为玛尔塔和父亲作为居民入住的文件还未被批准，马萨尔必须陪他们走到出口。电梯门关闭，三人才迈出几步，西普里亚诺·阿尔格便道，好奇怪的感觉，地板像是在脚底下晃动似的。他停下脚步细听后又说道，我似乎听到有类似挖掘机的声音；的确是挖掘机，马萨尔一边加快了步伐，一边解释道，六小时一班，连续作业，在地表下很多米深的地方；是什么工程吧，西普里亚诺·阿尔格说；是的，要建几个新的冷库，可能还有别的，也许是新的车库，这里永远有工程；虽然人们察觉不到，但中心每天都在扩大，不是朝两边，就是朝上，不是朝上，就是朝下；我猜，过一会儿一切都开始运作的时候，人们就察觉不到挖掘机的噪音了，玛尔塔说；有了音乐，广播里的销售广告，人们交谈时的嗡嗡声，不停上下的电动扶梯，那些噪音根本就会跟不存在一样。他们走到了门口。马萨尔说一有消息就打电话，但与此同时也就该准备搬家的行李了，并且要确保只能带上确实是必不可少的东西。你们现在看到新家的大小了，就该知道我们没有地方放太多东西。他们已经来到外面的路上，临别在即，玛尔塔说，实际上，就像没搬家一样，陶坊那边的家还是我们的家，基本上什么都不用带过来，就这好像，我们脱去一套衣服换上另一套，就像假面舞会那样；是，父亲道，就是这样，然而，与人们通常认为的并且不假思索地会说的那样相反，穿上袈裟真的能成为和尚[1]，人也是靠衣装的，一开始你也许注意不到，但这只是个时间问题。再见，再见，马萨尔吻了一下玛尔塔，与之告别，接着又道，你们一路上都能用来思考哲学，好好利用吧。玛尔塔和父亲朝着之前停车的地方走去。在中心的正面，在他们的头顶上方，一幅巨大的海报宣告着——我们愿意向您出售一切所需，但我们更乐意您需要我们所售一切。

① 原谚语为“穿上袈裟不等于就是和尚”。

18

尽管有马萨尔那句半是打趣的话，但在回家的路上，或者，就按玛尔塔之前用来区分新家和老家时说的，回陶坊那边的家的路上，这对父女还是很少说话，少到几乎没有。尽管，只要对当下状况可能导致的种种可能进行最简单的审视，便可知道他们想得很多。考虑到此类故事中人物内心的秘密时常被十分迅速而粗鲁地公之于众，那么，通过大胆的假设或是武断的推演，或者更糟地，通过不当的猜测，提前得知他们的所想也并非是不可能完成的任务。然而，既然这些思考迟早会被表达成行为，或者表达成引导出行为的言语，那么我们似乎就更乐意跳过这一步，转而安静地等待行为和言语去昭示这些思考。对此我们无须等待很久。父女在沉默中吃完午饭，这意味着除了回家路上的思考，又增添了新的思考，而突然间，她决定打破沉默，说道，您的那个让我们休息三天的主意很棒，眼下也用得着，但是马萨尔的升职彻底改变了这个情况，您有没有注意到，我们只有一个多星期的时间来安排搬家的事情，还有那三百个已经烧制好了放在窑炉里的陶俑也需要上色，我们至少得把那些送去；我也想了陶俑的事情，但最后结论跟你的不一样；我不懂您的意思；中心那边已经有三百个陶俑了，目前为止数量还充足，泥塑既不是电脑游戏也不是磁疗手链，人们不会你推我搡地叫喊着我要我的爱斯基摩人，我要我的大胡子亚述人，我要我的护士；说得好，我想中心的顾客是不会为了清朝官吏或者弄臣小丑而大打出手的，但这并不意味着我们不应该完成工作；当然，但我就是觉得我们不值得这么拼死拼活；我得再提醒您一遍，我们只剩一个星期来做所有的事了；我没忘；所以呢；所以，就像你自己在离开中心时说的那样，其实我们并没有搬家，陶坊这个家，你是这么叫的，它就在这里，而只要家在，陶坊也就跟家同在；我知道爸爸您最喜欢打谜了；我可不喜欢打谜，我喜欢明明白白的东西；好啊，您不喜欢谜语，但您就像个谜一样，您要是能给我说说您这番话要把我引向哪里，我一定感激不尽；我就是想引到此刻我们所在的地方，我们在这里只能待上一个多星期了，我希望还能一个又一个星期地待下去；请不要让我失去耐心，求您；是我求你，这事简单得就跟二加二等于四一样；在您的头脑里，二加二总是等于五，要么就是三，或者任何其他的数字，反正就不是四；你会后悔这么说的；会吗；那你就想想，我们不去给那些陶俑上色，我们搬去中心住，然后把那些陶俑就像现在这样留在窑炉里；我已经想过了；马萨尔已经解释得很清楚了，住在中心并不是被流放，人们在那里也不是被禁锢起来，他们什么时候想出去了就可以出去，可以一整天待在城里或者乡下然后晚上回来。西普里亚诺·阿尔格停下来，好奇地看着女儿，他知道自己很快就要看到女儿脸上流露出的茅塞顿开的表情。事实也正是如此。玛尔塔笑着说，好吧，在您的头脑里二加二有时也会等于四；我说了这事很简单；需要的时候我们就把工作结束掉，这样的话我们就不用取消掉那还欠着一半的六百个陶俑的订单了，只要再跟中心商量一个双方都方便的交付期限就好；正是；女儿表扬了父亲，父亲则感谢了女儿的表扬。而且，我想中心会继续对陶俑感兴趣的，我们就可以继续生产，不必把陶坊关掉了，玛尔塔说道，仿佛被呈现在她面前的一片充满着各种积极可能性的汪洋瞬间灌入了热情一样；正是；而且不止是陶俑，我们还可以想出别的令中心感兴趣的主意，或者在那六种造型的基础上再加几个别的造型；对；这对父女沉浸在对未来的愉悦憧憬之中，这再一次向我们证明，并不是每道门背后都躲藏着恶魔，就让我们利用这个暂时的停顿来审视父女俩所想的真正价值或者真正意义，终于，在如此之长的静默之后，这两个人的所想被表达了出来。然而，如果我们不先承认一个必然会使一个正直、有教养的灵魂震惊却不减其真实性的初始前提，就不可能得出结论，哪怕是暂时性的，正如一切结论那般，而这个前提就是，在许多情况下，人们表达出来的这个想法，这么说吧，是被另一个暂时不便现身的想法硬推到前台来的。对于西普里亚诺·阿尔格，不难看出他的某些奇怪的举动是因对问卷调查结果自我折磨的担忧而起，而他提醒女儿即使哪天他们搬进了中心但仍能回陶坊工作，目的是为了劝她放弃给陶俑上色，这样的话，假如明天或几天之后，那个笑容可掬的副主管或者他的顶头上司下达一个命令要取消订单的话，她也不用为活儿干了一半或者白费工夫而痛苦。更令人惊奇的是玛尔塔的行为，那种对回到陶坊、维持其运转这个不太可能的假设冲动的、快乐得有些不自然的反应，除非有人能够在这种行为和引起这种行为的想法之间建立一种联系。这种想法从她踏进中心的公寓套房的那一刻起就一直萦绕着她，她发誓不将它说给任何人听，甚至连她父亲也不行，尽管他正在她的身旁，再甚至连她自己的丈夫都不可以，尽管她是那么爱他。在玛尔塔跨过那个在高耸入云的三十四楼上、有着浅色家具和两扇令她眩晕得甚至没有勇气去接近的窗户的新家门槛那一刻，在她脑中闪现并扎根的想法是，常驻保安马萨尔·加修的妻子将是自己所有的身份，而肚里的女儿或者儿子则将是她的一切未来，她无法忍受在这里度过这样的余生。回陶坊的路上她一直在想这个问题，在准备午餐的时候她还在想，她在不停地用叉子拨弄盘子中食物的时候仍旧在想，不感到一丝饥饿，甚至当她跟她父亲说，在他们搬去中心前，他们得严格按照约定完成仍旧在窑炉中等待的陶俑时，她依然在想。完成它们意思就是给它们上色，而上色是她的工作，哪怕有三四天的时间，坐在黑桑树底下，身旁有复得躺着，咧着嘴，伸着舌头。这就是她的全部所求，就如同临刑之人最后那个绝望的祈愿，突然间，只用了寥寥数语，她的父亲便打开了通向自由之门，毕竟，她可以随时离开中心，用她的房子钥匙打开房子的门，找到她留下的还在老地方的所有东西，到陶坊里去看看黏土的黏度是否正好，然后到陶钧旁坐下，双手围起凉凉的黏土，直到现在她才明白，她爱这些地方，就像一棵树——如果它可以——爱着滋养它的、令它耸入云霄的根一样。西普里亚诺·阿尔格正看着他的女儿，就像是在读翻开的书页那般解读着她脸上的神情，他的心隐隐作痛，因为如果调查问卷的结果不好，中心采购部决定再也不要这些陶俑，那么他现在正在女儿心里种下彻底虚假的希望。玛尔塔从椅子上起身，走到他身旁，给了他一个吻和一个拥抱，几天之内她会感觉到什么呢，西普里亚诺·阿尔格心想着，一边回应她的吻和拥抱，但他说出口的却是另外的话，像平时那样，他说，就像我们的祖辈多少相信的那样，只要还活着，就会有希望。他说这话时那种认命的语调也许会让玛尔塔重新考虑一番，如果她不是如此沉浸在自己快乐的憧憬中的话。让我们安安乐乐地享受那三天休息日，西普里亚诺·阿尔格说，我们早该休息了，并且，毕竟我们不是从哪个人那里偷来的这三天，然后我们就开始准备搬家的事；那您就做个榜样，去打个盹儿，玛尔塔说，您昨天一天都在陶坊里干活，今天您又起得早，即使是像您这样的父亲，体力也是有限的，至于搬家，不必为此担心，那是家里女主人的事。西普里亚诺·阿尔格回到卧室，脱去衣衫，动作因疲惫而缓慢，这种疲惫并非单纯源自身体，然后他躺下，发出一声重重的叹息。他倚在枕头上，望向四周，就好像这是他第一次进入这个房间，就好像由于某种说不清道不明的原因，他要把这房间印到记忆里，就好像，这也是他最后一次来这里，就好像他要让他的记忆用于某种目的，而不是仅仅会想起墙壁上的那个印迹、地板上的那道光线、柜子抽屉上的那张有着一个女人的照片。屋外，复得在吠叫，就像是听到有陌生人正开上坡来，但随后它又安静下来，可能它只是在漫不经心地回应远处另一只狗的吠叫，或者只是单纯地想表达它的存在感，它一定是感觉到某些无法令它理解的事情正在发生。西普里亚诺·阿尔格闭上双眼，试图入睡，但他的双眼却另有他意。一位老者的哭泣，世间再无比这更悲伤之事，无法用语言表达的悲伤。

消息是第四天来的。已经变天了，骤然间暴雨如注，瞬时淹没了整个庭院，雨柱像千万个鼓槌击打在黑桑树鲜脆的叶子上。玛尔塔列好了一张清单，上面是要带去新家的物品，然而，她极其清楚地意识到，有两股矛盾的冲动一刻不停地在心里斗争着，一个念头告诉她最完美的真理，那就是，搬家如果什么都不搬走，就不能称之为搬家，另一个念头则只是建议她把一切原封不动地留下来，更何况，它说道，你会经常回到这里工作、呼吸乡下的新鲜空气。而西普里亚诺·阿尔格那边，为了清除掉头脑中那张令他一整天都在不停看手表的焦虑之网，他让自己忙碌起来，把陶坊里里外外、从上到下打扫了一遍，他再次拒绝了玛尔塔的帮助，我得向马萨尔有交代，他说。复得刚刚被赶回了窝，因为先前它外出进行了它的首次远足，回来后脚上沾满泥浆，把厨房的地板弄得一塌糊涂。雨并没有大到淹进狗舍，然而，以防万一，它的主人还是在下面垫了四块砖头，愣是把一个普通的、现代的狗舍变成了一个原始社会的高脚屋。电话铃响的时候，他正忙着做这事。玛尔塔接了，起先，当她听见电话那头的声音说“这里是中心”的时候，她以为是马萨尔打来的，以为他们要马上把电话给他，但接下来那头说的话却是，“采购部主管想同西普里亚诺·阿尔格先生讲话”。一般而言，当上司让秘书拨通某个电话号码的时候，秘书对上司所要谈论的事宜是知情的，但这个接线员却一问三不知，这也就是为什么她的嗓音是中立的、漠然的，仿佛是从一个不再属于这个世界的人发出来的一般，但是，让我们为她说句公道话吧——如果她能知道，在自己机械地说出“请讲”那两个字眼之后会发生什么的话，她定将滴下悲伤的眼泪来。玛尔塔开始的时候是想，采购部主管打电话过来是因为那迟交的三百个陶俑而恼火，甚至，谁知道呢，也许是想要催交还未动工的六百个，于是她跟接线员说，请等一下，就跑出去喊在陶坊的父亲，心想着可以趁机数落一下父亲没有在第一批货完工后立即开始后续工作的错误决定。然而，当她看到父亲在听到她说“采购部主管来电话，要跟您说话”时乍变的脸色之时，任何责备的话语都卡在了嗓子口。西普里亚诺·阿尔格觉得，不应跑着去，而应步伐坚定地走向宣判台。他拿起女儿放在桌子上的听筒。喂，我是西普里亚诺·阿尔格；接线员说，马上为您接通。电话那头一阵沉默，微微的嗡嗡声，又一阵碎响，接着，采购部主管洪亮、圆润的嗓音传来，下午好，先生；下午好，先生；我猜您已经明白我今天为何打电话过来了；是的，先生，请您继续说下去；我面前是有关您货品的调查问卷的结果和最终决定，就是我的一位副主管决定的做的那个调查，当然，是经过我批准的；那么结果怎样，先生，西普里亚诺·阿尔格问；我很遗憾地告知您，结果并不如我们所愿；如果是这样的话，那么谁都比不上我遗憾；恐怕，您对本中心生活的参与到此为止了；每天都有新的开始，但早晚都会终止；您不想我把结果念给您听一下吗；我对处理办法更感兴趣，而我现在已经知道了，中心不会再购买我们的陶俑了。在一旁听着父亲说话，越听越不安的玛尔塔抬起手捂住了嘴，似乎是要压抑住哭泣。西普里亚诺·阿尔格示意她保持冷静，同时回答着采购部主管的一个问题，我明白您想把我脑子中的疑惑都解释清楚，我也同意您刚刚所说的，没有事先对导致结果的原因做出解释可能会看起来像是一种笨拙的方法去掩饰一个武断的决定，而中心当然永远不会做出这种事情；很高兴您能同意我；不同意也难，先生；是啊，那么，这就是结果；请说；我们在选定参与调查的客户群时，一开始就从年龄、社会阶层、教育、文化背景以及他们已知的消费习惯这些方面排除了那些可以预计绝对不会购买此类商品的人，您必须了解，阿尔格先生，这么做是为了在调查前消除对您不利的偏见；十分感谢，先生；让我给您举个例子，如果我们选五十个如今的年轻人，五十个普通的年轻男士和女士，您就会确定，阿尔格先生，没有一个人会愿意把您的陶俑带回家，或者，就算他们买回去了，也只是为了把他们当作射击的靶子；我明白；我们选择了男女各二十五名，普通职业，中等薪水，全都来自一般的家庭，他们还保留着传统的品位，他们家里粗糙的风格不会使得这些陶俑过于格格不入；但即便如此；是的，阿尔格先生，即便如此，结果还是很糟糕；喔，好吧；二十位男士和十位女士说他们不喜欢陶俑，四位女士说可能会买，如果陶俑再大一些的话，三位女士说如果陶俑再小一点的话就有可能会买，剩下的五位男士里面，四位表示他们已然过了玩小娃娃的年纪，最后剩下的那位男士表示十分气愤，因为六个陶俑里有三个是外国人的形象，而且还那么异类，而对于剩下的八位女士，两位表示她们对陶土过敏，四位表示这种玩意儿会让她们联想到不好的东西，只有最后的两位回答说十分感谢我们给她们机会，为她们完全免费地提供了这么可爱的小塑像来装饰家里，必须说明的是，这两位都是独居的老人；好吧，那么，我想要她们的名字和住址，我好写信谢谢她们，西普里亚诺·阿尔格说；恐怕我无权向您透露任何一位参与此份调查的顾客的个人信息，这是做任何调查研究都必须严格遵守的条件，必须保证回答者的匿名性；那您是否可以告诉我，那些人是否居住在中心；您是指哪些人，全部吗，采购部主管问；不，先生，只要那两位觉得我们的陶俑可爱的人，西普里亚诺·阿尔格答；这应该算不上什么重要信息，那么我如果告诉您那两位女士均不住在中心里应该没有违反道义吧，她们住在城里；感谢您所提供的信息，先生；这信息能起到什么作用吗；起不到，先生；那您知道了又有何用呢；因为我可能会有机会同她们见面，当面感谢她们，但既然她们住在城里，那几乎就不可能了；那如果她们住在这里呢；在谈话一开始的时候，您说我在中心的参与已经到此为止，当时我差点打断您；为什么；因为，与您所说相反，尽管您不再需要我陶坊做出来的盆盆罐罐和陶俑小人，但我的生活会继续同中心关联下去；我没懂，请再说清楚些；五六天之内，我就要住到这里了，我女婿被提升为常驻保安了，我和我女儿将跟随他一起搬到中心居住；这个消息真让我高兴，祝贺您，您可真是个幸运的人，您真不能抱怨些什么，正当您觉得失去了全部之时，您却赢得了一切；噢，我不抱怨，先生；也许我们有理由说，中心能以曲写直，有时它的一只手会拿走些东西，但很快它的另一只手又会给予些什么；如果我没记错，这个以曲写直的说法是用来形容上帝的，西普里亚诺·阿尔格说道；如今，它是一回事，我可以毫不夸张地说，中心，作为物质和精神商品的完美分销商，因纯粹的必要性，已经从其自身内部生成出某种神性了，尽管这么说大概要冒犯某些敏感的正统学派；你们还分销精神商品吗，先生；噢，是的，而且你无法想象有诋毁者们——尽管这些人如今已越来越少，他们的斗志也愈发削减——对中心的精神层面的业务是如何地缺乏了解，然而真相是，多亏了这些业务，对于几百万的先前并不快乐、沮丧无助的人来说，生活有了新的意义，请相信我，不管你愿不愿意，那不是卑鄙勾当的产物，而是崇高精神的作品；是的，我相信一定是这样；不管怎样，我只是想说，阿尔格先生，我感到您是一位，即使在目前这种困难处境下，都可以愉快与之畅谈严肃问题的人，我对这些问题有着特别的兴趣，因为它们有着超越一般的格局，增加了我工作的意义，我希望，在您搬来了之后，我们可以再见面，并继续交流想法；我也是，先生；再见；再见。西普里亚诺·阿尔格把听筒放回电话座上，看着他的女儿。玛尔塔坐着，双手放在腿上，就好像在时刻准备着护住自己还不易察觉隆起的肚子。他们不准备从我们这再买东西了吗，她问；是的，他们做了个客户调查，结果不好；所以他们不会把那三百个还在窑炉里的陶俑买走了吗；是的。玛尔塔站起来，走到厨房门口，她看着外面的倾盆大雨，轻轻地转过头，她问道，您没有什么要对我说的吗；我有，父亲说道；那么，请说吧，我洗耳恭听；西普里亚诺·阿尔格也走到门边，倚在门框上，深吸了一口气，说道，这不是什么意外，我知道它会来的，有个部门副主管告诉我，他们打算进行一项调查，看看顾客们对这些陶俑的反映怎么样，尽管这几乎肯定是部门主管的意思；这么说，过去的三天以来，我一直被您，被我的父亲蒙在鼓里，还幻想着满陶坊的陶俑，幻想着我们一大清早离开中心，到这里，卷起袖子，呼吸着黏土的味道，跟您并肩劳作，等马萨尔休假的时候跟他在一起；不告诉你只是不想让你难受；但现在我却要加倍难受，您的好心好意根本一点都不能让我免遭任何痛苦；原谅我；您也别浪费时间来请求我的原谅，因为您明明知道我总是会原谅您的，不管您做了什么；如果决定是相反的，如果中心决定购买这些陶俑，你绝对想象不到我们会面临多大的危险；现在它不是危险了，是现实；我们还有这房子，我们可以什么时候想来就来；是的，我们还有房子，可以看到坟地风景的房子；什么坟地；陶坊、窑炉、干燥架、柴棚，曾经的一切都将不再，您想要一个比那片坟地更大的坟地吗，玛尔塔问，眼泪就要夺眶而出。父亲把一只手搭在她的肩上，说，不要哭，我承认没有事先告诉你是一个错误。玛尔塔没有回答，她提醒自己，她没有权利批判她的父亲，因为她也有一个秘密瞒着她的丈夫，而她也永远不会告诉他。现在希望覆灭了，你该如何在那个新家生活，她问自己。复得已经从狗舍里出来，大大的水滴从黑桑树上滴落下来，掉到它的头上，但它不敢到处乱走。它的爪子沾满泥污，皮毛滴着水，它知道自己定不会受到欢迎。然而他们还在厨房门口谈论着的就是它。当她看到它出来然后停下来张望的时候，玛尔塔问，那条狗我们该怎么处理。平静地如同此前已经就这个问题讨论了上千次并且不值得再提一样，她父亲回答道，我去问问邻居伊佐拉·马德鲁加是否愿意收留它；我不知道我听清楚了没有，您再说一遍，您说的是您要去问问邻居伊佐拉·马德鲁加是否愿意收留复得吗；你一个字都没听错，我就是这么说的；是伊佐拉·马德鲁加吗；你要是一直这么问下去，那我会说，是的，是伊佐拉·马德鲁加，然后你又问，是伊佐拉·马德鲁加吗，那么我们今天下午剩下的时间就这样度过好了；真是太让人惊讶了；哪里会这样惊讶，你不也是想把狗托给这个人吗；我惊讶的不是她这个人，我惊讶的是，竟然是爸爸您自己有这个想法；在这个村子里，也许是整个世上，也没有第二个人可以让我愿意把复得托付给他，我宁可把它杀掉。复得还在远远地望着他们，满怀期待，慢悠悠地摇晃着它的尾巴。西普里亚诺·阿尔格蹲下身唤道，复得，过来。那狗用力甩甩身子，水花四溅，就好像只有把自己弄得体面了才会去到主人的身边，它飞快地冲上前去，瞬间就到了主人跟前，拿自己的大脑袋抵着西普里亚诺·阿尔格的胸口，用力得像是要钻进去。正在这时，玛尔塔问父亲，您不要光抱着复得，还差一件事，告诉我您有没有把调查问卷的事告诉马萨尔；告诉了；他什么都没跟我说；他也是出于跟我一样的理由才没告诉你。对话进行到这里，您也许会等着玛尔塔这样回答，老实说，爸爸，您告诉了他，而我却一无所知，真是难以置信，人们通常会这样反应，谁都不喜欢自己被撇在一旁，不喜欢自己获取信息和知识的权利被无视。然而，在这个不断重复的乏味世界，我们偶尔还是能遇到一些例外，正如信奉俄耳浦斯主义、毕达哥拉斯主义、斯多葛主义、新柏拉图主义的圣人，他们若不是受到诗意的启发而冠之以"永恒轮回"这样一个更漂亮也更有讽刺意味的名字，可能也会这样称呼这个世界。玛尔塔没有抗议，没有发脾气，她只说道，您要是不告诉马萨尔我才生气。西普里亚诺·阿尔格把狗拨开，让它回窝里，然后说，有时候我也能做对一些事。他们就那样站着，望着无休止的雨水，听着黑桑树的独白，过了一会儿玛尔塔问道，那窑炉里剩下的那些陶俑我们还能怎么办；陶工答道，不怎么办。

晚饭后，马萨尔来了电话，我正从新家打这个电话呢，他说，我今天从保安宿舍搬走了，今晚我就会睡到我们自己的床上；好呀，你一定很高兴；是的，而且我还有一些消息要告诉你；我们也有，玛尔塔说；我们先说哪一个，我的还是你的，他问；最好先说坏消息，好消息留到后头说——要是还有什么好消息的话；我的消息不好不坏，就是个消息而已；那我先说我们的了，今天下午中心告诉我们，说他们不要买陶俑了，因为他们做了一番调查，结果不好。电话那头一阵沉默。玛尔塔等着。随后马萨尔说，我知道调查的事；是的，我知道你知道，爸爸告诉我了；我当时就担心会有这样的结果；你的担心应验了；我没告诉你这件事你生我气吗；不，我不生你气，也不生他的气，事已至此，我们必须尽力去理解和接受，相比之下，令我感到难过的是，本想着，即使我们生活在中心也仍能继续在陶坊工作，而现在这个幻想也破灭了；我从没考虑过这个可能；这个念头不是从我脑袋里冒出来的，是有次同爸爸聊天聊出来的；可是他当时也不能保证陶俑会被接受；他跟你一样，也不想让我难过，而他瞒着我的结果就是，最近这几天我过得像只快乐的小鸟，所以说也并非失去一切，不管怎么说，牛奶打翻了哭也无用，而在这个世上为打翻的牛奶而掉落的眼泪实在太多了，告诉我你的消息是什么；他们给了我三天假让我搬家，包括休息日——这次正好是个周一，所以我会在周五下午打出租车回去，就不用你爸来接我了，我们周六把一切都准备好，然后周日一早我们就动身；所有要带走的东西我都已经放在一旁了，玛尔塔心烦意乱地说道。又是一阵沉默。你不开心吗，马萨尔问；不，我很开心，真的，我很开心，玛尔塔答。接着她重复道，我很开心，真的。屋外，复得正在吠叫，一定是夜色中有黑影在移动。

19

货车满载，陶坊和住宅的门窗已经关闭。他们现在唯一要做的，就是如马萨尔前几天所说的那样，只等启程。西普里亚诺·阿尔格忧虑而紧张，看起来苍老了许多，他呼唤着复得。尽管稍稍敏锐一点的耳朵就能听出这呼唤声里的焦虑不安，但主人的嗓音仍旧提起了复得的精神。整个早上它都在跑来跑去，嗅着屋外的行李箱和包裹，困惑不安，为了吸引他们的注意，它大声吠叫，它的直觉并没有误导它，近来有一些特别的、不寻常的事情正在酝酿之中，而现在，是时候让运气，或命运，或偶然，或人类意愿那难以捉摸的脾性来决定其存在了。它趴在窝旁，头放在爪上休息，等候着，当听见主人说“复得，过来”的时候，它以为主人是在一如往常那样召唤它上车，最终不会对它的生活产生任何影响，今天将同昨天一个样，这也是狗的不变的梦想。他们给它戴上了牵引绳，这让它感到奇怪，平时出行可不是这样，可奇怪的感觉越发强烈，变成了困惑，因为女主人和年轻的男主人走过来抚摸它的头，与此同时嘴里嘟哝着它听不懂的话，而话里提到的它自己的名字复得听起来却充满不安，尽管他们对它说的话听上去并不很糟——我们改天来看你。牵引绳的轻轻一拽让它明白，应当跟随主人，情况再次变得明朗，货车是给另外两位主人的，而它将与它的老主人一起散散步。尽管如此，牵引绳仍然拴着它，但这无关紧要。等他们到了田野里，主人会放开它，任它追逐任何一个碰巧出现在它眼前的生物，哪怕只是一只壁虎。这是个清新的早晨，多云，但无下雨之虞。他们来到路旁，然而主人并没有如它所期待的那样左转走去开阔的田野，而是转向了右边，走进了村子里。一路上，复得有三次不得不突然止步。西普里亚诺·阿尔格跟我们中的大多数人在类似情形下的做法一样，与内心徒劳地讨论，问自己想还是不想做一件事实上证明我们是想做的事，这时我们给一句话开头，却不能说完它，我们突然停下，又接着狂奔，仿佛自己的父亲被从绞刑架上解救了下来，然后又停下，即使最有耐心、最忠诚的狗也会疑惑，如果跟个更果断的主人，会不会更好。它不会知道它主人的决定是有多坚决。西普里亚诺·阿尔格已经来到伊佐拉·马德鲁加的家门口，伸手欲敲门，又迟疑，又伸手，正在这时，门打开了，好像正在等候他一样，虽然并不是这样，而是伊佐拉·马德鲁加听到铃声，过来一看究竟。早上好，伊佐拉女士，陶工说；早上好，阿尔格先生；很抱歉上门打扰，但我有件事想同您商量，有个大忙要求您相帮；请进来说；在这儿说就可以，不必进去；瞧您说的，请进，不要客气；狗也可以进来吗，西普里亚诺·阿尔格问道，它的爪子脏；复得就如同家人一样，我们是老朋友了。门关上了。客厅里的昏暗将他们笼罩。伊佐拉对着一张椅子指了指，示意西普里亚诺·阿尔格就座，自己随后坐下。我想您可能已经知道我为何而来了，陶工说着，边让狗在他脚边趴下，也许我女儿已经专门同您说过了；关于什么；关于复得；没有，我们从未说起过复得，至少不是像您说的那样；哪样；您刚说的，专门说起复得，我肯定我们不止一次说到过复得，但没有专门说起过复得。西普里亚诺·阿尔格低头道，我来是想请您在我不在的时候照看一下复得；你们是要离开这里吗，伊佐拉问；对，现在就走，我们不能把狗一起带走，中心不允许饲养动物；我会照看它的；我知道您会像照顾自己的狗那样照顾它；我会把它照顾得比自己的狗还要好，因为它是您的。也许是为了放松神经，西普里亚诺·阿尔格没有多加思考，解开了牵引绳。我想我应当向您道歉，他说；为什么；因为我对你并不是一直都很有礼貌；在我的记忆中并非如此，我记得的是别的事情，我在墓园遇见你的那个下午，我们关于那个掉了一个手柄的水罐的对话，您来我家为我送来了一个新水罐；是的，但是在这之后我做得不妥，粗鲁，而且不止一次两次；没关系；有关系；你现在出现在这里就是没关系的证明；但我马上就要不在这里了；是的，马上就要不在这里了。乌云一定已经笼罩了天空，客厅里的幽暗越发浓密。此时自然而然的做法应当是，伊佐拉站起来把灯打开，然而她并没有，这并非是出于冷淡或是其他不便明说的原因，而只是因为她根本没有注意到自己几乎已经看不清眼前西普里亚诺·阿尔格的脸，而他就在她的对面，只要她稍稍前倾，两人之间的距离便不足一臂，水罐是否依旧好用，是否还能保持水的新鲜可口，西普里亚诺·阿尔格问道；就如同第一天一样，伊佐拉答，而正是这时她才意识到周遭的昏暗；应该把灯打开，她心中说道，但她并未起身。从来没有人告诉她，这世上有多少人的命运皆因这个简单的开关灯的动作而改变，不论是古时的油灯，还是一支蜡烛，一盏瓦斯灯，亦或是现代的电灯，她的确想过要起身，常识让她这么做，但身体却一动不动，拒绝头脑发给她的指令。这正是西普里亚诺·阿尔格所需要的昏暗，他要借这昏暗吐露心声，我爱你，伊佐拉；而你却把这句话留到了你要走的时候才告诉我，她这样答道，声音里带着痛苦；之前告诉你和现在告诉你一样，都无济于事；可你还是说了；这是最后的机会，你就把这当作告别吧；为什么；因为我没有什么可给你的，我是一个正在走向灭绝的物种，我没有未来，甚至连现在也没有；你有现在，此时此刻，这个屋子，要带你走的女儿女婿，趴在你脚边的这只狗；但是没有这个女人；你还没问；我不想问；为什么；我说了，因为我什么都给不了你；如果这确实是你的所思所想，那么我要说，你还有爱啊；爱不是房子，不是衣裳，也不是食物；但食物、衣裳和房子都不是爱啊；我们不要玩文字游戏好吗，一个男人如果没有立身之本，是不会要求一个女人嫁给他的；你是这样吗，伊佐拉问；你知道我是的，陶坊关门了，别的我也不会；但你会靠你的女婿过活；我别无他法；你也可以靠你的妻子过活；这样的爱能维系多久，西普里亚诺·阿尔格问；我婚后就不再工作了，是我的丈夫赚钱养家；没人会认为这样不对，这很正常，但要是换作一个男人，你说会变成怎样；爱情真的会因此而死吗，伊佐拉问，就因为这样简单的原因而终结吗；我没有立场回答你这个问题，我没有经历过。复得知趣地站起来，在它看来，这次礼节性的拜访未免也拖了太久，现在它想回它的小屋了，回到黑桑树下，回到沉思之凳旁。西普里亚诺·阿尔格说，我得走了，他们在等我；我们就这样道别了吗，伊佐拉问；我们不时还会回来，来看看复得怎么样了，看看家里的房子是不是还在，不是永别。他重新给复得戴上牵引绳，又将绳子交到伊佐拉手中道，我把它交给你了，它只是一条狗，但是。我们将永远也无法知道，在这个悬在半空里的连词后面，西普里亚诺·阿尔格会生发出怎样的本体论思想来，因为他牵着狗绳的右手，迷了路，到了伊佐拉·马德鲁加手里，或者说，任由伊佐拉·马德鲁加的双手捉住自己，然而这个女人，这个他并不想令之进入到自己的现在中的女人，此刻却正对他说，我爱你，西普里亚诺，你知道我很爱你。

绳子滑落到了地上，感觉到了自由的复得溜到踢脚线板那里闻闻嗅嗅，很快，当它转过头的时候，却发现这次拜访偏离了路线，那个拥抱已不再是礼节性的了，那几个亲吻也不是，还有那断断续续的呼吸声也不是，还有那些同样也是说出了口但却无法说完的话——尽管出于完全不同的原因。西普里亚诺·阿尔格和伊佐拉站了起来，她哭泣着，喜悦与痛苦交织在一起，他结结巴巴地说道，我会回来的，会回来的。实在遗憾，街上的门不能一扇扇地打开，好让四邻来把这寡妇和这老陶工如何陷入爱恋，最终得以互诉衷肠的故事来见证和传扬。西普里亚诺恢复了本来的声调道，我会回来的，会回来的，我们一定会有办法；唯一的办法就是你留下，伊佐拉说；你明知我不能；我们，我和复得，在这里等着你。复得不明白为何是这个女人牵着它的绳子，三者朝着门口走去，这是一个明显的信号，表明它和主人终于就要走了，可它仍旧不明白，为什么这根绳还没交回到那个有权拴它的人之手。恐慌从它的尾巴一路蹿到它的喉咙，但是，与此同时，它的四条腿兴奋地颤抖起来，因为它的脑中灵光乍现，想到一计，那就是，当门打开的一刹那，它就猛地蹿出去，之后就可以成功地在屋外等着主人朝它走来。然而直到一个接一个的拥吻、一声接一声的呢哝之后，门才打开。可那女人仍旧紧抓绳子不放，口里说着，你留下，你留下。言语就是这样，试图用来阻止西普里亚诺·阿尔格离开而未成的话，现在又用来不让复得逃走。门关上了，将这狗与主人一分两边，然而，感受就是这样，一个人失去依傍的痛苦，是无法在另一人饱受折磨的幸福中等来同情或是理解的——至少在这一刻。不出几日我们便可知道复得在它的新家过得怎样，它是很快就要接受它的新女主人还是难以适应，女主人对它的悉心照料和无尽的疼爱是否足以让它忘却被无故抛弃的悲伤。现在我们要做的是跟随西普里亚诺·阿尔格，紧跟着他梦游似的步伐。让我们想象一下，在我们刚刚看到的这个例子中，一个人如何能同时有如此对立的感受，最深刻的喜悦和最痛苦的悲伤，继而来找到或创造一个词去指代刚刚那个连词所蕴含的感受——过去很多人承担过这项任务，但都放弃了尝试，因为他们知道，对那些渴望表达的不可言喻之物，人们甚至永远无法到达它的门槛，就像是永远在后退的地平线。人类的词汇还不能够，也许是永远不能够了解、认识、交流人类所能体验和感受到的一切。有人断言，这种极端的困难，其主要原因还是在于一个事实，那就是，人类是由黏土所造，根据百科全书的翔实介绍，那是一种由二百五十六分之一毫米大小的微小矿物碎片组成的碎屑沉积岩。时至今日，无论人们如何研究语言，都无法为此找到一个恰如其分的名字。

再来看西普里亚诺·阿尔格，此时他已经走到了街道的尽头，开始转向那条将村子一分为二的路，他既不像走也不像逛，不是跑也不是飘，就如同在做梦一样，梦里他正试图从自己的体内挣脱出来，随后又被他自己的身体绊倒。就这样，他走到了高坡上，货车正停在那里，女婿和女儿等着他。先前天空看起来并不像要下雨，现在却开始飘落雨花，犹犹豫豫、懒懒散散的雨，也许并不会持续多久，但也加重了这几个即将掉转车头离开自己深爱着的地方的人的离愁别绪，就连马萨尔都感到胃部不适。西普里亚诺·阿尔格上了车，坐到给他留着的副驾驶的位子上，然后说，走吧。一路上他没有再说一个字，直到他们到达中心，直到他们走进载着他们以及他们的行李上三十四楼的送货电梯，直到他们打开门，直到马萨尔宣布，我们到了，他才开口吐出几个字，尽管并没有太多原创，只是重复他女婿的话再加上一点小小的修饰——是的，我们到了。这边厢，玛尔塔和马萨尔一路上也几乎没有交谈。当货车路过马萨尔父母家门前的时候，玛尔塔问，你跟他们说了我们今天走吗；说了，前天从中心回来的时候说的，我在那就停了一小会儿，出租车等着呢；你不想多停一会儿吗，她又问；我已经厌倦了争吵，烦透了；就算这样也应该；你还记得那次我们俩过去他们是什么样子吧，你一定不会想要昨日重现的，马萨尔说；真遗憾，不管怎样，他们也是你的父母；这真是一句有意思的表达；哪句；不管怎样；大家都是这么说的啊；是啊，乍眼看去不过就是一句修辞，而当你开始琢磨其中深意时，你就会开始感到害怕；不管怎样，玛尔塔道，就是相当于在说，我们还有什么办法，你还能期待些什么，事情就是这样，或者，说得再直白一些就是，认命吧；我们总归是不得不跟我们的父母生活在一起，马萨尔说；别忘了我们也会变成父母的，玛尔塔道。这时，马萨尔看向他的右边，笑着说道，当然，这个父母子女势不两立的话题跟您全然没有关系，但是西普里亚诺·阿尔格并没有应答，只是茫然地点点头。坐在丈夫身后的玛尔塔只能看到父亲的侧影。不知他同伊佐拉两人怎么样了，她心想，肯定不只是到了那儿把复得留下就走了，过了那么久才回来，两人一定相互说了好些话，多想知道他在想什么，他脸上看起来很安宁，但同时也有些出神，就像是刚逃离危险的人惊讶于自己的侥幸存活。如果她可以面对着父亲坐，她可以知道更多，那时她也许会说，我认得那些从未滴下而收回眼中的泪水，我知道那种快乐的痛，那种令人心碎的幸福，那种是又不是、有却没有、想要却又要不了的东西。但还远不到西普里亚诺·阿尔格作答的时候。他们驶离了村子，把那三幢废墟中的房子留在了后面，现在又穿过那条黑臭的小河上的桥，再往前，在旷野的中间，在那堆树丛那里，被灌木遮掩着的，是来自西普里亚诺·阿尔格陶坊的考古宝藏。谁见了都会说，那是万年以前，远古文明留下的最后孑遗。

马萨尔休假回来的第二天早上，他从三十四层下楼上班，身份已然是常驻保安，寓所整洁、干净、井然有序，所有从另外那个家带来的东西都已经各就其位，只等主人欣然占据同样也属于他们的位置。这并非易事，人不会像物品那样待在一个地方不动，人会移动，会思考，会提问、怀疑、探究、求知，的确，由于受到顺从习惯的驱使，人似乎迟早会服从于客体，然而，不要觉得这种看起来明显的服从就是永久的。新住户要解决的第一个问题——马萨尔·加修除外，他将继续从事他熟悉的例行工作，看护好与中心有关的人员和财产的安全——第一个问题，就是为“现在我该做什么”这个问题找到一个令人满意的答案。玛尔塔负责打理家事，等过阵子，她的孩子就要出生，这足以让她从早忙到晚。然而，正如前文所说，一个人同时受到行动和思想的支配，那么如果，当她已经干了一小时的活，并且还将接着干两个小时，如果她在这个时候问自己，现在我该做什么，我们也不该惊讶。无论如何，西普里亚诺·阿尔格才是面临着最糟糕情况的人，他会盯着自己的双手看，心知它们一无是处，他看看时钟，知道时间也并不会过得快一些，想想明天，知道明天会同今天一样空虚。西普里亚诺·阿尔格早已不是少年，不能整天躺在狭小卧室里的小床上，想着伊佐拉·马德鲁加，一遍遍地回味两人的交心话、让两人曾经的拥抱和亲吻，再生——如果可以用这样恢弘的字眼来形容这种非物质性的操作的话。有人一定会说，治疗西普里亚诺·阿尔格这种病最有效的药就是，西普里亚诺·阿尔格现在下楼去车库，钻进货车去看望伊佐拉·马德鲁加——她一定也遥遥地在那个村庄里度日如年，同样地饱受肉体和精神的煎熬，况且，对于一个处于他这种境遇的男人，生活中第一或第二重要的事已经不再是工艺和美术上的成就，而他还有爱着的女人，而那个女人也爱着他，这简直是老天爷极大的恩宠，是求也求不来的好运。这个人一定不了解西普里亚诺·阿尔格。就如同他曾告诉过我们，一个男人如果连自己的生计都难以保障，是不会向心爱之人求婚的，那么现在他也会说，他活着可不是为利用可趁之机然后表现得好似自己有着理所应当的权利去获取水到渠成的满足，尽管作为男人以及将某位特定的女士作为自己男性关注和欲望的唯一焦点这两个事实，让他看上去兼具品质与德行，进而赋予了这一切相当的正当性。说得更直截了当一点，西普里亚诺·阿尔格没有准备好的是看到自己成为这样一个家伙——尽管他不得因此而尝尽寂寞带来的一切遗憾和痛苦——隔三岔五地去看望他的有情人，在她那里度过一个下午或者晚上，摇晃自己的身体让感觉战栗，在离去之前在一张卸了妆的脸上报以一个心不在焉的吻——在我们这个故事里，是吻在一条狗的额头上，那就下次再见了，复得，然后，带着这些精神纪念品从她那里回来。然而，除了时不时地走到窗边望望玻璃后面的天空这剂唯一且短效的缓解药，西普里亚诺·阿尔格还有两个办法逃离这套公寓所变的牢笼。第一个办法是城市，西普里亚诺·阿尔格，这个从来都只在一个无名小村里成长生活的人，对城市的所知也仅仅停留在一路上所见的人，现在可以把时间都花在四处游走闲逛上，晾晾羽毛——这是一种表达，要追溯到旧时，宫廷里的绅士贵族会带着羽毛装饰的帽子招摇过市。他也可以去城市里的公园和花苑，那里午后常有老头儿集聚，他们都有着退休或是失业——这两个词其实是一回事——的容貌和典型姿势举止。他可以加入他们，和他们交朋友，兴致盎然地同他们一起打牌直到天色昏暗，直到他们近视的眼睛看不清牌上花色是红还是黑。要是他输了，就要求再来一局，要是他赢了，就准许他人再来一局，公园里的规则就这样简单易学。第二种办法，不消说，那就是在他所居住的中心了。自然，他是早就到过这个地方的，然而他对中心的了解比不上他对城市的了解，因为从他为数不多的几次同女儿一起在中心的购物经历来看，他每次都记不得自己是如何从一个地方再到另一个地方的，而此刻，从某种意义上来说，整个中心都是他的了，它就像是被摆在一个声与光的盘子里再呈到他面前一般，他可以在其中任意漫游，多久都可以，同时耳边还有轻柔的音乐和怡人的嗓音。他们头一次来看那套房的时候，如果用另一头的电梯，那么在电梯缓缓上升的时候就可以看到，除了新的拱廊、店铺、自动扶梯、会合点、咖啡店、饭馆，还有其他许多的有趣的、各式各样的设施，比如，旋转木马、旋转太空火箭、儿童乐园、老年活动中心、爱之隧道、吊桥、幽灵列车、占星室、彩票点、气枪射击场、高尔夫球场、豪华医院、另一些稍稍不那么豪华的医院、保龄球球道、台球厅、一排桌式足球、一幅巨型地图、一道暗门，另一道贴着指示牌的门，牌子上面写着体验自然感觉，雨、风、雪，随你所愿，一道中国长城、一座泰姬陵、一座埃及金字塔、一座卡尔纳克神庙、一道二十四小时运作的真实引水渠、一座马弗拉修道院、一座教士塔、一处峡湾、一片有着洁白蓬松云朵的夏日天空、一个湖泊、一棵真的棕榈树、一具暴龙骨架、栩栩如生的另一具骨架、一座有着珠峰的喜马拉雅山、一条有着印第安人的亚马孙河、一座石筏、一座巴西基督山、一只特洛伊木马、一张电椅、一个行刑队、一个吹号角的天使、一颗通讯卫星、一颗彗星、一条银河、一个大侏儒、一个小巨人、总而言之，如果列成清单，纵使有八十年的闲暇也无法将如此庞杂的名目收入其中，就算是生在中心、一辈子不到外部世界去也不够。

透过房间窗户向外凝望这个城市和屋顶是远远不够的，因此西普里亚诺·阿尔格排除了这个选项，去公园和花苑也是不予考虑的，因为他的精神状态还不至于达到那种无声的绝望或是极度的枯燥，而又因为前文所述的原因，拜访伊佐拉·马德鲁加以求情感和肉体慰藉这个充满诱惑却不妥的选项也得搁置一旁，留给玛尔塔的父亲的选项只剩一个——如果他不想哈欠连天地度过余生，不想拿自己的头去猛撞内心牢狱之墙的话——那就是，让自己沉浸在对这个船只失事后他被冲上岸去的奇幻岛屿的探索和有条不紊的调查之中。于是，每天清早，吃过早饭，西普里亚诺·阿尔格匆匆丢给他女儿一句再见便出门了，就像去上班一样，有时上到顶层，有时又下到底层，时而将电梯速度设至最大，时而又最小，完全取决于他的观测需要，沿着走廊和通道一路前行，在大厅里穿梭，绕着巨大而复杂的商区游走，看看那里的店铺橱窗、展览区、陈列室、展示柜，里面包含着一切能吃的、喝的，或者身上穿的、脚上穿的、头发上用的、皮肤上用的、指甲上用的、除体毛的、上身用的、下身用的、挂在脖子上的、垂在耳朵上的、套在手指上的、在手腕上丁零当啷的、用来扎上的、用来解开的、煎的煮的、缝的补的、涂的抹的、擦的洗的、加的减的、增肥的减肥的、铺开的收紧的、填充的挖空的，说了这么多跟什么都没说一样，同样用八十年闲暇也念不完那五十五册一千五百页 A4 大小的纸张里所包含的中心商品名目。显然，吸引西普里亚诺·阿尔格的并非是陈列着的商品，毕竟，购物并不是他的责任和权限范围以内的事情，这是赚钱的人的事，也就是女婿，这也是管钱、用钱的人的事，也就是女儿。他就是那个成天把手揣在兜里四处转悠、这儿停停那儿看看、时不时找保安问问路的人，但，即使有时会撞见，问马萨尔是从来都不会的，以免让人知道他们之间的家庭关系。当然，令他最感兴趣的就是，充分利用居住在中心所带来的那些令人嫉羡的宝贵优势，也就是，免费或者以低廉的价格观赏五花八门的景致。关于那些景致，我们已经给出了两种清楚而凝练的描述，第一种就是从这一头的电梯里看，第二种就是从那一头的电梯看，然而，出于客观性和信息严谨性的考虑，我们应当指出，在这两种情况里，我们都没有到过三十四层以上的地方看过。你们一定能够记起，在这三十四层之上还有十四层的洞天。西普里亚诺·阿尔格是个相当有探究精神的人，我们几乎没有必要说，他的调查之旅首站便是那道神秘暗门，然而，神秘暗门依旧神秘，因为，尽管他一再按下门铃，又接连敲了好几下门，依然没有人从里面出来问他想要做什么。不过他确实需要迅速做出一个完整的解释，只是对象是一名保安——想必是被他弄出的噪音吸引了过来，或者，更可能是被闭路电视里的画面指引到这里的。保安上前来问他是谁，在这里做什么。西普里亚诺·阿尔格解释称自己住在三十四层，刚好经过那里，然后被门上的标志吸引了注意，只是好奇，先生，只是一个无所事事之人的好奇罢了。保安要求他出示身份证和中心居住证，对比了他本人和证件上的照片，透过放大镜检查了两个证件上的指印，最后，又在同一只手指上采了指纹，西普里亚诺·阿尔格则在相应的指示后将手指按上了从斜跨在保安肩上的包里取出的一台笔记本电脑的扫描装置上，同时保安说道，不用担心，这只是正常程序，但请听我一句劝，以后不要再来这里了，否则会给您的生活带来麻烦。好奇一次就够，没必要再多。这道门背后什么秘密也没有，以前曾有过，但现在没有了；这样的话，为什么不把标志撤掉，西普里亚诺·阿尔格问；这就像是个诱饵，可以让我们知道中心里住着哪些好奇之人。保安等到西普里亚诺·阿尔格走到十多米开外才跟着他，直到他遇见一名同事，为了避免被发现，他同他交了班。他怎么了，保安马萨尔·加修装作事不关己的样子问道；他刚正在敲那道暗门；这算不上什么大事，这事每天都会发生好几次，不必紧张，马萨尔说；是啊，但是他们必须学会不去好奇，要学会大步走开，不要把鼻子凑到不欢迎他们的地方去，这是个时间和习惯的问题；也可以通过强制手段，马萨尔说；强制，除非是十分极端的问题，不然没必要，我当然可以将他抓起来审问，但我没有，我只是给他一个忠告，运用心理学；我得跟着他，马萨尔说，不能让他逃脱；如果发现什么可疑之处就通知我，我好写到报告里，然后签上我们两人的名字。之后这位保安就离开了，马萨尔继续远远地跟随着岳父又上了两层楼才停住脚步。他思忖着要怎样做才好，是跟他谈谈，然后关照他以后在散步的时候一定要小心，还是就当不知道这小小意外然后向上天祈祷以后别再发生更严重的事。最后他决定选择后者，然而，西普里亚诺·阿尔格晚饭时却笑着告诉他今天发生的事，他别无他法，只好担当起说教的责任，请求他以后尽量不要引起任何人的注意，不管对方是不是保安，要想在这里生活，就必须这样做。然后，西普里亚诺·阿尔格从口袋中掏出一截纸片，我从挂着的海报上抄了几条宣传语下来，他说，希望没有引起任何耳目的注意；最好是这样，马萨尔没好气地说。抄写那些贴着给客人看的句子也算可疑行为吗，西普里亚诺·阿尔格问道；看看是正常的，抄下来就不正常了。而任何不正常的事就算不是异常，也会被怀疑是异常。在一旁一直未插话的玛尔塔向父亲请求道，念念那些句子。西普里亚诺·阿尔格把纸在桌上摊开，念道，大胆去梦，他看看女儿，又看看女婿，见他们并没有要点评的意思，便继续念道，为敢于梦想欢呼，这只是第一条的变体，接下来是别的，一、让一切唾手可得，二、足不出户，尽赏南海之风，三、这不是您最后的机会，这是您最好的机会，四、我们一直想您所想，是时候想想我们了，五、如果您的朋友要购物，请把他们带来，六、因有我们，您别无所求，七、您是我们最好的顾客，但是，请别告诉您的邻居；这是中心外墙上贴着的那句，马萨尔说；现在放到里面来了，顾客们应该是很喜欢这句，西普里亚诺·阿尔格回答。您的探险之旅还遇到什么了，玛尔塔问；我一说你就听睡着；那就快给我催眠；让我觉得最好玩的，西普里亚诺·阿尔格开口道，是那些自然的感觉；什么叫自然的感觉；你试着想象一下；好；你进入一间接待室，买一张票——我只需付原票价的十分之一，因为他们给这里的住户打五五折，又因为年满六十周岁，也打五五折；年满六十看起来真是件了不起的事，玛尔塔说；正是，岁数越大，赚得越多，等死的时候就成了富翁；那然后发生了什么，马萨尔不耐烦地问；你从来没进去过吗，岳父感到惊讶；我知道有这个地方，但从来没进去过，没有时间；那你一定不知道你都错过了些什么；您要不说我就去睡觉了，玛尔塔威胁道；好吧，你付完钱，他们给你一件雨衣、一顶帽子、一双雨靴、一把雨伞，全部都是五颜六色的，你也可以选黑色，但需要加钱，然后你去到一个更衣室，那里的喇叭里会传出一个声音让你把雨靴、雨衣、帽子穿戴好，接着你就去到一个类似走廊的地方，人们会排成四排，但每排之间的间隔很大，人们可以自由移动，我们当时大约有三十人，有些人跟我一样是头一次去，另一些嘛，据我观察，应当是偶尔去一次，而至少有五人是常客了，我听见其中一人讲，这好比是种毒品，尝试一次便再难戒掉；然后呢，玛尔塔问；然后开始下雨，先是小雨点，接着开始变大，所有人都撑开雨伞，然后喇叭里的声音要求我们前进，场面无法用语言描述，必须亲身体会，雨开始倾泻而下，突然狂风大作，一阵接一阵，雨伞都被吹翻了面，帽子也吹掉了，女人们为了不笑出来而大声叫喊着，男人们大笑着为了不叫喊出来，风越来越大，几乎成了一场台风，人们踉踉跄跄，跌倒，爬起，又跌倒，雨开始像洪水一样汹涌而来，二三十米的路，我们花了十好几分钟才走完；然后呢，玛尔塔打着哈欠问；然后我们又转身，接着就开始下雪，开始只是棉线头那样的零星雪花，接着雪越来越密，帘子一般在我们眼前落下，几乎无法透过雪花看清面前的同伴，有些人还打着伞，这就更妨碍了，最后我们终于到达更衣室，那里阳光耀眼夺目；更衣室里有个太阳，马萨尔疑惑道；那个时候更衣室已经不是更衣室，而更像是一片草场；这些都是自然的感觉吗，玛尔塔问；是的；不是每天外头的景象，再像也是假的；我在归还那些用品的时候说了同样的话，但我本该闭嘴；为什么；其中一个常客鄙夷地看着我说，我替您感到惋惜，您永远不会理解。在丈夫的帮助下，玛尔塔开始收拾餐桌。明天或者过几天我要去趟海滩，西普里亚诺·阿尔格说；那里我倒是去过一次，马萨尔说；那里怎么样；热带风情，很热，水很温暖；沙子呢；没有沙子，地板是塑料做的，从远处看就跟真的一样；那么想必一定没有海浪了；那您就错了，那里有一台机器，能够制造出跟真实海浪一样的海浪；不是吧；是真的；尽是些人类发明的东西；是啊，马萨尔说，有点悲哀。西普里亚诺·阿尔格站起身，又转了两圈，跟女儿讨了本书，要进卧室的时候，她说，我去了趟楼下，地板已经不再震动了，挖掘机的声音也听不到了。马萨尔答道，工程应该已经结束了。

20

玛尔塔已经跟丈夫提过，在他搬到中心后的休息日第一天回一趟另外的那个家去取一些东西，用她的话说，都是些用得着的东西。她说，通常的搬家，人们会把东西都带上，但我们的情况不一样，而且，我很确定我们还会再回去几次，说起来还真是件令人高兴的事，晚上我们可以睡在我们的床上，然后第二天再回来，就像以前做过的那样。马萨尔答，这样不好，这样会搞得不知道我们究竟住在哪边，你父亲看上去很想给我们造成一个印象，让我们觉得他很享受在中心的各种探秘活动，但我了解他，在那张脸孔的背后，是一颗仍想劳作的心；那天在伊佐拉家发生了什么他只字未提，他把自己彻底封闭了起来，这一点都不像平时的他，平时不管怎样，大发脾气也好，心情抑郁也好，到最后他总会对我打开心扉，我在想我们现在回趟家也许能有所帮助，他一定很想看看复得怎么样了，一定想再同她聊聊天；嗯，如果你这样想，那我们就回去，但你记住我接下来要说的话，我们要么是住在这里，要么住在那里，把两个地方当一个地方住，就等于哪里都不是家；也许对我们来说不得不这样；这样，什么样；哪里都不是家；每个人都需要有个家，我们也不例外；我们曾经的那个家已经不再属于我们了；仍旧是我们的；可已经不是以前的样子了；现在的家是这个。玛尔塔看看四周，接着说道，我想它永远不会成为我们真正的家。马萨尔耸耸肩，心想阿尔格家的人着实难以理解，但是，尽管如此，他也不会拿世界上的任何东西与他们交换。我们要告诉你爸吗，他问；到最后一刻再告诉他，免得他耿耿于怀憋出病来。

西普里亚诺·阿尔格从未料到他的女儿女婿对他竟有安排。马萨尔·加修的休息日取消了，同样的事也发生在了跟他值同样班次的同事身上。常驻保安们在绝对保密的情况下获悉——也仅限于他们，因为他们被认为是最值得信任的人——新的冷藏库建造工程施工时在地下五层发现了某些东西，需要对其进行仔细且耗时的检查，目前，进入那里是有限制的，保安队长同保安们说，几天之内，就会有一支专家队伍前往那里展开工作，届时会有地质学家、考古学家、社会学家、人类学家、法医、公关人员，他们还告诉我会有两名哲学家，我没有问为什么，他停顿一下，目光扫过在他面排开的二十个男人，继续道，禁止将我刚刚告诉你们的消息以及将来你们可能会了解到的信息透露给任何人，我所说的任何人，就是任何人的意思，妻子、儿女、父母，都不可以。我要求你们绝对保密，都听明白了吗；听明白了，先生，男人们齐声答道；很好，洞穴的入口——我之前忘了说那是一个洞穴——日夜都有人不间断把守，四个钟头一班，这张表上可以查看每个人的值班顺序，现在是下午五点，值班从六点开始。其中一个男人举手提问，他想知道，万一有人在保安开始值守之前就发现了这个洞穴会怎么样；只有在六点以后才能算作我们的安全责任，所以在此之前的情况均不必负责；今天上午正在进行人工移动地面的时候，有人发现了洞穴入口，工程立即被叫停，随后三名工程部的工程师就一直在那里；洞穴里是有什么东西吗，另一名保安问；对，保安队长答道，你们会有机会亲眼见到的；危险吗，我们在进入前是否需要做好防护，这位保安又问道；就目前掌握的情况看，里面没有任何危险，然而，谨慎起见，你们不应触碰或过于靠近，我们并不清楚触碰之后会产生何种后果；对我们而言还是对那里的东西而言，马萨尔问道；对你们也对那些东西；洞穴里不止一样东西吗；是的，保安队长答道，脸色变了一下。接着，他定了定神继续说道，现在，如果没有别的问题，那就记住下面我所说的，首先，关于是否做好防护再进入，我认为带上警棍就够了，并非是我觉得有使用它的必要，而是带上它你们会更有自信，对保安而言，警棍就像是一件必备衣服，没有它就如同没穿衣服，其次，没有轮到值班的人员要穿便服到各楼层巡逻，留心听那些与洞穴有关或者疑似有关的对话，假如有——尽管这种可能性基本不存在——就立即通知服务中心，我们会采取必要的措施。保安队长停顿一下，总结道，这就是你们需要了解的全部内容，另外，再说一遍，注意绝对保密，这关乎你们的职业生涯。保安们走向值班表查看，马萨尔看到自己被排在第九班，也就是在后天凌晨两点至早上六点之间。在地底，三四十米的地方，分不清是昼夜，有的只是被冷冷的工程照明灯光刺穿的黑暗，当电梯把他送往三十四层的时候，他想着要如何告诉玛尔塔同时又不让自己破坏纪律。禁令似乎是绝对要遵守的。一个人要信任自己的家人，这不是权利，而是义务，然而，这只是理论，这件事他无论怎么看，都只有服从指示一个选择，命令就是命令。丈人不在家，应该是正在进行他那好奇孩童般的探索之旅，找寻事物的意义，而不管它们隐藏得有多深，他都有足够的机敏将它们找到。马萨尔告诉玛尔塔说临时更换了任务，现在要换着便装去，但不会一直这样，就几天而已。玛尔塔问为什么，他回答不允许说，是保密的，我以人格做了保证，他借口道，这当然不是真的，保安队长并没有让他们以人格做保证，这种应答方案是别的时候和别的风俗里才会有的，而有时会未经我们思考便脱口而出，同样的事情也发生在记忆身上，它让我们想起来的，总比我们想要想起来的多。玛尔塔没有应声，她打开衣橱，从衣架上挂着的两件西服中取下一件，说，我想穿这件应该可以；穿这件好极了，马萨尔道，在这重要的一点上两人能达成一致，对此他很满意。他想到，最好把剩下的消息也告诉她，一次性解决问题，如果一会儿就要去值班的人是他，他必须现在就告诉玛尔塔，我六点到十点要值班，什么都别问，是秘密，可以就这么说，只消改一下值班的日期和时刻，我后天凌晨两点到早上六点要值班，什么都别问，是秘密。玛尔塔好奇地看着他，这个时间中心已经关门了；不是在中心；那是在外面吗；在里面，但不是在中心；我听不懂；我希望你不要再问了；我只是想说我搞不懂怎么回事，怎么可以同时在一个地方的里面但又不是在那里；是在用作冷库的洞穴里，但我不能再多说什么了；他们发现石油了吗，还是挖到了一座钻石矿，还是发现了有块石头下面就是地球的肚脐，玛尔塔问；我不知道他们发现了什么；那你什么时候会知道；轮到我值班的时候；或者你可以问问已经值过班的同事；我们不可以互相谈论这件事，马萨尔边说边将目光转向别处，因为严格来说这种说法并非事实，而是对保安队长的命令和建议加以断章取义后的版本，是遭遇词穷窘境时候加以灵活改动后的运用；看来是个巨大的谜，玛尔塔说；似乎是这样，马萨尔附和道，一边极其小心地整理衬衫袖口，好让露出于外套袖口的部分不多也不少。穿上便装的他看起来比实际年龄大一些。回来吃晚饭吗，玛尔塔问；没有命令说不可以回家吃饭，但如果我回不来，我会打电话的。趁着妻子还没来得及想起下一拨提问，他离开了家门，成功逃离了妻子穷追不舍的发问，他略微舒了口气，但同时又感到懊恼，因为自己对妻子并没有诚实。我刚刚没有不诚实，他自己为自己抗议道，我早跟她说了这是秘密。尽管有如此激昂有理的辩驳，马萨尔还是没能说服自己。一个多小时后，刚刚从幽灵列车的恐慌中回过神来的西普里亚诺·阿尔格回到了家。玛尔塔问他，见到您女婿了吗；没有；即便见到了您可能也没认出来；为什么；他换了身衣服，现在可是便衣保安了；这倒是新鲜；是他接到的命令；便衣保安不是保安，是间谍，父亲道。玛尔塔把知道的都告诉了他，其实也几乎等于没有说，然而这也足够拂了西普里亚诺·阿尔格的兴致，他本打算明天去满是印第安人的亚马孙河探险。是有点奇怪，但你知道吗，从一开始我就感到那里正有什么事情发生；从一开始是什么意思，玛尔塔问；震颤的地板，挖掘机的噪音，你还记得吗，我们第一次来这里看房的时候；如果我们每次一听到挖掘机工作时的噪声就产生不祥的预感，我们早就倒大霉了，就像是我们过去以为听到厨房墙壁里有缝纫机的声响，妈妈总说这表示一个可怜的女裁缝因为在星期天工作而犯下了罪孽并受到了惩罚；但这次我被证实是对的；似乎是这样，玛尔塔重复了一遍丈夫说过的话；等他回来让我们看看他要怎么说，西普里亚诺·阿尔格道。他们一无所获，马萨尔紧咬着原先的那套说辞不放，将那些话翻来覆去地说，最后也终于为这件事画上了一个句号——如果你们再紧抓不放，我将是第一个认为这个命令荒唐至极的人，但我接到的命令就是这样，所以关于这件事，我这里已经没有别的可说了；至少告诉我们你为什么突然需要穿便装巡逻，丈人追问；我们不巡逻，我们只是为了中心的安全四处看看，仅此而已；好吧，既然你这样说的话；我没有别的要说了，请不要再问我了，马萨尔有些恼火地打断道。他望向妻子，似乎是在问她为何沉默不语，为何不袒护他，她开口了，说，爸爸，马萨尔说得有道理，您别再追问了，随后她又走向丈夫，在他的额头上吻了一下道，原谅我们，我们阿尔格家的人，是有些蛮横的。晚饭后，三人看了一档只有中心的居民才能够收看的中心闭路电视节目，随后就各自回到卧室，熄灯后，玛尔塔向马萨尔道歉，马萨尔吻了她一下，而他没有继续吻她第二第三下的唯一原因就是，如果照那样发展下去，到最后他会把秘密和盘托出。那边厢，西普里亚诺·阿尔格正坐在床上，开着灯，思来想去，觉得必须要去中心的地底下一探究竟，如果那里有另一道暗门，那么这次他们至少不会跟他说门的那一边什么都没有。没必要再三追问马萨尔。而且之前的所为对这个小伙子而言也不公平，如果规定要保密，而他遵守了，不屈服于家人所擅长的各式各样恬不知耻的道德绑架，那就是件值得称道的事——我是你丈人，你是我女婿，把一切都告诉我，玛尔塔说得对，我们阿尔格家的人，确实挺蛮横，他想。明天他将不去满是印第安人的亚马孙河探险，而是打算游走于中心的每个角落，探听人们的对话。从本质上来说，秘密大抵就是保险箱的密码，尽管我们不知道是什么，但我们知道它由六个数字组成，而且某一个或某几个数字还可能出现重复，尽管会有许许多多的组合形式，但也并非无穷无尽。好比生活中的一切事情，这只是个时间和耐心的问题，这里只言，那里片语，一句暗示，一次眼神交换，突然的沉默，墙壁上的各种微小裂缝，侦察的艺术就在于懂得如何把真相的碎片拼凑到一起，在于懂得如何清除妨碍真相显现的杂质，总会出现那么一个时刻，我们会问自己，是否这梦，这野心，这所有秘密的暗中期盼，最终不会成为揭开秘密的一种可能，尽管这种可能是那么渺茫和遥远。西普里亚诺·阿尔格脱下衣服，关上灯，心想着今晚注定是个不眠之夜，然而仅五分钟后睡意便将他裹得密不透风，它在他脑中合上了最后一道门，即使是伊佐拉·马德鲁加也难以窥进其中。

西普里亚诺·阿尔格起得比平常晚一些，当他从卧室出来时，女婿已经出门工作。睡眼惺忪的他向女儿道了声早安，坐下准备吃早饭，此时电话铃声响了起来。玛尔塔过去接了电话又很快回来，是找您的。西普里亚诺·阿尔格的心跳了一下，找我的，还有人想找我说话，他问道，心里早已等待着女儿回答——是伊佐拉。然而她的回答却是，是采购部打来的，一位副主管。一边是为电话并非是心上人打来而失落，一边是为可以不必向女儿解释自己与伊佐拉之间变亲密的原因而感到轻松，尽管我们不应忘了，他完全可以简单地说成是复得的缘故，比如，自己太想念复得。徘徊于这两种情绪之间的西普里亚诺·阿尔格向电话走去，自报家门后，电话那头传来那位亲切的副主管的声音，得知您搬来中心居住后我非常惊喜，您瞧，恶魔也并非一直躲藏在门后，这是句老话，但比人们想得要真实得多；的确如此，西普里亚诺·阿尔格道；这次我给您打电话是想请您今天下午来一趟，我们好向您支付陶俑的钱；什么陶俑；我们用做调查的那三百个陶俑；但那些陶俑并未出售，所以不必付钱；我亲爱的先生，采购部副主管出人意料地用严肃的语调说道，在这件事上，请听从我们的决定，无论如何您都要知道，即使支付意味着损失会超过百分之百——就好比在这件事上——中心也会全部付清的，这是个道德问题，您现在居住在这里了，您应该能够更好地理解这一点了；好吧，可是我不明白，什么叫损失超过百分之百；人们正是考虑不到这一点，全家的经济才会崩溃；很遗憾我没能早一点知道；让我来告诉您，第一，我们把欠您的钱一分不少地还给您；这个我明白；第二，我们当然也要支付用于调查的钱，也就是说，用到的材料、分析人员、完成这一切所花去的时间，您想，这些物力、人力、时间本来都可以用在更有回报的事情上，如果把我们没卖出去的，和我们为了得出“应该会卖不出去”这一结论所付出的代价考虑进去，不用多么天才的脑子也能得出结论，损失已经超过了百分之百；抱歉给中心带去了这样的损失；所谓职业风险就是这样，有时候亏了，有时候有赚了，不管怎么说，也不严重，只是一桩很小的生意罢了；当然，西普里亚诺·阿尔格道，人们不愿买我的产品，你们还要向我支付，我也可能于心不安而拒绝这笔钱，虽然事实上我可以拿这笔钱做点什么；是个好理由，最好的理由；我下午的时候过去；不必来找我，直接去出纳处就好，这是我们与您现已关门的陶坊所做的最后一笔交易，我们希望给您留下尽可能好的印象；非常感谢；以后您就好好享受余生吧，您所在的中心可是您享受余生最理想的场所了；我也是这么认为的，先生；好好享受您的好福气；这正是我现在所做的。西普里亚诺·阿尔格挂了电话，他们要付我陶俑的钱，他说道，我们并没有损失一切。玛尔塔点点头，这个动作可以包含一切含义，无奈、反对、漠不关心，然后转身又进了厨房。你是不是不舒服，父亲站在门旁问道；只是有点累，应该是怀孕的关系；我觉得你有些失落，有些心不在焉，你应当多活动活动，到外面走走；就像您那样吗；是的，就像我这样；您真的对外面所有的事物都感兴趣吗，玛尔塔问道，请您三思后再回答；不必三思，一遍就足够，没有能让我感兴趣的，我对什么都不感兴趣，我只是在假装；是啊，装给您自己看；你已经长大，大到足以懂得，我们假装，从来都是假装给自己看，而不是给别人，除此以外我们别无选择，尽管可能看上去并非如此；从您口中听到这番话，我感到非常高兴；为什么；因为这就证实了我对您和伊佐拉·马德鲁加之间的事情的猜测；我们之间变了；那我就更高兴了；时候到了我会说的，现在我就和马萨尔一样，无可奉告。

西普里亚诺·阿尔格的探险没有取得任何成果，之后，吃午饭时，心照不宣的三人谁都没有提及有关洞穴的事。丈人和女婿同时出了门，马萨尔继续开展他那一无所获的监听和侦察活动，西普里亚诺·阿尔格则是头一次去打听如何从中心内部去往采购部。他意识到，他的那个上面有着电子指纹的居民徽章会给他带来些许便利，在向保安问路的时候，可以问得天经地义、心安理得，沿着这条走廊一直走，走到底的时候会有指示牌，只要照着指示牌走就对了，保安说。他在底楼，途中某些时刻他将不得不到地库去，那里曾是他卸下那些陶器的地方，是他逝去的欢乐时光，尽管那位彬彬有礼的部门副主管可能并不这么认为。一个指示箭头、一部电梯，告诉他该往哪里去。我在向下走，我在向下走，他重复着，随即又道，多么愚蠢，我当然是在向下走，梯子不是用来向上走的时候就是用来向下走，一部梯子，不向上走，便向下走，不向下走，便向上走——他得出的这个结论似乎无可辩驳，逻辑上毫无不妥之处，然而，突然间，他的脑中灵光一闪，另一个念头冒了出来——向下走，到那里去。是的，到那里去。西普里亚诺·阿尔格刚刚做下决定，今晚要去马萨尔那里——他正在值班，半夜两点到早上六点，如果您还记得的话。良好的判断力和谨慎的思维已经向他发问，如何在不知路线的情况下到达那样一个隐秘的地方，而他则回答，尽管概率的组合和构成确实有很多种，但也并未无穷无尽，比起躺在无花果树底下等待果子自动落入口中，不如主动爬上树去采摘来得更值得我们一试，碰碰运气。尽管有箭头和标识的辅助，西普里亚诺·阿尔格还是迷路了两次才找对地方。那个出现在采购部出纳处的西普里亚诺·阿尔格已经不再是我们所认识的那个西普里亚诺·阿尔格了。他的双手颤抖得厉害，但这并非出于他领取到意外之财后的喜不自胜，而是因为他那被更加重要的事所占据的大脑发出的各种指令杂乱无章、支离破碎甚至相互矛盾地到达了各自的终端。回到中心商业区时的他似乎已然比先前稍稍平静了一些，兴奋和躁动已经不再显露。无须再担心双手，大脑终于可以全神贯注地计划各种诡计、技巧、伎俩、策略、搪塞和托词，甚至天马行空地想到了心灵遥感、隔空取物之类的方法，操纵这个难以控制的躁动身体，从三十四楼下到神秘的挖掘现场。

还需等待好几个小时，西普里亚诺·阿尔格决定先回家。他想把拿到的钱给女儿，但她说，您自己收着，我用不着。接着她又问，要咖啡吗；好啊。咖啡做好，倒入杯中，喝下，这一切意味着，两人从此刻开始将不再有更多的对话。就仿佛，这个家，他们现在住着的这个家，有一种使人缄默的邪恶力量。同时，西普里亚诺·阿尔格的大脑——已经放弃了心灵遥感的想法，毕竟缺乏必要的训练——焦灼地需要某些特定的情报，否则他的夜间突袭计划毫无疑问地要打水漂。于是，他一边用勺子搅弄杯底残余的咖啡，一边问道，你知不知道洞穴在多深的地方；您为什么要知道；好奇而已，没别的；马萨尔没说起过。西普里亚诺·阿尔格极力掩藏沮丧，称自己要去睡个午觉。整个下午他都待在卧室，直到女儿喊他吃饭才出门，马萨尔已经坐在餐桌旁。同午餐一样，直到晚餐结束也没人提起洞穴的事。只是玛尔塔提醒马萨尔说，你该去睡会儿，今晚你得值班到天亮；他答，太早了，我不困。机会来得正好，西普里亚诺·阿尔格又一次问道，洞穴在多深的地方；为什么想要知道；为了有个概念，只是好奇。马萨尔稍作迟疑，但似乎这个信息并不在保密范围内，最终他答道，入口在地下五层的地方；我以为那些挖掘机还在更深的地方工作呢；十五到二十米深总是有的，马萨尔说；你说得对，确实挺深了。这个话题便到此为止。马萨尔并没有因为这番对话而面露愠色，相反，一如您所见，能够说一说这个一直让他忧心的话题却不触及危险和机密的信息，令他感到轻松不少。马萨尔并不比一般人胆小，然而在一个地洞里一待就是四个小时，周遭是一片死寂，背后有什么一清二楚，对这样的差事他也没有任何期待。我们并没有接受过这种情况下的训练，他的一位同事这样说，希望头儿说的那些专家快来，好让我们赶紧结束这份差事；你害怕吗，马萨尔问；害怕，什么是害怕，也许不害怕吧，但我告诉你，你接下去将感受到的是，每时每刻都好像有人在你身后，要伸出手搭到你的肩上；这也不是最糟的情况；那得看是什么样的手，实话跟你说，我绝望而疯狂地想要开溜，想逃走，想从那里消失，整整四个小时，我都在和这个念头抗争；你已经提前警告我了，至少我现在知道那里会有什么在等着我了；不，你不知道，你只是以为你知道，但是你错了，他的同事纠正他道。现在是凌晨一点半，马萨尔正在与玛尔塔吻别，玛尔塔叮嘱道，时间一到就回家；我一定跑着回来，明天我把一切都讲给你听，我发誓。玛尔塔送他到门口，两人再次吻别，接着她便进屋，收拾了一会儿，之后就躺下了。她无法入睡，她同自己说，不必担忧，别的保安早就值过班了，他们都还好好的，没有发生任何事，微不足道的小事最后演绎成恐怖传说的事太多了，你以为是七头妖怪，走近一看，无非就是烟雾、风和幻觉，这种事，不信则无。时间一分一秒地过去，睡意却仍遥不可及。玛尔塔心想，索性开灯看书，而就在此时，她似乎听见父亲卧室的门打开了。通常父亲夜里并不会起来，所以她侧耳聆听，也许他是要去卫生间，然而，那脚步声听上去越来越小心翼翼，但又清晰可辨，是在玄关那里。也许是要去厨房喝水呢，她想。一声清楚的门锁声让她立刻起身，披上睡衣走出房门一看究竟。陶工的手正搭在门把手上。这个时候您要上哪去，玛尔塔问；出去，西普里亚诺·阿尔格回答；您已经活到了这把年纪，您有权去任何您想去的地方，但您不能一声不响地就自己出去，就好像这家里没别人了一样；你别浪费我时间了；怎么了，您是担心六点以前到不了那儿吗，玛尔塔问；你要是已经知道我要去哪，那我也不必与你多做解释；您至少考虑一下，您这样可能会给您的女婿带去麻烦；你自己也说了，我都已经活到这把年纪了，马萨尔不会因为我的行为而担责的；要是他的上司不这么想呢；不会有人看见我的，而且就算有人冒出来命令我离开，我会跟他说我是在梦游；您这玩笑开得可真不是时候；到时候我会说得严肃一点；但愿如此；我必须弄清楚下面正在发生些什么；无论是什么，都不会永远不为人知的，马萨尔说了，等他下班后会一五一十地告诉我们；很好，然而对我而言，简单的语言描述并不能满足我，我要亲眼看看；既然如此，您去吧，去吧，不要再折磨我，玛尔塔哭着说道。父亲走到她身边，伸出一只手臂，环抱住她的肩膀，说道，别哭了，最糟糕的你知道是什么吗，是我们自打搬来这里后，就变得不再是以前的我们了。他亲了她一下，缓缓地关上门，离开了。玛尔塔拿出一条毯子和一本书，坐在客厅里的一个小沙发上，用毯子盖住了膝盖。她不知道自己还要经历多么漫长的等待。

西普里亚诺·阿尔格的计划简单得不能再简单。他会乘坐一部货梯一直到地下五层，然后就把自己交给运气。越是轻装上阵越容易打胜仗，他这样想，然后为了不失偏颇，他又添了一句，越是全副武装越容易打败仗。他注意到，也许是由于这部电梯平时只用来装卸货物，电梯里面并没有安装摄像头，至少他没有发现，而就算有那种隐蔽着的微型摄像头，那么值班保安的注意力也应当会集中在外面的大门和商业区的楼层以及景致上。要是他猜错，那他一定会很快发现。首先，假设地上居住层构成了一个有着十层地下层的方块，那么最合适的就是使用离内墙最近的货梯，这样在寻找道路时就可以节省时间，因为在他的想象中，会有成千上万个大小不一、形状各异的集装箱藏在地下，尤其是在让他倍感兴趣的地下五层。

然而，当他发现那个空间宽敞、开阔、没有货物时，他并没有过于诧异，显然这是为了进入洞穴时更加方便。两根墙柱之间，一道承重墙已经被拆除，这里正是入口。西普里亚诺·阿尔格看了看手表，两点四十五分。尽管这一层上还有些许亮光，但实在不足以看出那洞穴里是否会有光线来缓解这片仿佛说话间就能将他吞噬的黑暗。我应该带个手电筒来，他想。这时他忽然想起某天在书上看到的一个方法，书上说，如果你想在进入一个黑暗的场所后立即分辨出里面的物体，最好的办法就是在进入之前闭上眼睛，等进入之后再睁开。是的，他想，我就这么做，闭上双眼，然后直直跌入地心。然而他并未跌落。在他左边，在几乎贴着地面的地方，透出一丝微弱的光，上前几步便可发现，是排成一列的脚灯。这些灯照着一个土坡，土坡通向一个平台，平台连接着又一个土坡。四周如此寂静，西普里亚诺·阿尔格甚至可以听到自己的心跳声。过去看看，他想，马萨尔一定会受到有生以来最大的一个惊吓。他走下坡去，到达平台，又下一道坡，又到一个平台，此时他停下了脚步。在他面前有两处光源，一端一个，分散的光线没有直接射入洞穴内部，而是照出了长方形的洞穴入口。右边的一处平地上停着两台小型挖掘机。马萨尔坐在一张宽条凳上，身旁是一张桌子，上面放着一个手电筒。他还没有看见丈人。西普里亚诺·阿尔格从最后一个平台的半明半暗中走出来，大声说道，你别怕，是我。马萨尔惊跳起来，想说些什么，喉咙却卡住，要是有人觉得这时他会若无其事地说“您好，您来啦”，那么就让那个人来向他掷第一块石头。当丈人走到他跟前时，他才能勉强开口道，您来干什么，怎么会想到来这里。然而，跟通常逻辑相反，他的声音里没有怒气。在他的声音里，自然而然地流露出一种终于不必担心受妖魔鬼怪惊吓的如释重负，甚至还有一种略带羞耻的欣慰，一种类似感激的情愫，也许有朝一日他会坦白承认这一点。您来这干什么，他重复道；来看看，西普里亚诺·阿尔格答；您难道没有想过，要是让上面知道后，会给我造成多大的麻烦吗，您难道没有想过，这可能会让我丢了饭碗；你就说你丈人是个十足的蠢货，是个应该被绑住手脚关进疯人院的疯子；这个解释他们一定会买账的。西普里亚诺·阿尔格向洞内张望，问道，你去里面看过了吗；看过了，马萨尔答；里面是什么；您自己去看，需要的话这儿有手电筒；你跟我一起；不，我也是自己一个人去的；有什么划定好的路线吗，通道什么的；没有，只可以一直沿着左边摸着墙走。走到底就能发现您要找的东西了。西普里亚诺·阿尔格打开手电筒向内走去。忘了先要闭眼了，他心想。光源散射出的光线只能照亮眼前三四米的地方，再远就黑得如同在某个躯体内部那样。出现一个不陡但不平坦的坡。西普里亚诺·阿尔格小心翼翼地扶着墙，向下走去。走到某处，他觉察到，在他的右侧似乎有一个平台和一面墙。他对自己说，返回的时候一定要一探究竟，也许是用来承托住土层的东西，于是他继续前行。他感觉已经走出很远，有三四十米的样子。他转回头，望向洞口的方向。在交织的光线下，那里看起来着实很远，我并没有走这么远，他心想，我只是被感觉迷惑了。他意识到，他的恐慌已经开始暗暗蔓延，即将啃噬他的神经，他先前以为自己很勇敢，比马萨尔勇敢得多，而此时的他却几欲转身踉跄奔向上面。他背倚着墙壁，深吸一口气，我情愿死在这里，他说，然后继续前行。突然间，墙壁就好像自动旋转了九十度那样出现在了他的面前。他到达了洞底。他把手电筒照向脚下，看看地面的松软程度，他跺了两脚，正要跺第三下时，右膝盖撞到一样硬物，疼得他叫出了声。光线在撞击下摇晃了一下，一瞬间他仿佛看到了一条石凳，几张难以辨别的人脸若隐若现。一股强烈的战栗袭来，西普里亚诺·阿尔格四肢发抖。他的胆魄如同磨剩几缕丝线的绳索，眼看就要崩裂，然而在他体内，一个声音告诉他保持冷静，记住，你情愿死在这里。手电筒颤动着的光缓缓扫过白色的石头，又扫过一些黑布，往上照去，是一具坐着的尸体。在这具尸体旁是同样遮盖着黑布的五具坐着的尸体，他们坐得笔直，好似有个铁支架穿过头颅将他们钉牢在石头上。洞穴光滑的后墙就在距离他们空洞的眼窝十掌开外的地方，眼窝里的眼珠已经萎缩得如同尘粒。这是什么，西普里亚诺·阿尔格喃喃道，这是个噩梦吗，这些到底是什么人。他靠上前去，把手电筒缓缓照向那些黑乎乎、干巴巴的头颅，这是个男人，这是个女人，又一个男人，又一个女人，又一个男人，又一个女人，三男三女，他看到他们的脖子上有着残破的缠绕物，似乎是用来固定住脖子的。他又把手电筒向下照去，看到他们的腿也同样被绑着。接着，慢慢地，就像一道不急于展现自我却想要揭示一切隐藏着的真相——哪怕是藏得最深最黑暗的真相——的光芒那样，西普里亚诺·阿尔格看到自己再次进入了陶坊，见到了陶坊的建造者留在那里的石凳，坐了上去，他再次听到了马萨尔的声音，但此时马萨尔说的话却变得不同，他一声接一声地喊着，焦虑不安，声音从遥远的地方传来，爸爸，您能听得到我吗，回答我。叫喊声回荡在洞穴里，回声从一面墙反射到另一面墙，一遍遍地重复着，如果马萨尔不停下一分钟，我们将无法听到西普里亚诺·阿尔格同样如回声一般的声音从远处传来，我很好，别担心，我马上回来。他的恐惧感已经消失，手电筒的光再次拂过着一张张悲惨的脸，他们皮包骨的手交叠着放在膝盖上，这使西普里亚诺·阿尔格不禁带着一种宗教般的敬畏，伸手触摸第一个女人干枯的额头。西普里亚诺·阿尔格明白，继续留在这里也没什么可做的了。就像髑髅地的曲折道路最终总会通往髑髅地一样，上坡的过程缓慢而艰辛，马萨尔下去与他碰头，伸手拉他，从黑暗的洞穴走进光亮的那一刻，他们发现两人的手臂搀扶在一起，谁都不知道这个姿势是从何时开始的。精疲力竭的西普里亚诺·阿尔格一屁股瘫坐在石凳上，头抵着桌子，双肩悄无声息地抖动起来，他哭了。没事的，爸爸，我刚刚也哭了，马萨尔说。片刻后，也许是恢复了平静，西普里亚诺·阿尔格沉默地看着女婿，仿佛在那个时刻没有比这更好的方式来表达他的所思所感。接着他问道，你知不知道那是什么东西；知道，之前在哪儿读到过关于这个的，马萨尔答；那你知道，既然是那样，那么那边无论是什么东西都不可能是现实、都不可能是真的吗；是的；然而我还是用这只手摸了那些女人的额头，那不是幻觉，不是做梦，如果现在重新回到那里，那三男三女也还会在那里，一样地被绳子绑着，一样的石凳，对着同一面墙壁；如果他们不是别人，既然他们不存在，那么他们是谁，马萨尔问道；我不知道，但在我见过他们之后，我开始觉得，也许我们所说的“不存在”才是不存在的。西普里亚诺·阿尔格缓缓站起身，双腿还在颤抖，但总的说来他身体的力气又回来了。他说道，我在下去的时候似乎在某个时候看到了一道矮墙和一个平台，要是你可以把其中一盏灯调整一下方向，不等他把话说完，马萨尔已经开始转动轮盘，启动手柄，很快灯光就从外面的地板一直延伸到一面横穿洞穴的矮墙脚下，但没有到达墙壁。没有什么平台，只有沿着矮墙的一条通道。只差一样，西普里亚诺·阿尔格喃喃道。他向前走了几步，突然停住，在这儿，他说。地上有一块巨大的黑斑，那个地方的地面被炙烤得焦黑，就好像有一堆篝火在那里燃烧了许久。已经不必再询问那些人存在与否，西普里亚诺·阿尔格说道，证据就在这里，每个人都必须得出自己的结论，我已经有了我自己的。灯光回到原位，黑暗也一起回来，接着西普里亚诺·阿尔格问道，你想要我留下来陪你吗；不用了，谢谢，马萨尔答道，您回家吧，玛尔塔一定等急了，正使劲往坏处想呢；那就一会儿见吧；一会儿见，爸爸，他顿了顿，像个想吐露心事又踟躇的少年那样，带着半是羞赧的笑容说道，谢谢您能来。

西普里亚诺·阿尔格到达地下五层的时候看了一眼手表。四点半。货梯将他送到第三十四层。没有人看见他。玛尔塔小心翼翼地打开门又关上。马萨尔怎么样，她问；他挺好的，你别担心，相信我，你的丈夫很了不起；下面有些什么东西；让我先坐下，现在的我就像是被结结实实地打了一顿，我这把年纪已经不适合干这种事了；下面是什么，两人坐下后玛尔塔又问；下面有六具死尸，三男三女；我一点都不惊讶，这正是我所预料的，他们一定是人体残骸，这在挖掘工程中是常有的事，我不明白的是，为什么要搞得这么神秘，这么保密，这么警惕，那些尸骨又不会逃走，也不值得花大力气去偷；你要是跟我一起下去你就明白了，现在还有时间下去；您就算了吧；见到我所见到的之后，你就很难算了；您见到什么了，那些是什么人；那些人就是我们，西普里亚诺·阿尔格道，是我，你，马萨尔，是整个中心，也许是整个世界；我不懂，您给我解释一下；你听好了。故事用了一个半小时才讲完。玛尔塔仔细听完，一刻也没有打断。最后她只是说，对，您说得没错，是我们。两人静默无言，直到马萨尔回来。他进屋时，玛尔塔紧紧抱住了他，那我们该怎么办，她问，然而马萨尔并未来得及回答。西普里亚诺·阿尔格语气决绝地说道，你们自己决定你们的生活，我告辞了。

21

这些是您的东西，玛尔塔说，不多，最小的行李箱也绰绰有余，您一定是早就知道自己只会住三个星期；人生到了某个时候，能够驮得动自己的身体就已经谢天谢地了，西普里亚诺·阿尔格说；您真会说，好吧，可我想知道，您之后要靠什么生活；你看看田里的野百合，它们不纺纱也不织布；又一句妙语，所以它们永远也只是野百合而已；你真是个偏激的怀疑论者，愤世嫉俗的可恶之人；拜托，爸爸，我是在说正事；对不起；我明白您对此感到震惊，我也一样，虽然我并没有亲眼见到，但我也明白那几个男女不单单只是几个死人而已；别说了，正因为他们不单单只是几个死人，我才不愿意继续住在这里了；那我们呢，玛尔塔问；你们自己决定你们的生活，我已经决定了我自己的，我不愿我的余生就同一个石凳绑在一起，每天就盯着一面墙看；那您要怎么生存；我还有他们支付的陶俑钱，足够我过上一两个月，之后的事再想办法；我不是指钱，无论如何您总有办法赚到温饱钱，我说的是，您不得不一个人生活了；我还有复得，你们也会隔三岔五地来看望我；爸爸；怎么了；伊佐拉啊；这与伊佐拉有什么关系；您曾经跟我说你俩之间出现了变化，您既没说变成什么样又没说为什么变，但您就是那样说了；没错；既然这样；既然这样，怎样；你们可以一起生活，这就是我想说的。西普里亚诺·阿尔格没有回应。他抓起行李箱，说道，那我走了。玛尔塔拥抱了他，马萨尔下次休假的时候我们来看望您，但在此期间您要跟我们保持联系，到家后给我打电话，告诉我家里的房子怎么样了，还有复得，别忘了复得。一只脚已经跨出门的西普里亚诺·阿尔格转身又道，替我给马萨尔一个拥抱。当他走到走廊尽头时，他回转身去。女儿在门口站着，远远地，挥动着一只手，另一只手捂住嘴巴，不让自己哭出来。再见，他说，但她并未听见。货梯将他带到车库，现在他只需找到货车停放的地方，然后看看三个星期没动过的车子是否还能发动，有时电池也会失灵，别，千万别这样，他不安地想。他所担忧的并未发生，货车履行了自己的义务。开始两下确实没能发动，但第三下的时候它发出了不一样的轰鸣，就好像是另一架引擎发出的。几分钟后，西普里亚诺·阿尔格来到了大道上，但眼前的道路并不开阔，更糟的是，那不只是慢，那简直就是车流在推涌着他前进。他没有想到交通会如此拥堵，汽车热爱星期天，而对于车主而言，要抵御住所谓的心理压力几乎是不可能的，汽车只需停在那里，不必开口说话。终于，城市被甩在了身后，郊区近在眼前，不久之后棚户区也会出现，三个星期过去了，它们应该已经延伸到公路边了，不，还差三十米左右，接着就是工业区，一切几乎都已停滞，只有少数几家工厂似乎仍在不知疲倦地生产，接着是灰暗的绿化带，那些温室大棚灰暗、苍白、黯淡，因此那些草莓应该都已失去颜色，用不了多久，草莓的外表就会像正在发白的内里一样开始变白，吃起来会也是一种说不上什么滋味的滋味。现在我们该右转了，远处，在可以看到那些树的地方——对，那些像花束一样成堆簇拥在一起的树——有一处重要的考古遗址有待发掘，我是从一个可靠的渠道得知这些的，直接从制造者口中得到这样的信息，这种运气并非每天都有。西普里亚诺·阿尔格想知道，自己究竟是如何做到，在那个连窗户都不能打开的三十四层的公寓套房里一关就是三个星期，三个星期里他见不着太阳，见不着星星，只能扭扭脖子，而这里，有这条河，尽管几近干涸又散发恶臭；有这座桥，尽管老旧失修；还有这片废墟，曾经有人在此居住；还有这个生他养他的村庄，中间是路，一旁是广场；还有迎面过来的那个男人和那个女人，他们是马萨尔的父母。整个故事讲到现在，这是我们第一次与他们打照面，看着他们，没人会想到他们素来就有着坏脾性，虽然有足够的证据显示他们就是如此，这就是外表的危险，当它欺骗我们的时候，总会把我们骗得更深。西普里亚诺·阿尔格将手伸出窗外，像见到好友那般向他们挥舞，他不如不做这个动作，现在他们一定以为他是在挖苦他们，而这并非西普里亚诺·阿尔格的本意，他是真的感到高兴，因为三分钟后，他就要见到伊佐拉，就要把复得拥入怀中，或者反一下，将伊佐拉拥入怀中，而复得会在一旁跳跃着，希望能得到他俩的一丝关注。他驶过了广场，突然间，他的心脏毫无预兆地收紧了一下，他了解生活的面目，他们俩都了解，他们知道，今天再多的甜蜜都无法减轻明天的苦涩，这里的清泉解不了在那片沙漠里的干渴，我没有工作，我没有工作，他嗫嚅道。而这正是玛尔塔问他要如何生活时本应当给出的答案——我没有工作，不带修饰，没有遁词。还是在这条路上，还是这个地方，如同他从中心回来得知他们不再向他购买陶器的那天一样，西普里亚诺·阿尔格放慢了货车的速度。他不想抵达，他想已经抵达。但不管怎样，他还是来到了伊佐拉·马德鲁加所在街道的转角。那里就是她家，货车忽地加快了速度，但又忽地停住。西普里亚诺·阿尔格忽地冲下车来，忽地迈上台阶，又忽地摁响门铃。再揿一次，两次，三次。无人应门，屋里也没有任何声响。不见伊佐拉过来，也听不到复得的吠叫，本该明天到临的沙漠今天便提前来到了。这两者本该出现在这里的，今天是周日，不用上班，他想。他茫然回到车里，双臂交叉着搁在方向盘上，照常理应当问问邻居们，但他不愿让他们了解他的生活。事实上，当我们在向他人询问时，我们总会透露许多关于自己的信息，多得超乎我们想象，但所幸的是，大多数接受询问的人其听力常不足以洞察隐藏在问题背后的真相，尤其是如此清白的问题——您有没有碰见伊佐拉·马德鲁加。两分钟后，经过再三思量，他意识到，这样把车停在别人家门口干等着，跟若无其事地上前询问第一位邻居有没有撞见伊佐拉出门一样可疑。我去找找，或许可以遇见他们，他想。然而，四处转寻无果，伊佐拉和复得仿佛从地球上消失了。西普里亚诺·阿尔格决定先回家，等下午晚些时候再过来。他们一定是去了哪个地方，他暗自思忖。货车发动机奏响归家曲，西普里亚诺·阿尔格已经看到黑桑树最高的那根枝条，突然间，复得从坡顶上发疯一般吠叫着飞奔而来，犹如一道黑色的闪电，西普里亚诺·阿尔格的心脏瞬间漏跳一拍，并非因为复得，他对它的这份爱虽深但深不至此，而是因为他知道，复得并非独自在这里，如果它不是独自在此，那么此刻与它在一起的人世界上只有一个。他打开车门，复得一跃而起，钻向他的臂弯，第一个迎接他的总会是它，它不停地舔舐他的脸，以至于他看不见坡顶上一脸惊愕的伊佐拉，这一刻，让一切都停止，请诸位谁都不要出声，谁都不要动，谁都不要打断，这是感人肺腑的一幕，货车向着坡顶一点一点地驶去，女人向前走了两步又突然止住，双手紧紧地捂住胸口，从车里出来的西普里亚诺·阿尔格像是走进了梦里，复得紧随其后，几乎绊住他的双脚，然而没有发生任何不好的事，让故事的主角之一在这一幕剧的最高潮毫无美感地地跌跌撞撞，这正是我们所愿见的，还有这个拥抱，这个接吻，这几个接吻，这几个拥抱，必须不厌其烦地提醒你们的是，贪婪的爱情也正在祈求他们贪婪地享受它，事情一贯如此，只是我们在某些场合比其他时候更注意到这一点。在两次接吻的间隙，西普里亚诺·阿尔格问道，你怎么会在这里，但伊佐拉并没有立刻作答，彼此又是一阵拥吻，急切有如他们的首次拥吻，终于她找到足够长的停歇，回答道，你走的第二天复得就逃走了，它在院子的篱笆上开了一个洞，回到了这里，我无法强迫它回去，它铁了心要等你，哪怕不知道要等到什么时候，我只好留它在这里，定时给它送来食物和水，陪陪它，尽管我觉得它也不需要我陪它。西普里亚诺·阿尔格伸手进口袋掏家里的钥匙，在这期间他一直在想象着那副场景，我们都进屋吧，一起进去吧，而当他终于将钥匙拿在手中的时候，他发现门是敞开着的，就像是有人远道而来时应有的样子。没等他询问原因，伊佐拉便淡淡地说道，玛尔塔给了我一把钥匙，让我隔三岔五地来给房子通通风，扫扫灰尘，又因为复得的关系，我开始每天都来，每天早上上班前来，傍晚下班后来。她似乎还有话要说，但双唇紧闭，好像要把那些字眼统统关牢，你们不许出来，双唇这样下令，然而，那些字眼重新列队，凝聚起力量，集结到一起，羞赧令伊佐拉低下头去，她低声嗫嚅道，有天晚上，我睡到了你的床上，她说。我们要知道，这个男人是个陶工，是个手工劳动者，除了做陶器活时的必要操练，没有接受过优质的知识教育和艺术熏陶，他的年纪也不能简单地用成熟一词来形容，他成长于一个人们惯于压抑自己也压抑他人情感表达和身体欲望的时代，尽管在他的社交和文化圈子里，也没有几个人能在敏感性和领悟力上与他比肩，而当这样的一个男人突然间听到这样的一句话，且是从一个女人——一个他从未与之耳鬓厮磨地躺在一起的女人——的嘴里听到这句话，说她睡到了他的床上，不管他有多想大步流星地迈向那个屋子，迈向那个发生这种暧昧事件的地方，他也将竭力制止住自己的脚步，用惊愕的眼神看着这个勇敢的造物。我们不得不承认，男人们是永远弄不懂女人的，但好在，这个男人，也不知怎的，在迷惑之中发现了在这个场合下正应当说的话，你以后也不会睡到别的床上了。的确，这句话正是此时应当说的，如果换成别的，比如，好，既然你睡了我的床，那我也要睡你的床，就像是在一个互利条约上签字那样，那就意味尽失了。听了西普里亚诺·阿尔格说的那句话之后，伊佐拉再次抱住了他，不难想象是怎样的热情驱使她这么做，而他却突然说道，我忘记把行李箱从车里拿出来了。这就是他所说的，话里似乎并没有激情的成分。复得在他脚边蹦蹿，他打开车门，取出行李箱，丝毫没有考虑过这种平淡无味的举动会产生什么后果。当他走进厨房时，他预感到将发生些什么，当他走进卧室时，这种预感再次显现，当伊佐拉强作镇定、努力不让自己的声音颤抖地问他，你来了就不走了吧，他才再次确定了这种预感。行李箱还在地上，正等着有人将它打开，这个动作虽然必要，但也可以暂且放一放。西普里亚诺·阿尔格关上了门。生活中就有这样的时刻，为了能拨云见日，就必须先关上一道门。半小时之后，一切恢复平静，仿佛一片已经退去海潮的沙滩。西普里亚诺·阿尔格讲述了在中心时的见闻，洞穴、秘密、监视、探险、洞里无边的黑暗、恐惧、绑在石凳上的尸体、篝火的灰烬。起初，伊佐拉看见他开着货车驶上斜坡的时候，以为西普里亚诺·阿尔格回家是因为不堪忍受别离和相思，而如您所想，这种想法让她这个有情人焦灼而充满渴求的心得到抚慰，然而此刻，她的头枕着他的臂弯，感受着他放在她腰间的手，这两个理由对她而言同样合理，而且，如果我们不嫌劳烦去观察，至少在不堪忍受这方面，两个理由相互交叠，合二为一，没有任何证据表明它们是自相矛盾的。伊佐拉·马德鲁加并非通晓远古故事和神话传说，但她只需三个字就能抓住问题的本质，尽管我们已经知道是哪三个字，但再写一遍也无妨，那就是，“是我们”。

到了下午，西普里亚诺·阿尔格按照说好的那样给玛尔塔打电话，告诉她自己平安到家，家里整洁得如同昨日才搬离，复得高兴疯了，伊佐拉·马德鲁加过来问她好。您在哪里打电话，玛尔塔问；当然是在家里；伊佐拉呢；伊佐拉在我身边，你要同她讲话吗；我等会儿再同她讲，您先告诉我这是怎么一回事；你指什么；就是这个，伊佐拉在您身边；你喜欢吗；别胡说八道也别拐弯抹角，回答我；伊佐拉跟我在一起；那爸爸您跟谁在一起；我们俩互相在一起，一个跟另外一个，如果这是你想听的答案的话。电话另一头是一阵沉默。之后玛尔塔说，我太高兴了；从你的语气里我可没听出来；我的语气跟这句话没关系，跟别的有关系；什么；明天，将来；我们会有时间考虑将来；不要假装，不要对现实视而不见，您很清楚，对于我们来说，已经没有现在了；你们两口子安然无恙，我们这边自会打点好自己；我和马萨尔都不好；为什么；如果您那里没有将来，我们这里也不会有；说明白点；我肚子里有个孩子在长大，等他长到能够自己做主的时候，要是他愿意生活在这样的地方，就按他的意愿来，但是，让我把他生在这里，不行；你应该早就想过这些了吧；要修正一个错误永远都不嫌晚，尽管对于既成的后果已经无济于事，但也不是完全没有办法；什么办法；首先，我要跟马萨尔长谈一番，之后再看情况；你要考虑清楚，不要莽撞；我的爸爸，考虑得太多也会犯错，而且，据我所知，莽撞也并不一定就有坏结果；希望你永远是对的；我可没那么大野心，我只求这次不弄错就好，好了，不好意思，父女对话到此为止，现在我要同伊佐拉说话了，我有好多话要跟她讲。西普里亚诺·阿尔格把电话交给伊佐拉之后便出去了。那边是陶坊，里面一块孤零零的黏土正在慢慢变干，那边是窑炉，三百个陶俑面面相觑，想知道他们到底为什么要将它们制作出来，那边是木柴，徒劳地等待着有人把自己送到炉膛里。玛尔塔说的，如果这里没有将来，那里也不会有。西普里亚诺·阿尔格今天尝到了幸福的滋味，这片爱之晴空已经消失，此刻正再次乌云密布，投下一片迷茫和恐惧，很显然，光靠中心支付的陶俑钱，两人即使勒紧裤腰带也撑不过两个月，而柜台售货员伊佐拉·马德鲁加在店里的收入与零之间的差距也几乎为零。之后怎么办，他望着黑桑树问；黑桑树答，之后，我的老伙计，一如往常那样，之后就是将来。

四天后，玛尔塔又打来电话，我们明天晚上回来。西普里亚诺·阿尔格快速地在心里计算了一番，可是明天还没到马萨尔的休息日呢，他说；是没到；那为什么；等我们到家了您再问；要我来接你们吗；不用了，我们打车来。西普里亚诺·阿尔格对伊佐拉说自己觉得这次探望有点蹊跷，除非，他说，洞穴被发现之后引起了某种混乱，导致休假秩序被打乱，但如果是这样的话，她自然会如实告诉我，而不是等他们到了这里再说；今天很快会过去的，伊佐拉说，明天我们就知道了。然而，这一天过得并不如伊佐拉所想的那般快。二十四个小时如果用来思考的话是一段很漫长的时间，说二十四小时是因为睡梦并不能解决一切，也许到了夜里，我们头脑里还有其他的一些思绪登场，不为人知地思考着。西普里亚诺·阿尔格没有忘记玛尔塔那番关于肚里孩子的凿凿之言——让我把他生在这里，不行，这句话意思明确无疑，直截了当，并不是那种飘忽不定的、说出来的时候连自己也在怀疑的话。所以，从逻辑上讲，结论只有一个——玛尔塔和马萨尔要离开中心了。他们要真这么干，那可真是个天大的错误，西普里亚诺·阿尔格说道，之后他们要靠什么为生；这个问题也可以问我们自己，伊佐拉道，但我不担心；你相信天无绝人之路；不，我相信的是，人的一生中，总有一些时候，我们无须做什么，只要顺着境遇的潮水将我们推涌向前，而我们则似乎失去了抗争之力，然而，忽然之间，我们会发现，水流好像对我们有利，其他人都没有发现，只有我们自己，看到的人定以为我们被水流吞没，实际上，我们的水性从未如此好过；希望我们的境遇能像你所说的那样。很快他便能知晓。玛尔塔和马萨尔下了出租车，从后备厢中取出一些行李，这回的行李要比去中心时少，复得绕着黑桑树疯跑了两大圈，用它自己的方式抒发胸臆，当出租车开下坡去的时候，马萨尔开口道，我已经不是中心员工了，我辞职了。西普里亚诺·阿尔格和伊佐拉并不认为自己需要表现出惊讶，无论如何，惊讶都显得不太真实，但他们觉得至少得提一个问题，一个我们似乎总提但却无用的问题——你确定对你们来说这是最好的做法吗；马萨尔答，我不知道是最好还是最坏，我只做了我应当做的，而且我不是唯一这样做的，还有两名同事也辞职了，一名外部保安，一名常驻保安；那中心呢，他们有什么反应；无法适应的人也就没有用处，而我已经无法再适应；那你是什么时候感觉到自己已经无法适应的，西普里亚诺·阿尔格问；那个洞穴是压垮我的最后一根稻草，对您而言也一样吧；对你那几名同事而言也一样；对，对他们而言也一样。伊佐拉已经起身，开始收拾餐桌，但玛尔塔说，你先放着，一会儿我们俩一起收拾，我们得先想想要做什么营生；伊佐拉呢，西普里亚诺·阿尔格接话道，她认为我们应该任由时运的潮水推涌着我们，认为总是会有一个时刻潮水会对我们有利；我可没说总是，伊佐拉纠正道，我说的是人生中有些时候的际遇，不过你们不用理会，只是我脑海中一闪而过的念头而已；我觉得说得好，玛尔塔道，至少这听起来跟我们现在的处境很像；那我们要做些什么，西普里亚诺·阿尔格问；我们已经打定主意，马萨尔和我去远方谋生，中心就到此为止，陶坊也早已成为过去，就过了一小时，我们就像是刚来这个世界上的人了；那我们呢，西普里亚诺·阿尔格问；您不该指望我来告诉您该做什么；如果我没理解错的话，我想你是在建议我们各过各的；您理解错了，我的意思是，一些人的理由不见得是所有人的理由；我可以说说我的看法，提个建议吗，伊佐拉问道，事实上我并不知道自己是否有这个权利，我在这个家还不满六天，我觉得自己还在试用期似的，就好像是从后门溜进来的；你已经在这儿好几个月啦，从那个著名的水罐事件起就在这儿了，玛尔塔应声道，至于你刚说的剩下那些话，得让我爸来回答；我只听到她说要发表看法、提个建议，其他的一概不知，因此，我现在说的任何意见肯定都是不合适的；你的想法是什么，玛尔塔问；与我说的那道推动着我们的命运之潮有关，伊佐拉说；说具体点；那是世界上最简单的事；啊，我知道是什么了，西普里亚诺·阿尔格打断道；是什么，伊佐拉问；我们和他们一起离开这里；正是；玛尔塔深吸了一口气，说道，要说好主意，总是得靠女人才行；我们不能仓促行事，西普里亚诺·阿尔格说；什么意思，伊佐拉问；你有你的房子，你的工作；所以呢；像这样放弃一切，说走就走吗；在我抱紧那个水罐的时候，我就已经放弃一切，就已经说走就走了，也就是你们男人才无法理解，我当时抱紧的其实是你，她说的最后几个字几乎要消失在哽咽和泪水里。西普里亚诺·阿尔格腼腆地伸出手轻触她的手臂，而她则再也未能抑制住哭泣，或许此时需要哭泣，有时我们流过的泪还不够多，不得不祈求它们继续流淌。

第二天一整天全家都在为离开做准备。从一个家到另一个家，玛尔塔和伊佐拉把旅途中必要的东西一一整理出来，尽管这是一趟未知的旅途，也不知如何去往终点，亦不知何处是终点。男人们则负责将行李装车，复得在一旁发出振奋人心的吠叫，丝毫不为即将到来的又一次变动而不安，它的头脑完全没有意识到，它可能会被他们再次抛弃。启程的那个清晨天色灰白，夜里下过雨，院子里小水团遍布，那棵从来都紧抓土地不放松的黑桑树还在滴水。走吗，马萨尔问；走吧，玛尔塔答。他们上了车。两个男人坐前头，两个女人坐后头，复得在中间。正当马萨尔要发动货车时，西普里亚诺·阿尔格突然道，等一下。他下车朝着窑炉走去，他去哪儿，玛尔塔问；他要去做什么，伊佐拉喃喃道。窑炉的门开着，西普里亚诺·阿尔格进去了。片刻后他出来了，外套已经脱去，只剩衬衣，外套里兜着一些重物，是几个陶俑，应该不会再是别的什么。他想留作纪念吧，马萨尔说。然而他猜错了，西普里亚诺·阿尔格走向住宅的门，开始将陶俑一个挨着一个排列在地，将它们牢牢地立在潮湿的泥土里，安放完所有的陶俑后，他又回到窑炉，此时所有人都下了车，谁都没有发问，也一个个地走进窑炉，搬出陶俑，伊佐拉跑向货车，想要寻找篮子或者袋子之类的物件，陶俑逐渐摆满住宅前的空地，接着西普里亚诺·阿尔格又进入陶坊，小心翼翼地从架子上取下堆拢在那里的残次陶俑，将它们同那些完美无瑕的兄弟姊妹们放到一起，雨水最终会将他们变作泥浆，烈日的炙烤又会将他们化为尘土，但这就是我们所有人的归宿，现在，这些陶俑不仅守卫着门庭，也守卫着陶坊的入口，最终，这三百个目光炯炯注视前方的陶俑——小丑、弄臣、爱斯基摩人、清朝官吏、护士、大胡子亚述人——将不再只是陶俑。到现在为止，复得没有将它们弄倒一个，它是一条谨慎而敏感的狗，几乎与人一样，用不着谁向它解释这里发生的一切。西普里亚诺·阿尔格关好窑炉的门，开口道，我们可以走了。货车启动，驶下山坡，到了公路时转向了左边。玛尔塔在啜泣，伊佐拉拥住她，复得蜷缩在座位角落里，不知先安慰哪一个。货车开出几公里之后，马萨尔说，等我们停车吃饭的时候，我给我爸妈写封信。过了一会儿，他对伊佐拉和岳父说，在中心的外墙上，有一幅巨型海报，你们能猜出上面写了什么吗，他问；猜不出，两人答。接着，马萨尔就像是在背诵一般，道，柏拉图的洞穴即将向公众开放，独有景致，世间唯一，购票从速。

译后记

收到作家出版社赵超编辑的约稿邮件的时候，我有些恍惚：如此近距离地接触若泽·萨拉马戈（1922—2010）——目前为止唯一一位获得诺贝尔文学奖的葡萄牙作家，让我有一种失真感。对于《洞穴》这样的长篇小说，前辈尚且不易驾驭，才疏学浅的我自然是不敢应下的。然而，不想当将军的士兵不是好士兵，在赵超编辑的鼓励下，我鼓起勇气接下了本书的翻译任务。

《洞穴》是若泽·萨拉马戈于2000年出版的一部小说。这是一部读来令人笑中带泪、泪里含笑的寓言式作品。小说讲述了五个普通人的故事——年逾六旬的老陶工西普里亚诺·阿尔格，陶工之女玛尔塔，在“中心”担任保安的陶工女婿马萨尔，同村寡妇伊佐拉，以及陶工收留的一条极通人性的流浪狗复得（我将它也算在内，因为它在书中是一个喜乐的存在，是自然世界的一个重要象征），通过他们的悲喜反映了现今科技对传统经济的毁灭性冲击。整个故事饱含辛酸又充满温情，让人动容又发人深省。

小说里的“中心”其形犹如一个巨大的洞穴，并且在故事的最后，在这个无所不包、应有尽有的巨型建筑的地下也发现了一个神秘洞穴，但除此以外，小说显然还暗含了柏拉图的洞穴隐喻。现代社会受蒙蔽的囚徒们将影子和现实相混淆，在这样的一个洞穴里，他们五者用对爱和真的执着，一同发现了一道通往外界的光亮。作者通过揭示该隐喻，引发了人们对于在一个人人皆只是影子的世界里的资本主义的思考，对生命本质的探寻。

萨拉马戈的作品颇具实验风格，或许会令读者望而却步：句子往往很长，有时一句话可长达一页纸。他鲜少使用句号，取而代之的是使用大量的逗号将一些分句“漫不经心”地串联在一起。在他的作品中，一个自然段可能绵延数页而无停顿，一章只有两三段；中间如果出现人物对话，也不用引号，问号和叹号也是没有的，而是仅用逗号隔开；如果说话者改变，萨拉马戈会通过大写句首字母来表示说话者的切换……这样的行文挑战着读者的耐心和毅力，只有通过考验者才能攫取出文字里的现实信息。此外，在他的一部作品中，往往会提及作者其他的作品。熟悉那些作品名字的读者，在阅读过程中会发现一些小“彩蛋”，相信您会和我一样会心一笑，感叹起作者的俏皮和未泯的童心来。

这样的实验风格读来过瘾，对译者则是不小的考验。在翻译过程中，时常在电脑前一坐数小时而莫展一筹。分句与分句套叠堆砌，环环相扣，要先理清逻辑，读懂读透，有时半晌也难解其意；好容易完成了这一步，又要尝试着用中文再现，还要“说人话”，将七零八落的句序调整，使其符合中文的表达习惯，至此仍然不算完结，还需在意思表达清楚的前提下尽可能地不失原文风味……个中的殚精竭虑，恐怕只有尝过方能体会了。

翻译过程如此艰难，以至屡屡拖延，如今终于付梓，需感谢作家出版社的赵超编辑，感谢您尽心尽责的工作、感谢您对我的耐心、谅解和鼓励；感谢张蒙和于芹两位好友，正是有了你们的无私帮助，我才得以顺利渡过翻译中遇到的道道难关；还要感谢我的家人，在我身陷琐事纷扰时给予了我莫大的关怀和支持。因能力所限，译者虽力求准确到位，译文中定仍有不少舛误和失当之处，恳请读者诸君原谅指正。

杨柳青

2017年9月7日